O que estão dizendo sobre
O homem que escutava as abelhas:

"Lefteri retrata com sensibilidade como é ser alcançado em casa pela guerra, consciente dos efeitos sutis do trauma e da dor [...] Ao criar personagens com vidas interiores tão ricas e complexas, ela mostra que a forma mais fácil de estendermos nossa compaixão a milhões de pessoas é começar por uma única."

– *Time*

"Retratando sua brutalidade diária, mas também os lampejos de beleza, este romance humaniza as histórias chocantes de refugiados sobre as quais lemos no noticiário. Lefteri explora questões de confiança e retrata o que o trauma e a perda podem causar nos indivíduos e em seus relacionamentos."

– *The Boston Globe*

"Lefteri conta uma história assombrosa e vibrante de refugiados de guerra sírios que empreendem uma jornada traiçoeira [...] Os leitores vão achá-la profundamente comovente, por sua intensidade psicológica e perspicácia emocional."

– *Publishers Weekly*

"As histórias humanas por trás das imagens do noticiário de refugiados de guerra sírios emergem num romance tão comovente quanto alarmante [...] A história de Nuri ressoa com autenticidade, desde as imensas crueldades impessoais da guerra até as pequenas gentilezas que ajudam as pessoas a sobreviver a ela. Nuri busca ser o elo mais forte, mas Lefteri mostra ao leitor, sutil e lentamente, quão profundas suas feridas também são. Uma trama bem construída e um narrador atormentado, mas envolvente, dão poder a esta comovente história de refugiados sírios."

— *Kirkus Reviews*

"Ótimo para clubes do livro [...] Christy Lefteri, que trabalhou como voluntária em um centro de acolhimento de refugiados em Atenas, narra uma história poderosa sobre a experiência, a esperança e o amor dos refugiados."

— *Real Simple*

"Todos os personagens são totalmente desenvolvidos, cada palavra é perfeitamente posicionada e cada emoção é totalmente expressa. Este romance diz muito sobre o que está acontecendo no mundo hoje. É inteligente, atencioso e relevante, e também acessível. Dei este livro para todas as pessoas de quem gosto."

— Benjamin Zephaniah, autor de *Refugee Boy*

Christy Lefteri

O HOMEM QUE ESCUTAVA AS ABELHAS

TRADUÇÃO:
Elisa Nazarian

VESTÍGIO

Copyright © 2021 Christy Lefteri
Direitos de tradução para a língua portuguesa obtidos junto a Vicki Satlow of The Agency srl

Título original: *The Beekeeper of Aleppo*

Todos os direitos reservados pela Editora Vestígio. Nenhuma parte desta publicação poderá ser reproduzida, seja por meios mecânicos, eletrônicos, seja via cópia xerográfica, sem a autorização prévia da Editora.

EDITOR RESPONSÁVEL
Arnaud Vin

CAPA
Diogo Droschi

EDITOR ASSISTENTE
Eduardo Soares

DIAGRAMAÇÃO
Guilherme Fagundes

PREPARAÇÃO DE TEXTO
Eduardo Soares

REVISÃO
Aline Cruz

**Dados Internacionais de Catalogação na Publicação (CIP)
Câmara Brasileira do Livro, SP, Brasil**

Lefteri, Christy
  O homem que escutava as abelhas / Christy Lefteri ; tradução Elisa Nazarian. -- 1. ed. -- São Paulo : Vestígio, 2021.

  Título original: The beekeeper of Aleppo
  ISBN 978-65-86551-39-6

  1. Ficção inglesa 2. Síria - Refugiados - Ficção I. Título.

21-62880   CDD-823

Índices para catálogo sistemático:
1. Ficção : Literatura inglesa 823

Maria Alice Ferreira - Bibliotecária - CRB-8/7964

A **VESTÍGIO** É UMA EDITORA DO **GRUPO AUTÊNTICA**

São Paulo
Av. Paulista, 2.073 . Conjunto Nacional
Horsa I . Sala 309 . Cerqueira César .
01311-940 São Paulo . SP
Tel.: (55 11) 3034 4468

Belo Horizonte
Rua Carlos Turner, 420
Silveira . 31140-520
Belo Horizonte . MG
Tel.: (55 31) 3465 4500

www.editoravestigio.com.br
SAC: atendimentoleitor@grupoautentica.com.br

*Para papai
Também para S*

1

Estou assustado com os olhos da minha mulher. Ela não consegue enxergar o lado de fora, e ninguém consegue enxergar lá dentro. Veja, são como pedras, pedras cinza, pedras marinhas. Olhe para ela. Veja como está sentada na beirada da cama, sua camisola no chão, rolando nos dedos a bola de gude de Mohammed, esperando que eu a vista. Estou ganhando tempo colocando minha camisa e a calça, porque estou muito cansado de vesti-la. Veja as dobras da sua barriga, a cor de mel do deserto, mais escura nas dobras, e as linhas muito finas e prateadas na pele dos seus seios, as pontas dos seus dedos com cortezinhos minúsculos, onde as formas de encostas e vales já estiveram manchadas com tinta azul, amarela ou vermelha. Houve época em que sua risada era ouro, você poderia vê-la, além de escutá-la. Olhe para ela, porque acho que ela está desaparecendo.

— Tive uma noite de sonhos dispersos — ela diz. — Eles encheram o quarto.

Seus olhos estão fixos um pouco à minha esquerda. Sinto náusea.

— O que isso quer dizer?

— Eles eram fragmentados. Estavam por toda parte. E eu não sabia se estava acordada ou dormindo. Eram muitos os sonhos, como abelhas em um quarto, como se o quarto estivesse cheio de abelhas. E eu não conseguia respirar. Acordei e pensei, por favor, faça com que eu não sinta fome.

Olho para ela, confuso. Ainda não há expressão. Não lhe conto que agora só sonho com assassinato, sempre o mesmo sonho. Sou só eu e o homem, estou segurando o bastão e minha mão está sangrando; no sonho, os outros não estão lá, e ele está no chão, as árvores acima dele, e ele me diz alguma coisa que não consigo escutar.

— E sinto dor — ela diz.

— Onde?

— Atrás dos olhos. Uma dor bem aguda.

Ajoelho-me em frente a ela, e olho nos seus olhos. O vazio absoluto que há neles me aterroriza. Tiro o celular do bolso, acendo a luz da lanterna neles. Suas pupilas dilatam-se.

— Você vê alguma coisa? — pergunto.

— Não.

— Nem ao menos uma sombra, uma mudança de tom ou cor?

— Só preto.

Enfio o celular no bolso e me afasto dela. Desde que chegamos aqui, ela piorou. É como se sua alma estivesse evaporando.

— Você pode me levar ao médico? — ela pergunta. — Porque a dor está insuportável.

— Claro — eu digo. — Logo.

— Quando?

— Assim que conseguirmos os documentos.

***

Fico feliz que Afra não possa ver este lugar. Mas ela gostaria das gaivotas, do seu jeito maluco de voar. Em Alepo, estávamos longe do mar. Tenho certeza de que ela gostaria de ver estes pássaros, talvez até a costa, porque foi criada junto ao mar, enquanto eu sou do leste de Alepo, onde a cidade encontra o deserto.

Quando nos casamos e Afra veio viver comigo, sentiu tanta falta do mar que começou a pintar água onde quer que a encontrasse. Pelo árido planalto da Síria, há oásis, córregos e rios que deságuam em pântanos e pequenos lagos. Antes de termos Sami, seguíamos a água, e ela a pintava com tinta a óleo. Existe uma pintura do Queiq que eu gostaria de poder rever. Ela fez com que o rio parecesse um escoamento de águas pluviais fluindo pelo parque da cidade. Afra tinha esse jeito de ver verdade em paisagens. A pintura, e seu mísero rio, lembram-me a luta para permanecer vivo. A cerca de trinta quilômetros ao sul de Alepo, o rio desiste da luta na rigorosa estepe síria e se evapora nos pântanos.

Os olhos dela me assustam. Mas estas paredes úmidas, os fios no teto e os outdoors, não sei como ela lidaria com tudo isto, caso pudesse ver. O outdoor logo aí fora diz que nosso número é excessivo, que esta ilha se partirá com nosso peso. Estou feliz que ela esteja cega. Sei o que isto parece! Se eu pudesse lhe dar uma chave que abrisse uma porta para outro mundo, desejaria que ela voltasse a ver. Mas teria que ser um mundo muito diferente deste aqui. Um lugar onde o sol acaba de nascer, tocando os muros que circundam a cidade antiga, e fora desses muros, os bairros que parecem alvéolos, as casas, apartamentos, hotéis e vielas estreitas, uma feira livre onde mil colares pendurados brilham à primeira luz, e mais longe, pelas terras do deserto, ouro sobre ouro, vermelho sobre vermelho.

Sami estaria ali, sorrindo e correndo por aquelas vielas com seus tênis surrados, uns trocados na mão, a caminho da loja para comprar leite. Tento não pensar em Sami. Mas Mohammed? Ainda espero que ele encontre a carta e o dinheiro que deixei debaixo do pote de Nutella. Acho que um dia haverá uma batida na porta, e quando eu abrir ele estará ali parado, e eu direi:

— Mas como você conseguiu chegar aqui, Mohammed? Como soube onde nos encontrar?

Ontem, vi um menino pelo espelho embaçado de vapor do banheiro compartilhado. Ele usava uma camiseta preta, mas quando me virei, era o homem do Marrocos, sentado no vaso sanitário, mijando.

— Você deveria trancar a porta — ele disse, em seu próprio árabe.

Não consigo me lembrar do seu nome, mas sei que ele é de uma aldeia perto de Taza, no sopé das montanhas Rif. Ontem à noite, ele me contou que é possível que eles o mandem para o centro de remoção, em um lugar chamado Yarl's Wood. A assistente social acha que existe uma chance de eles fazerem isto. Nesta tarde, é minha vez de me reunir com ela. O marroquino diz que ela é muito bonita, que parece uma dançarina de Paris com quem ele uma vez fez amor num hotel em Rabat, bem antes de se casar com sua esposa. Ele me perguntou sobre a vida na Síria. Contei sobre as minhas colmeias em Alepo.

À noite, a proprietária nos trás chá com leite. O marroquino é velho, talvez tenha oitenta, ou mesmo noventa anos. Tem a aparência e o cheiro de quem é feito de couro. Lê *Como ser um britânico*, e às vezes sorri consigo mesmo. Fica com o celular no colo, e às vezes para ao final de cada página para olhar para ele, mas ninguém nunca telefona. Não sei quem ele está esperando, e não sei como chegou até aqui, nem por que fez tal viagem com uma idade tão avançada, porque ele parece alguém à espera de morrer. Ele detesta a maneira como os não muçulmanos ficam em pé para mijar.

Existe cerca de dez de nós neste B&B decadente junto ao mar, todos de lugares diferentes, todos aguardando. É possível que eles nos aceitem, é possível que nos mandem embora, mas já não há muito o que decidir. Que estrada tomar, em quem acreditar, se levantar novamente o bastão e matar um homem. Estas coisas pertencem ao passado. Logo evaporarão, como o rio.

Pego o *abaya*[1] de Afra no cabide do guarda-roupa. Ela escuta e se levanta, erguendo os braços. Parece mais velha, agora, mas se comporta como mais nova, como se tivesse se transformado numa criança. Seu cabelo tem a cor e a textura de areia, já que o tingimos para as fotos, descorando o tom árabe. Eu o prendo num coque, e envolvo sua cabeça com seu *hijab*,[2] fixando-o com grampos, enquanto ela orienta meus dedos, como sempre faz.

A assistente social estará aqui à uma da tarde, e todas as reuniões acontecem na cozinha. Ela vai querer saber como chegamos até aqui, e procurará um motivo para nos mandar embora, mas eu sei que se disser as coisas certas, se convencê-la de que não sou um assassino, então conseguiremos ficar aqui por sermos os que tiveram sorte, porque viemos

---

[1] Manto usado por algumas mulheres muçulmanas. [N.T.]
[2] Lenço usado por algumas mulheres muçulmanas para esconder o cabelo, como sinal de modéstia, atualmente, também como afirmação religiosa. [N.T.]

do pior lugar do mundo. O marroquino não tem tanta sorte, terá que provar mais coisas. Agora, ele está sentado na sala de visitas, junto às portas de vidro, segurando com as duas mãos um relógio de bolso de bronze, aninhando-o em suas palmas como se fosse um ovo incubado. Olha para ele, esperando. Pelo quê? Quando me vê aqui parado, diz:

– Ele não funciona, sabe? Parou numa hora diferente.

Levanta-o para a luz pela corrente e sacode-o com delicadeza, este relógio parado feito de

...bronze...

era a cor da cidade lá embaixo. Vivíamos em uma casinha térrea de dois dormitórios, em uma colina. Lá do alto, podíamos ver toda a arquitetura anárquica e os lindos domos e minaretes, e mais distante a cidadela apontando.

Era agradável sentar na varanda na primavera; podíamos sentir o cheiro da terra do deserto, e ver o sol vermelho recolhendo-se sobre a terra. Mas no verão, ficávamos dentro de casa com um ventilador ligado, toalhas molhadas na cabeça, e os pés numa bacia de água fria porque era quente como um forno.

Em julho, a terra ficava ressecada, mas em nosso jardim tínhamos árvores de damasco e amendoeiras, tulipas, íris e coroas-imperiais. Quando o rio secava, eu descia até o tanque de irrigação para pegar água para o jardim e mantê-lo vivo. Em agosto era como tentar ressuscitar um cadáver, então eu via tudo aquilo morrer e se fundir com o restante da terra. Quando estava mais fresco, dávamos um passeio e observávamos os falcões voando pelo céu do deserto.

Eu tinha quatro colmeias no jardim, empilhadas uma em cima da outra, mas o restante estava num campo na periferia leste de Alepo. Detestava ficar longe das abelhas. De manhã, eu acordava cedo, antes do sol, antes do chamado do muezim[3] para a oração. Dirigia os cinquenta quilômetros até os apiários e chegava quando o sol estava nascendo, os campos cheios de luz, o zumbir das abelhas uma única nota límpida.

As abelhas eram uma sociedade ideal, um pequeno paraíso em meio ao caos. As obreiras viajavam para longe e por um espaço amplo para encontrar comida, preferindo ir aos campos mais distantes. Coletavam néctar de flores de limoeiros e trevos, sementes de cominho preto e anis, eucalipto, algodão, espinheiros e urzes. Eu cuidava das abelhas, alimentava-as, e monitorava as colmeias para impedir infestações ou más condições de saúde. Às vezes, eu construía novas colmeias, dividia as colônias ou criava abelhas-rainha – tirava as larvas de outra colônia e observava enquanto as abelhas cuidadoras alimentavam-nas com geleia real.

Mais tarde, na época da colheita, eu verificava as colmeias para ver quanto mel as abelhas tinham produzido, e depois punha os quadros com os favos nos extratores e enchia os baldes, raspando o resíduo para recolher o líquido dourado por debaixo. Era meu dever proteger as abelhas, mantê-las saudáveis e fortes, enquanto elas realizavam sua tarefa de produzir mel e polinizar a terra para nos manter vivos.

Quem me introduziu na apicultura foi meu primo Mustafá. Seu pai e seu avô tinham sido apicultores nos vales verdes, a oeste da cordilheira Antilíbano. Mustafá era um

---

[3] Encarregado muçulmano de chamar, do alto dos minaretes, os fiéis para as orações, cinco vezes ao dia. [N.T.]

gênio com coração de menino. Estudou e se tornou professor na Universidade de Damasco, pesquisando a composição precisa do mel. Como viajava de lá para cá entre Damasco e Alepo, quis que eu administrasse os apiários. Ele me ensinou muito sobre o comportamento das abelhas e como manipulá-las. As abelhas nativas ficavam agressivas com o calor, mas ele me mostrou como entendê-las.

Quando a universidade fechava para os meses de verão, Mustafá juntava-se a mim em tempo integral em Alepo. Nós dois trabalhávamos duro, muitas horas. No final, pensávamos como as abelhas, até comíamos como as abelhas! Comíamos pólen misturado com mel, para nos mantermos no calor.

Nos primeiros dias, quando eu tinha meus vinte anos e ainda era novo no trabalho, nossas colmeias eram feitas de matéria vegetal coberta com lama. Mais tarde, substituímos os baús de cortiça e as colmeias de terracota por caixas de madeira, e logo tínhamos mais de quinhentas colônias! Produzíamos, no mínimo, dez toneladas de mel por ano. Havia inúmeras abelhas, e elas me faziam sentir vivo. Quando eu estava longe delas era como se uma grande festa tivesse terminado. Anos depois, Mustafá abriu uma loja na parte nova da cidade. Além de mel, ele vendia cosméticos à base de mel: cremes atraentes com cheiro doce, sabonetes e produtos capilares de nossas próprias abelhas. Ele tinha aberto a loja para a filha. Embora jovem à época, ela achava que estudaria agricultura, exatamente como o pai. Assim, Mustafá deu à loja o nome de *Paraíso de Aya*, e prometeu que, um dia, se ela estudasse bastante, a loja seria dela. A filha adorava vir cheirar os sabonetes e passar os cremes nas mãos. Era uma menina inteligente para a idade, eu me lembro de uma vez em que ela disse: "Esta loja é como o mundo cheiraria se não houvesse humanos".

Mustafá não queria uma vida tranquila. Ele sempre se esforçou para fazer mais e aprender mais. Nunca vi isto em nenhum outro ser humano. Por mais que progredíssemos, mesmo quando tínhamos clientes importantes da Europa, da Ásia e do Golfo, era eu quem cuidava das abelhas, a pessoa em quem ele confiava para isto. Ele dizia que eu tinha uma sensibilidade que faltava na maioria dos homens, que eu entendia os ritmos e os padrões delas. Ele tinha razão. Aprendi como realmente escutar as abelhas e falava com elas como se fossem um corpo que respira e que tem um coração, porque, entenda, as abelhas trabalham em conjunto. Mesmo quando, no final do verão, os zangões são mortos pelas operárias para preservar os recursos alimentícios, elas continuam trabalhando juntas, como uma entidade. Elas se comunicam entre si através de uma dança. Levei anos para entendê-las, e depois disso, o mundo à minha volta nunca mais pareceu o mesmo, nem soou do mesmo jeito.

Mas com o passar dos anos, o deserto foi crescendo lentamente, o clima ficando mais inóspito, os rios foram secando, os fazendeiros dando duro; só as abelhas eram resistentes à seca. "Olhe para estas pequenas guerreiras", Afra dizia nos dias em que vinha visitar os apiários com Sami, uma trouxinha embrulhada em seus braços, "olhe para elas ainda trabalhando, quando tudo mais está morrendo!". Afra sempre rezava por chuva, porque temia as tempestades de areia e as secas. Quando uma tempestade de areia se aproximava, podíamos ver, da nossa varanda, o céu acima da cidade ficar roxo, e então havia um assobio profundo na atmosfera, e Afra corria à volta da casa fechando todas as portas, aferrolhando todas as janelas e venezianas.

***

Todo sábado, íamos jantar na casa de Mustafá. Dahab e Mustafá cozinhavam juntos, Mustafá pesando meticulosamente na balança cada ingrediente, cada tempero, como se um mínimo erro fosse estragar toda a refeição. Dahab era uma mulher alta, quase da mesma altura que o marido, e ficava ao lado dele sacudindo a cabeça, como eu a tinha visto fazer com Firas e Aya. "Vamos logo", dizia. "Vamos logo! Neste passo vamos comer esta refeição de sábado no próximo sábado." Ele cantarolava enquanto cozinhava, e parava de vinte em vinte minutos, ou coisa assim, para fumar, ficando no pátio sob a árvore florida, mordendo e aspirando a ponta do cigarro.

Eu me juntava a ele, mas nesses momentos ele ficava quieto, os olhos cintilando pelo calor da cozinha, os pensamentos em algum outro lugar. Mustafá começou a temer pelo pior antes de mim, e eu percebia a preocupação nas linhas do seu rosto.

Eles moravam no andar térreo de um prédio de apartamentos, e o pátio era fechado em três lados pelos muros dos prédios vizinhos, de modo que sempre estava fresco e cheio de sombras. Os sons dos terraços acima desciam até nós – trechos de conversas, música, o leve murmúrio de aparelhos de televisão. O pátio possuía videiras repletas de uvas, e uma treliça de jasmim cobrindo uma parede, e em outra, uma prateleira de jarros vazios e porções de favos de mel.

A maior parte do pátio era ocupada por uma mesa de jardim de metal, logo abaixo do limoeiro, mas havia comedouros de passarinhos ao longo das bordas e uma hortinha num quadrado de terra, onde Mustafá tentava cultivar ervas. A maioria delas murchava por não haver luz solar suficiente. Eu observava meu primo apertar uma das flores do limoeiro entre o polegar e o indicador e aspirar o perfume.

Nesses momentos, na tranquilidade de uma noite de sábado, ele começava a ruminar coisas, a ponderar; sua mente nunca conseguia descansar, nunca estava quieta.

— Você já imaginou como seria ter uma vida diferente? — ele me perguntou em uma dessas noites.

— Como assim?

— Às vezes me assusta pensar em como a vida pode tomar um ou outro rumo. E se eu estivesse trabalhando em algum lugar num escritório? E se você tivesse escutado seu pai e terminado numa loja de tecidos? Temos muito a agradecer.

Não respondi. Embora minha vida pudesse, facilmente, ter seguido outra direção, não havia a menor chance de Mustafá terminar num escritório. Não, seus pensamentos sombrios vinham de algum outro lugar, como se ele já tivesse medo de perder tudo, como se algum eco do futuro estivesse voltando para trás e sussurrando em seu ouvido.

Para grande aborrecimento de Mustafá, seu filho, Firas, nunca deixava o computador para ajudar na refeição. "Firas!" Mustafá chamava, indo para a cozinha. "Levante-se antes de ficar colado nessa cadeira!" Mas Firas ficava na cadeira de vime da sala de visitas, de camiseta e short. Era um rapaz esguio, de doze anos, rosto comprido e cabelo ligeiramente crescido, e quando sorria, desafiando o pai, por um momento ficava parecido com um cão de caça da raça Saluki, do tipo que se encontra no deserto.

Aya, que era apenas um ano mais velha do que o irmão, pegava Sami pela mão e arrumava a mesa; a essa altura, ele tinha três anos e andava por lá como um homenzinho numa missão. Ela lhe dava um prato limpo ou uma xícara para segurar, de modo a ele sentir que estava ajudando. Aya tinha cabelos dourados, como a mãe, e Sami puxava seus cachos sempre que ela se curvava, e ria quando eles saltavam de volta para o lugar. E então, todos nós participávamos, até Firas – Mustafá puxava-o da cadeira pelo braço esquelético –, e levávamos travessas fumegantes, saladas coloridas, pastas e pães para a mesa do pátio. Às vezes tínhamos lentilhas vermelhas e sopa de batata doce com cominho, ou *kawaj*[4] com carne e abobrinhas, corações de alcachofra recheados, cozido de feijão verde, tabule, ou espinafre com pinhole e romã. Mais tarde, baclava[5] embebida em mel e bolinhas de massa *luqaimat*[6] pingando calda ou damasco em conserva, preparado por Afra. Firas estaria no celular, e Mustafá arrancava-o das suas mãos, colocando-o dentro de um dos potes vazios de mel, mas ele nunca ficava realmente bravo com o filho; havia certo humor entre eles, mesmo quando um confrontava o outro.

– Quando é que eu posso pegar de volta? – Firas dizia.
– Quando nevar no deserto.

E quando o café estava na mesa, o celular estaria fora do pote de mel e de volta às mãos de Firas.

– Da próxima vez, Firas, ele não vai ser colocado num pote *vazio*!

Desde que Mustafá estivesse cozinhando ou comendo, estava feliz. Era mais tarde, quando o sol havia se posto e o perfume do jasmim noturno nos envolvia, quando o ar estava parado e denso, que seu rosto desabava e eu sabia que ele estava pensando, que a quietude e a escuridão da noite tinham, mais uma vez, trazido sussurros do futuro.

---

[4] Prato feito à base de berinjela bem cozida. [N.T.]
[5] Massa folhada recheada com pasta de nozes. [N.T.]
[6] Bolinhos de massa doce, crocantes por fora e macios por dentro, muito popular em períodos de festas entre os muçulmanos. [N.T.]

— O que foi, Mustafá? — perguntei uma noite, quando Dahab e Afra enchiam a lava-louças depois do jantar, a risada estrondosa de Dahab mandando os passarinhos além dos prédios e para o céu noturno. — Ultimamente você não parece você.

— A situação política está piorando — ele disse.

Eu sabia que ele tinha razão, embora nenhum de nós quisesse, de fato, conversar a respeito. Ele apagou seu cigarro e limpou os olhos com as costas da mão.

— As coisas vão ficar feias. Nós todos sabemos disto, não é? Mas tentamos continuar a vida como era antes.

Ele enfiou uma bolinha de massa na boca, como que para provar que tinha razão. Era final de junho, e em março daquele ano a guerra civil tinha começado com protestos em Damasco, trazendo desassossego e violência para a Síria. Devo ter baixado o olhar a essa altura, e talvez ele tenha visto a preocupação no meu rosto, porque quando voltei a erguer os olhos, ele sorria.

— Vou te dizer uma coisa. Que tal a gente criar mais receitas para a Aya? Tenho algumas ideias, mel de eucalipto com lavanda!

Seus olhos brilharam e ele começou a considerar seu novo sabonete, chamando Aya para levar seu laptop para fora e assim, juntos, os dois poderem criar a composição exata. Embora Aya só tivesse quatorze anos à época, Mustafá estava decidido a ser seu professor.

Aya estava ocupada, brincando com Sami. Como meu filho gostava dela! Estava sempre desesperado para ficar perto dela, sempre à procura dela com seus olhos grandes e cinza. Eram da cor dos olhos da mãe. Pedra. Ou da cor dos olhos de um recém-nascido antes de mudar para castanho, só que os dele não mudaram, e também não ficaram mais azuis. Sami seguia Aya por toda parte, puxando sua saia, e ela o levantava bem alto nos braços, para lhe mostrar os passarinhos nos comedouros, ou os insetos e lagartos que rastejavam pelas paredes e pelo pátio cimentado.

A cada receita, Mustafá e Aya avaliavam os pigmentos e ácidos, os minerais em cada tipo de mel, para criar uma combinação que *funcionasse perfeitamente*, segundo ele. Então, os dois calculavam a densidade do açúcar, a granulação, a tendência a absorver umidade do ar, imunidade contra deterioração. Eu dava sugestões, e eles as aceitavam com sorrisos gentis, mas era a mente de Mustafá que trabalhava como as abelhas. Era ele que tinha as ideias e a inteligência, enquanto eu era quem fazia tudo acontecer.

E por um tempo, naquelas noites, com os doces de damasco e o perfume do jasmim noturno, Firas em seu computador e Aya sentada ao nosso lado com Sami nos braços, enquanto ele mascava seu cabelo, a risada de Afra e Dahab chegando até nós vinda lá da cozinha, naquelas noites nós ainda éramos felizes. A vida estava bem próxima do normal para que esquecêssemos nossas dúvidas, ou, pelo menos, para mantê-las fechadas em algum lugar nos recessos sombrios das nossas mentes, enquanto fazíamos planos para o futuro.

Quando a confusão começou, Dahab e Aya foram embora. Mustafá convenceu-as a ir sem ele. Conforme seus medos começaram a se confirmar, ele fez planos com a maior rapidez, mas precisava ficar um pouco mais para cuidar das abelhas. À época, pensei que ele estava sendo muito precipitado, que a morte da mãe quando ele era criança – o que o assombrara pelo tempo em que eu o conhecia – tinha, de alguma maneira, feito com que fosse excessivamente protetor em relação às mulheres em sua vida, e como resultado, Dahab e Aya achavam-se entre as primeiras a deixar a região, tendo a sorte de serem poupadas do que estava por vir. Mustafá tinha um amigo na Inglaterra, professor de sociologia, que se mudara para lá alguns anos antes por causa de trabalho, e esse homem telefonara para Mustafá insistindo para que ele fosse para o Reino Unido; estava convencido de que a situação pioraria. Mustafá deu à mulher e à filha dinheiro suficiente para fazerem a viagem, enquanto ficava na Síria com Firas.

– Não posso simplesmente abandonar as abelhas, Nuri – disse numa noite, sua mãozorra passando pelo rosto e pela barba, como se ele estivesse tentando apagar a expressão sombria que agora sempre ostentava. – Para nós, as abelhas são parte da família.

Antes de as coisas ficarem realmente ruins, Mustafá e Firas juntavam-se a nós no jantar, à noite, e sentávamos juntos na varanda observando a cidade lá embaixo e escutando o estrondo de uma bomba distante, vendo a fumaça subir para o céu. Mais tarde, quando a situação piorou, começamos a conversar sobre irmos embora juntos. Ficávamos à volta do meu globo iluminado, na penumbra do anoitecer, enquanto ele traçava com o dedo a viagem que Dahab e Aya haviam feito. Para elas tinha sido mais fácil. Numa gorda carteira de couro, Mustafá tinha os nomes e número de telefone de vários atravessadores. Percorremos os livros, verificando as finanças, calculando o possível custo da nossa fuga. Logicamente, era difícil prever, os atravessadores mudavam suas taxas de uma hora para outra, mas tínhamos um plano, e Mustafá adorava planos, listas e itinerários. Eles faziam com que se sentisse seguro. Mas eu sabia que aquilo era só falatório; Mustafá não estava pronto para deixar as abelhas.

Certa noite, no alto verão, vândalos destruíram as colmeias. Puseram fogo nelas, e quando chegamos aos apiários pela manhã, tinham virado carvão. As abelhas tinham morrido e a área estava preta. Jamais vou esquecer o silêncio, aquele silêncio profundo e sem fim. Sem as nuvens de abelhas sobre o campo, deparamo-nos com um céu e uma luz imóveis. Naquele momento, enquanto eu estava na beira do terreno onde o sol se inclinava ao longo das colmeias arruinadas, tive uma sensação de vazio, um nada silencioso que me invadia sempre que eu inspirava. Mustafá sentou-se no chão no meio do terreno, com as pernas cruzadas e os olhos fechados. Caminhei por lá, esquadrinhando o chão à procura de abelhas vivas e pisando nelas porque não tinham colmeia, nem colônia. A maioria das colmeias tinha se desfeito completamente, mas algumas permaneciam como esqueletos, com os números ainda visíveis: 12, 21, 121, as colônias da avó, da mãe e da filha. Eu sabia, porque eu mesmo tinha dividido as colmeias. Três gerações de abelhas. Mas agora, não restava nenhuma. Fui para casa e pus Sami na cama, sentando-me por um tempo ao lado dele, enquanto ele dormia. Depois, fui para a varanda e contemplei o céu que escurecia, e a cidade inquietante abaixo.

No sopé da colina estava o Queiq. Na última vez em que vi o rio, ele estava cheio de lixo. No inverno, pescaram os corpos de homens e meninos. Estavam com as mãos amarradas, balas na cabeça. Naquele dia de inverno, em Bustan al-Qasr, na região sul, observei-os tirando fora os corpos. Acompanhei-os até uma velha escola, onde eles foram estendidos no pátio. Dentro do prédio estava escuro e havia velas acesas em um balde de areia. Uma mulher de meia-idade ajoelhou-se no chão ao lado de outro balde cheio de água. Ia limpar os rostos dos homens mortos, ela disse, para que as mulheres que os amavam os reconhecessem quando viessem à procura. Se eu tivesse sido um dos mortos no rio, Afra teria subido uma montanha para me encontrar. Teria nadado até o fundo daquele rio, mas isso foi antes de eles a cegarem.

Afra era diferente antes da guerra. Costumava fazer a maior bagunça o tempo todo. Se estivesse fazendo algum assado, por exemplo, haveria farinha por toda superfície, até em Sami. Ele estaria coberto de farinha. Quando pintava, fazia uma confusão. E se Sami também estivesse pintando, era ainda pior, como se eles tivessem sacudido pincéis ensopados de tinta por todo o quarto. Mesmo ao falar, ela era bagunceira, jogando palavras para cá e para lá, pegando-as de volta, jogando outras diferentes. Às vezes, ela mesma se interrompia. Quando ria, era uma risada tão forte que a casa balançava.

Mas quando ficava triste, meu mundo escurecia. Eu não tinha o que fazer quanto a isto. Ela era mais forte do que eu. Chorava como uma criança, ria como sinos tocando, e seu sorriso era o mais bonito que já vi. Poderia passar horas discutindo sem fazer uma pausa. Afra amava, detestava e aspirava o mundo como se fosse uma rosa. Por tudo isso, eu a amava mais do que à vida.

A arte que ela fazia era incrível. Ganhou prêmios por suas pinturas da Síria urbana e rural. Aos domingos de manhã, íamos todos ao mercado e montávamos uma barraca, bem em frente a Hamid, que vendia temperos e chá. A barraca era na parte coberta do *souq*[7]. Ali era escuro e um pouco úmido, mas dava para sentir o cheiro de cardamomo, canela, anis e

---

[7] Espécie de feira ou bazar dos países árabes, onde se vende de tudo, de produtos alimentícios a objetos, roupas, adereços, tapetes, produtos artesanais, etc. [N.T.]

um milhão de outros condimentos. Mesmo sob aquela luz fraca, as paisagens em suas pinturas não ficavam paradas. Era como se estivessem se movendo, como se o céu que havia nelas estivesse se movendo, como se a água que havia nelas estivesse se movendo.

Você devia ter visto a maneira como ela se relacionava com os clientes que se aproximavam da barraca, empresários e mulheres, principalmente da Europa ou da Ásia. Naqueles momentos, ela se sentava, muito quieta, com Sami no colo, os olhos fixos nos clientes, enquanto eles se aproximavam de uma pintura, levantando os óculos – quando os usavam –, depois se afastando, muitas vezes recuando tanto que batiam nos clientes de Hamid, e então ficavam ali parados por um longo tempo. E muitas vezes os clientes diziam: – Afra é *você?* E ela respondia: – Sim, sou a Afra. – E isso bastava. Pintura vendida.

Havia todo um mundo nela, e os clientes podiam ver isto. Naquele momento, enquanto observavam a pintura e depois olhavam para ela, viam do que era feita. A alma de Afra era tão vasta quanto os campos, o deserto, o céu, o mar e o rio que ela pintava, e igualmente misteriosa. Sempre havia mais para saber, entender, e por mais que eu soubesse, não era suficiente, eu queria mais. Mas na Síria existe um ditado: *Dentro de quem você conhece, existe alguém que você não conhece.* Eu a amei desde o dia em que a conheci, no casamento do filho mais velho do meu primo Ibrahim, no hotel Dama Rose, em Damasco. Ela usava um vestido amarelo com um *hijab* de seda. E seus olhos não eram do azul do mar, nem do azul do céu, mas do azul escuro do Rio Queiq, com volutas de marrom e verde.

Lembro-me da noite do nosso casamento, dois anos depois, e como ela quis que eu tirasse seu *hijab.* Tirei os grampos, delicadamente, um por um, desenrolando o tecido, e vendo, pela primeira vez, seu longo cabelo preto, tão escuro quanto o céu sobre o deserto numa noite sem estrelas.

Mas o que eu mais amava nela era sua risada. Ela ria como se jamais fôssemos morrer.

Quando as abelhas morreram, Mustafá ficou pronto para deixar Alepo. Estávamos prestes a ir, quando Firas sumiu, então esperamos por ele. Mustafá mal falava nessa época, sua mente totalmente preocupada, imaginando uma coisa ou outra. De vez em quando dava um palpite sobre onde Firas poderia estar. "Talvez ele tenha ido encontrar os amigos, Nuri", ou "Talvez ele não se conforme em deixar Alepo, esteja se escondendo em algum lugar, para que a gente fique" ou, uma vez "Talvez tenha morrido, Nuri. Talvez meu filho tenha morrido".

Nossas malas estavam feitas e estávamos prontos, mas os dias e noites se passavam sem sinal de Firas. Então, Mustafá trabalhou em um necrotério, num prédio abandonado, onde registrava os detalhes e a causa da morte: balas, estilhaços, explosão. Era esquisito vê-lo num recinto fechado, longe do sol. Tinha um caderno preto e trabalhava o tempo todo, anotando com um toco de lápis os detalhes dos mortos. Quando conseguia identificar os cadáveres, sua tarefa ficava mais fácil; outras vezes, anotava um traço marcante, como a cor do cabelo ou dos olhos, a forma particular do nariz, uma verruga na face esquerda. Mustafá fez isso até aquele dia de inverno, quando eu trouxe seu filho do rio. Reconheci o adolescente morto nas lajes do pátio da escola. Pedi a dois homens que tinham um carro para me ajudarem a levar o corpo até o necrotério. Quando

Mustafá viu Firas, pediu que o deitássemos sobre a mesa, depois fechou os olhos do menino e ficou por um longo tempo imóvel, segurando sua mão. Fiquei à porta, enquanto os outros homens iam embora, o som de um motor, o carro se afastando, e então baixou uma quietude, muita quietude, e a luz entrou pela janela acima da mesa onde o menino estava deitado, onde Mustafá, em pé, segurava sua mão. Por um tempo não se ouviu um som, nem uma bomba, ou passarinho, ou uma respiração.

Então, Mustafá afastou-se da mesa, colocou os óculos, e afiou o pequeno lápis com uma faca, e sentando-se à mesa, abriu o caderno preto e escreveu:

Nome — Meu menino lindo.
Causa da morte — Este mundo esfacelado.

E essa foi a última vez que Mustafá anotou os nomes dos mortos.

Exatamente uma semana depois, Sami foi morto.

2

A assistente social diz que está aqui para nos ajudar. Seu nome é Lucy Fisher, e ela parece impressionada que eu fale inglês tão bem. Conto-lhe sobre meu trabalho na Síria, sobre as abelhas e as colônias, mas percebo que ela, na verdade, não me ouve. Está preocupada com os papéis a sua frente.

Afra nem ao menos vira o rosto para ela. Se você não soubesse que ela estava cega, pensaria que olhava pela janela. Hoje tem um pouco de sol, e ele se reflete das suas íris, o que faz com que pareçam água. As mãos dela estão entrelaçadas sobre a mesa da cozinha, e os lábios, cerrados. Ela entende um pouco de inglês, o suficiente para compreender, mas não fala com ninguém, além de mim. A única outra pessoa com quem a escutei falando foi Angeliki, cujos seios vazavam leite. Eu me pergunto se ela conseguiu encontrar uma maneira de sair daquela mata.

– Que tal as instalações, sr. e sra. Ibrahim? – Lucy Fisher, com seus grandes olhos azuis e os óculos com armação prateada, consulta seus papéis, como se a resposta a sua pergunta estivesse neles. Esforço-me para ver sobre o que o marroquino falava.

Ela olha para mim agora, e seu rosto irradia cordialidade.

– São muito limpas e seguras – digo –, em comparação a outros lugares. – Não conto a ela sobre esses outros lugares, e certamente não conto sobre os camundongos e as baratas em nosso quarto. Temo parecer ingratidão.

Ela não faz muitas perguntas, mas explica que logo seremos entrevistados por um agente da imigração. Empurra os óculos para o alto do nariz e me garante, num tom suave e preciso, que assim que recebermos a documentação probatória do nosso pedido de asilo, Afra poderá consultar um médico sobre a dor em seus olhos. Ela olha para Afra e noto que as mãos de Lucy Fisher estão entrecruzadas a sua frente exatamente da mesma maneira que minha esposa. Tem algo nisso que me parece estranho. Então, ela me passa um maço de papéis. Um pacote do Ministério do Interior: informação sobre pedido de asilo, elegibilidade, observações sobre seleção, observações sobre o processo de entrevista. Dou uma olhada e ela espera, paciente, observando-me.

Para permanecer no Reino Unido como refugiado é preciso que você não consiga viver em segurança em nenhuma parte do seu próprio país, por temer ser perseguido ali.

– Nenhuma parte? – pergunto. – Vocês nos mandarão de volta para uma região diferente?

Ela franze o cenho, puxando uma mecha de cabelo, e seus lábios se cerram como se ela tivesse comido algo horroroso.

– O que vocês precisam fazer agora – diz – é organizar sua história. Pensem no que vão dizer ao agente de imigração. Prestem atenção para que tudo seja claro, coerente e tão objetivo quanto possível.

— Mas vocês mandarão a gente de volta para a Turquia ou a Grécia? O que significa perseguição para vocês? — Digo isto mais alto do que pretendia, e meu braço começa a latejar. Esfrego a linha grossa da carne rígida, lembrando-me do gume da faca, e o rosto de Lucy Fisher fica borrado, minhas mãos tremem. Desabotoo o botão de cima da minha camisa. Tento manter as mãos quietas.

— Está quente aqui? — pergunto.

Ela diz algo que não consigo escutar, só vejo que seus lábios se movem. Agora, ela está se levantando, e posso sentir Afra se mexendo na cadeira ao meu lado. Há o som de água correndo. Um rio fluindo. Mas vejo uma centelha, como a borda de uma faca muito afiada. A mão de Lucy Fisher girando a torneira, caminhando até mim, colocando o copo em minhas mãos, e erguendo-o até o meu rosto, como se eu fosse uma criança. Bebo a água, toda ela, e Lucy Fisher senta-se. Agora, posso vê-la claramente, e ela parece amedrontada. Afra coloca a mão na minha perna.

O céu estala. Está chovendo. Chuva torrencial. Pior ainda do que Leros, onde a terra estava saturada de chuva e mar. Percebo que ela falou, escuto sua voz em meio à chuva, escuto a palavra *inimigo*, e ela me encara de cenho franzido, seu rosto branco parece afogueado.

— Como é? — pergunto.

— Eu disse que estamos aqui para ajudar tanto quanto possível.

— Escutei a palavra *inimigo* — digo.

Ela joga os ombros para trás e aperta os lábios, olha novamente para Afra, e na centelha de raiva que acende seu rosto e seus olhos, entendo sobre o que o marroquino estava falando. Mas não é comigo que ela está zangada; ela não pode realmente me ver.

— Eu só disse que não sou sua inimiga. — Agora, seu tom de voz é o de quem se desculpa, ela não deveria ter dito aquilo, escapou, está sob pressão, noto isso pela maneira com que puxa sua mecha de cabelo. Mas as palavras ainda ressoam no cômodo, mesmo enquanto ela junta suas coisas, mesmo enquanto fala com Afra, que agora balança a cabeça muito de leve para ela, ao menos para reconhecer sua presença.

— Espero que esteja bem, sr. Ibrahim — ela diz ao sair.

Seria bom se eu soubesse quem era meu inimigo.

Mais tarde, saio para o jardim cimentado e me sento na cadeira sob a árvore. Lembro-me das abelhas zumbindo, do som de paz, quase consigo sentir o cheiro do mel, flores de limoeiro e anis, mas isto é, repentinamente, substituído pelo cheiro oco de cinzas.

Há um zumbido. Não um som coletivo, como o de milhares de abelhas nos apiários, mas um único zumbido. No chão, junto aos meus pés, há uma abelha. Olhando de perto, vejo que ela não possui asas. Estendo a mão, e ela sobe no meu dedo, indo até a palma; uma mamangaba, roliça e peluda, pelagem muito macia, com largas faixas de amarelo e preto e uma longa língua enfiada debaixo do corpo. Agora, ela caminha nas costas do meu pulso, então a levo para dentro, e me sento na poltrona, observando-a enquanto ela se aninha na minha mão, preparando-se para dormir. Na sala de visitas, a proprietária nos traz chá com leite. Esta noite, está movimentado aqui. A maioria das mulheres foi para a cama, menos uma, que fala baixinho com um homem a seu lado, em farsi. Pelo jeito como ela usa seu *hijab* solto sobre o cabelo, sei que, provavelmente, é do Afeganistão.

O marroquino sorve o chá como se fosse a melhor coisa que ele já provou. Estala os lábios após cada gole. Ocasionalmente, verifica seu celular, depois fecha seu livro e tamborila nele com a palma da mão, como se fosse a cabeça de uma criança.

– O que é isso na sua mão? – ele pergunta.

Estendo a mão para que ele possa ver a abelha.

– Ela não tem asas – digo. – Desconfio que tem o vírus da asa deformada.

– Sabe – ele diz –, no Marrocos existe uma estrada do mel. Vêm pessoas do mundo todo para experimentar o nosso mel. Em Agadir, temos cachoeiras e montanhas cheias de flores que atraem pessoas e abelhas. Eu me pergunto como são essas abelhas britânicas. – Ele se inclina mais para perto, para dar uma olhada melhor, ergue a mão como se estivesse prestes a acariciá-la com o dedo, como se ela fosse um cachorro minúsculo, mas muda de ideia. – Ela ferroa? – pergunta.

– É possível.

Ele leva a mão para a segurança do seu colo. – O que você vai fazer com ela?

– Não posso fazer grande coisa. Vou levá-la de volta lá para fora. Deste jeito, ela não vai viver muito. Foi banida da colônia por não ter asas.

Ele olha para o pátio, através das portas de vidro. Trata-se de um pequeno quadrado cimentado, com lajotas e uma cerejeira no meio.

Eu me levanto e encosto o rosto no vidro. São nove horas e o sol está se pondo. A cerejeira é alta e negra, contra o céu em brasa.

— Agora tem sol, mas em três minutos vai chover — digo.
— As abelhas não saem na chuva. Elas jamais saem na chuva, e aqui chove setenta por cento do tempo.

— Acho que as abelhas inglesas são diferentes — ele diz. Quando me viro para ele, está novamente sorrindo. Não gosto que ele me ache divertido.

Há um banheiro no andar de baixo, e um dos homens foi ocupar o vaso sanitário. Seu jorro no vaso soa como uma cachoeira.

— Maldito estrangeiro — diz o marroquino, levantando-se para ir para a cama. — Ninguém urina em pé. Sente-se!

Saio para o pátio e coloco a abelha na flor de uma urze junto à cerca.

No canto da sala há um computador com acesso à internet. Sento-me à mesa para ver se Mustafá me mandou outra mensagem. Ele deixou a Síria antes de mim, e andamos trocando mensagens ao longo de nossas viagens. Está à minha espera no norte da Inglaterra, em Yorkshire. Lembro-me de como suas palavras me mantiveram em movimento. *Onde há abelhas há flores, e onde há flores há vida nova e esperança.* Vim para cá por causa de Mustafá. Ele é o motivo de Afra e eu continuarmos em frente até chegarmos ao Reino Unido. Mas agora só consigo ficar com o olhar fixo no reflexo do meu rosto na tela. Não quero que Mustafá saiba o que me tornei. Estamos finalmente no mesmo país, mas se nos encontrarmos, ele verá um homem destruído. Não acredito que me reconhecerá. Dou as costas para a tela.

Espero ali até que a sala se esvazie, até que todos os moradores com suas línguas estrangeiras e maneiras estrangeiras tenham saído, e o único som seja o do trânsito à distância. Imagino uma colmeia fervilhando de abelhas amarelas, e que quando elas saem, vão direto para o céu e para longe, à procura de flores. Tento visualizar a região além, as estradas, as luzes da rua e o mar.

A luz do sensor acende-se repentinamente no jardim. De onde estou sentado na poltrona, de frente para as portas, posso ver uma sombra, uma coisa pequena e escura, passando rápido pelo pátio. Parece ser uma raposa. Levanto-me para dar uma olhada, e a luz se apaga. Encosto o rosto no vidro, mas a coisa é maior do que uma raposa e está em pé. Ela se move e a luz torna a se acender. É um menino com as costas viradas para mim. Por um buraco na cerca, ele olha o outro jardim. Bato com força no vidro, mas ele não se vira. Procuro a chave e encontro-a pendurada em um prego atrás da cortina. Quando me aproximo, o menino se vira de frente para mim, como se estivesse a minha espera, olhando-me com aqueles olhos negros que pedem respostas para todas as questões do mundo.

– Mohammed – digo baixinho, para não assustá-lo.

– Tio Nuri – ele diz –, veja aquele jardim, tem muito verde ali!

Ele sai de lado para que eu possa dar uma olhada. Está tão escuro que não consigo ver nenhum verde, apenas as sombras suaves de arbustos e árvores.

– Como foi que você me achou? – pergunto, mas ele não responde. Sinto que preciso ser cauteloso. – Você quer entrar? – Mas ele se senta no cimento, pernas cruzadas, e volta a espiar pelo buraco. Sento-me ao seu lado.

– Tem um litoral aqui – ele diz.

– Eu sei.

– Não gosto do mar – ele diz.

– Eu sei. Eu me lembro.

Ele está segurando alguma coisa na mão. É branca e posso sentir o cheiro de limões, mas aqui não tem limões.

– O que é isso? – pergunto.

– Uma flor.

– Onde você a conseguiu?

Abro a mão e ele a coloca na minha palma. Diz que a colheu no limoeiro em

...Alepo...

era só poeira. Afra não queria ir embora. Todo mundo tinha partido. Agora, até Mustafá estava desesperado para partir. Mas Afra não. A casa de Mustafá ficava na estrada que dava para o rio, e eu descia a colina para visitá-lo. Não era uma longa caminhada, mas havia franco-atiradores e eu precisava tomar cuidado. Os passarinhos cantavam normalmente. O som do canto dos pássaros nunca muda. Mustafá me disse isso muitos anos atrás. E sempre que não havia ruído de bombas, os passarinhos saíam para cantar. Empoleiravam-se nos esqueletos de árvores, em crateras, fios e muros destruídos e cantavam. Voavam lá para o alto, no céu intocado, e cantavam.
Conforme eu me aproximava da casa de Mustafá, podia ouvir, mesmo à distância, o leve som de música. Sempre o encontrava sentado na cama do seu quarto semibombardeado, um vinil tocando num velho toca-discos, mordendo e inalando a ponta do seu cigarro, a fumaça subindo em nuvens acima dele, ao seu lado, na cama, um gato ronronando. Mas naquele dia, quando cheguei, Mustafá não estava lá. O gato dormia no lugar onde ele costumava se sentar, sua cauda enrolada ao redor do corpo. No criado-mudo, encontrei uma foto de nós dois, tirada no ano em que abrimos nosso

negócio em parceria. Estávamos os dois apertando os olhos contra o sol, Mustafá no mínimo trinta centímetros mais alto do que eu, os apiários atrás de nós. Eu sabia que estávamos cercados por abelhas, embora elas não fossem visíveis na foto. Debaixo da fotografia, havia uma carta.

Caro Nuri,

Às vezes acho que se continuar andando, encontrarei alguma luz, mas sei que posso andar até o outro lado do mundo e ainda haverá escuridão. Não é como a escuridão da noite, que também tem a luz branca das estrelas, da lua. Esta escuridão está dentro de mim, e não tem nada a ver com o mundo exterior.

Agora, tenho uma imagem do meu filho deitado naquela mesa, e nada pode fazê-la se apagar. Vejo-o sempre que fecho os olhos.

Agradeço por vir comigo todos os dias até o jardim. Se pelo menos tivéssemos algumas flores para pôr no túmulo dele! Às vezes, em minha mente, ele está sentado à mesa, comendo lakhma[8]. Com a outra mão, ele cutuca o nariz, e depois limpa-a no short, e eu lhe digo para parar de ser como o pai dele, e ele diz: "Mas você é meu pai!", e ri. Aquela risada. Posso ouvi-la. Ela voa acima da terra e desaparece à distância com os passarinhos. Acho que isto é sua alma, agora ela está livre. Ah, Alá, mantenha-me vivo enquanto for bom para mim, e quando a morte for melhor para mim, leve-me.

Ontem, saí para dar uma caminhada até o rio, e vi quando quatro soldados enfileiraram um grupo de meninos. Vendaram-nos e atiraram neles, um a um, e jogaram seus corpos no rio. Recuei e assisti a tudo isso, e imaginei Firas ali parado, entre eles, o medo em seu coração, sabendo que iria morrer, o fato de ele não poder ver o que estava acontecendo e só poder ouvir os tiros. Espero que ele tenha sido o primeiro da fila

---

[8] O que conhecemos como pão sírio. [N.T.]

a morrer. Nunca pensei que um dia desejaria isto. Também fechei os olhos e escutei, e entre os tiros e os baques de corpos caindo, ouvi um menino chorando. Chamava pelo pai. Os outros meninos estavam calados, temerosos demais para fazer um som. Num grupo, sempre tem uma pessoa com mais coragem do que o resto. É preciso bravura para gritar, para soltar o que existe no coração. Então, ele foi silenciado. Eu tinha um rifle na mão. Encontrei-o na semana passada, ao lado da rua, carregado com três balas. Então, eu tinha três tiros e havia quatro homens. Esperei até eles estarem com a guarda baixa, até se sentarem à margem do rio fumando cigarros e colocando os pés na água onde haviam jogado os corpos.

Minha pontaria foi boa. Acertei um na cabeça, um no estômago e o terceiro no coração. O quarto homem ficou em pé e ergueu as mãos para cima, e quando percebeu que já não me restavam tiros, partiu para sua arma e eu corri. Ele viu meu rosto e eles vão me encontrar. Preciso partir esta noite. Preciso chegar até Dahab e Aya. Não devia ter esperado tanto tempo para partir, mas não queria ir sem você e abandoná-lo aqui, no inferno.

Não posso esperar aqui para me despedir. Você precisa convencer Afra a partir. Você é compreensivo demais, sensível demais. Isto são qualidades admiráveis quando se trata de trabalhar com abelhas, mas não agora. Vou para a Inglaterra encontrar minha mulher e minha filha. Saia deste lugar, Nuri, ele já não é nossa casa. Agora, Alepo é como o cadáver de um ente amado, não tem vida, nem alma, está cheia de sangue podre.

Lembro-me da primeira vez em que você veio até os apiários do meu pai nas montanhas, e ficou ali parado, cercado de abelhas, sem equipamento de proteção, cobrindo os olhos com as mãos, e você me disse: "Mustafá, é aqui que eu quero estar", mesmo sabendo que seu pai não ficaria feliz. Lembre-se disto, Nuri. Lembre-se da força que você teve então. Pegue Afra e venha ao meu encontro.

Mustafá.

Sentei-me na cama e chorei, solucei como uma criança. A partir daquele dia, trago a fotografia e a carta no bolso, mas Afra não queria partir, então eu saía todos os dias e explorava as ruínas à procura de comida, e voltava com um presente para ela. Encontrava muitos fragmentos estranhos, peças quebradas ou não da vida das pessoas: um sapato de criança, uma coleira de cachorro, um celular, uma luva, uma chave. Interessante achar uma chave quando não há portas para abrir. Pensando nisso, ainda mais estranho era achar um sapato ou uma luva quando já não existe mão ou pé para calçá-los.

Eram presentes tristes. Mesmo assim, eu os oferecia a ela, colocava-os no seu colo, esperando uma reação que nunca veio. Mas continuava tentando. Era uma boa distração. Todos os dias eu saía e encontrava uma coisa nova. Um dia, encontrei o melhor presente de todos, uma romã.

— O que você viu? — ela me perguntou, quando parei junto à porta.

Estava sentada na cama de armar, onde Sami costumava dormir, de frente para a janela, com as costas para a parede. Lembrou-me um gato, em seu *hijab* preto, aquele rosto branco petrificado e grandes olhos cinza. Nem um mínimo de expressão. Eu só conseguia entender como ela se sentia pela sua voz, ou quando ela beliscava sua pele com tanta força que sangrava.

O cômodo cheirava a pão quente, a vida normal. Comecei a falar, mas parei, e ela virou o ouvido para mim, com uma leve torção da cabeça.

Vi que ela tinha voltado a fazer pão.

— Você fez *khubz*?[9] — perguntei.

---

[9] Nome genérico para pão árabe. [N.T.]

– Fiz para o Sami, não para você. Mas o que foi que você viu? – ela disse.
– Afra...
– Não sou idiota, sabe? Não perdi o juízo. Só queria fazer um pouco de pão para ele. Tudo bem pra você? Minha mente é mais perspicaz do que a sua, não se esqueça. O que você viu?
– A gente tem que fazer isto toda vez?
Olhei para ela. Entrelaçou os dedos.
– Então... as casas – comecei – parecem carcaças, Afra. Carcaças. Se você pudesse vê-las, choraria.
– Você me disse isto ontem.
– E agora o armazém está vazio. Mas ainda tem frutas nos engradados onde Adnan as deixou: romãs, figos, bananas e maçãs. E estão todas podres, agora, e as moscas, milhares delas infestando no calor. Mas remexi por lá e achei uma boa. E trouxe pra você. – Fui até ela e coloquei a romã em seu colo. Ela a pegou, sentiu sua carne com os dedos, girou-a, apertou-a nas mãos.
– Obrigada – disse. Mas não havia qualquer expressão.
Eu tinha esperança de que a romã fosse sensibilizá-la. Antes, ela passava horas descascando-as e tirando as sementes. Cortava-as ao meio, empurrava o centro um pouquinho para fora, depois começava a bater nelas com uma colher de pau, e quando tinha enchido a vasilha de vidro até o topo, sorria e dizia que tinha mil pedras preciosas. Gostaria que ela sorrisse. Mas era um desejo estúpido e egoísta. Ela não tinha nada pelo que sorrir. Seria melhor desejar que a guerra chegasse ao fim. Mas eu precisava de algo em que me agarrar, e se ela sorrisse, se por algum milagre ela sorrisse, seria como encontrar água no deserto.
– Por favor, me diga – ela não desistia. – O que você viu?
– Eu te contei.

– Não, você me contou o que viu ontem. Não o que viu hoje. E hoje você viu alguém morrer.

– Sua mente está te pregando peças. É toda essa escuridão.

Eu não deveria ter dito isso. Pedi desculpas uma, duas, três vezes, mas seu rosto não mudou.

– Eu sei pelo jeito que você respirava quando entrou – ela disse.

– E como é que eu estava respirando?

– Como um cachorro.

– Eu estava totalmente calmo.

– Calmo como uma tempestade.

– Tudo bem, então, quando saí da mercearia, fiz um pequeno desvio. Queria ver se Akram ainda estava aqui, e peguei a longa estrada que leva a Damasco, logo depois da ribanceira, naquela curva onde aquela caminhonete vermelha costumava parar às segundas-feiras.

Ela assentiu com um gesto de cabeça. Podia visualizar tudo, agora, em sua mente. Precisava de todos os detalhes. Acabei percebendo isto; ela precisava dos pequenos detalhes para poder ver o quadro por inteiro, de modo a fingir que eram seus olhos que viam aquilo tudo. Ela voltou a assentir com a cabeça, incitando-me a continuar.

– Então, me aproximei atrás de dois homens armados e entreouvi-os fazendo apostas sobre alguma coisa. Planejavam usar algo para praticar pontaria. Quando concordaram com as apostas, percebi que falavam sobre um menino de oito anos que brincava sozinho na rua. Para ser sincero, não sei o que ele estava fazendo ali. Por que sua mãe deixou-o...

– Que roupa ele estava usando? – ela perguntou. – O menino de oito anos, que roupa ele estava usando?

– Um pulôver vermelho e short azul. Era um short jeans.
– E de que cor eram seus olhos?
– Não vi seus olhos. Imagino que fossem castanhos.
– É um menino que eu conhecia?
– Pode ser – respondi. – Eu não o reconheci.
– E do que ele estava brincando?
– Tinha um caminhão de brinquedo.
– De que cor?
– Amarelo.

Ela estava adiando o inevitável, segurando-se no menino vivo o maior tempo possível, mantendo-o vivo. Deixei que ficasse em silêncio por alguns momentos, enquanto ela revirava aquilo em sua mente. Talvez estivesse memorizando as cores, os movimentos do menino. Ficaria com aquilo.

– Continue – disse.
– Percebi tarde demais – eu disse. – Um deles tinha feito a aposta e acertou na cabeça. Todo mundo correu e a rua ficou deserta.
– O que você fez?
– Não consegui me mexer. A criança estava deitada na rua. Não consegui me mexer.
– Você poderia ter levado um tiro.
– Não foi um tiro certeiro, e ele não morreu na mesma hora. A mãe dele estava dentro de casa, na mesma rua, e gritava. Ela queria ir até ele, mas os homens continuaram disparando na rua, gritando. Gritavam: "Você não pode ir até o seu filho. Você não pode ir até o seu filho".

Chorei com o rosto nas mãos, pressionando as palmas contra os olhos. Queria poder me livrar daquilo que vi. Queria me livrar de tudo.

Então, senti braços à minha volta, e o cheiro de pão por perto.

* * *

Uma bomba caiu na escuridão, o céu se iluminou com um clarão, e ajudei Afra a se aprontar para dormir. A essa altura, ela sabia se movimentar pela casa, sentindo as paredes com as mãos, palmas abertas, pés arrastando-se, e conseguia fazer pão, mas à noite queria que eu a despisse. Queria que eu dobrasse suas roupas, colocasse-as na cadeira junto à cama, onde costumava colocá-las. Tirei seu *abaya*, enquanto ela erguia os braços acima da cabeça, como uma criança. Removi seu *hijab* e seu cabelo caiu sobre os ombros. Então, ela se sentou na cama e esperou por mim, enquanto eu me aprontava. Fazia silêncio naquela noite, não havia mais bombas, e o quarto estava imerso em paz e luar.

Havia uma imensa cratera naquele cômodo; faltavam a parede do outro lado e parte do teto, deixando uma boca aberta para o jardim e o céu. O jasmim sobre a marquise captou a luz, e atrás dele a figueira estava escura, pendendo baixa sobre o balanço de madeira, aquele que fiz para Sami. Mas era um silêncio oco; faltava o eco de vida. A guerra estava sempre presente. As casas estavam vazias ou eram lares para mortos. Os olhos de Afra brilhavam sob a luz fraca. Quis abraçá-la, beijar a pele macia dos seus seios, perder-me nela. Por um minuto, apenas um, esqueci. Então, ela se virou para mim como se pudesse me ver, e, como se soubesse o que eu estava pensando, disse:

— Sabe, se amarmos alguma coisa, ela será levada embora.

Nós dois nos deitamos, e lá de longe veio o cheiro de fogo, coisas queimadas e cinzas. Embora estivesse de frente para mim, ela não me tocou. Não tínhamos feito amor desde a morte de Sami, mas às vezes ela me deixava segurar na sua mão, e eu girava o dedo em volta da sua palma.

– Temos que ir, Afra – eu disse.

– Eu já te disse. Não.

– Se a gente ficar...

– Se a gente ficar, morreremos – ela disse.

– Exatamente.

– Exatamente. – Agora, seus olhos estavam abertos e vazios.

– Você está esperando sermos atingidos por uma bomba. Se quiser que aconteça isto, jamais acontecerá.

– Então, vou parar de querer. Não vou deixá-lo.

Eu estava prestes a dizer "Mas ele já se foi. Sami foi embora. Não está aqui. Não está aqui no inferno, conosco, está em algum outro lugar. E não estamos mais perto dele ficando aqui". E ela responderia: "Eu sei disso. Não sou idiota".

Então, fiquei calado. Percorri com o dedo o redor da sua palma, enquanto ela esperava sermos atingidos por uma bomba. E quando acordei à noite, estendi a mão para tocá-la, para ter certeza de que ela continuava ali, de que ainda estávamos vivos. E no escuro, lembrei-me dos cachorros comendo cadáveres humanos nos campos onde costumava haver rosas, e em algum lugar à distância escutei um guincho selvagem, metal com metal, como uma criatura sendo arrastada para a morte. Coloquei a mão no peito dela, entre seus seios, e senti seu coração bater. Voltei a dormir.

Pela manhã, o muezim clamou para casas vazias, para que fossem rezar. Saí para tentar achar um pouco de farinha e ovos, antes que o pão acabasse. Arrastei os pés na poeira.

Estava muito grossa, era como caminhar na neve. Havia carros incendiados, varais de roupas sujas penduradas em terraços abandonados, fios elétricos balançando baixo nas ruas, lojas bombardeadas, prédios de apartamentos com os telhados explodidos, pilhas de lixo nas ruas. Tudo fedia a morte e borracha queimada. Ao longe, subia uma fumaça, espiralando para o céu. Senti a boca seca, as mãos cerradas e trêmulas, encurralado por aquelas ruas distorcidas. Na terra além, as aldeias estavam queimadas, pessoas jorrando como um rio para ir embora, as mulheres apavoradas porque os paramilitares estavam à solta, e elas temiam ser estupradas. Mas ali, ao meu lado, havia uma roseira damascena totalmente florida. Quando fechei os olhos e senti o perfume, pude fingir, por um instante, não ter visto as coisas que tinha visto.

Ao erguer os olhos do chão, vi que tinha chegado a um posto de controle. Dois soldados achavam-se no meu caminho. Os dois portavam metralhadoras. Um deles usava um *keffiyeh*[10] xadrez. O outro pegou uma arma na traseira de um caminhão e empurrou-a contra o meu peito.

– Pegue – o homem disse.

Tentei imitar o rosto da minha mulher. Não queria demonstrar qualquer emoção. Eles me devorariam por isto. O homem empurrou a arma com mais força contra o meu peito, e eu tropecei, caindo de encontro ao cascalho.

Ele jogou a arma no chão, e olhei para cima, vendo os dois homens em pé sobre mim, e agora o homem com o *keffiyeh* apontava a arma para o meu peito. Não consegui

---

[10] Lenço usado na cabeça por homens do Oriente Médio, sobretudo em regiões áridas, como proteção contra o sol, a poeira e o frio. [N.T.]

manter a calma, e pude me ouvir implorando pela minha vida, humilhando-me com os joelhos na terra.

— Por favor — eu dizia —, não é que eu não queira. Sentiria orgulho, seria o homem mais orgulhoso do mundo em pegar aquela arma em seu nome, mas minha esposa está doente, gravemente doente, e precisa de mim para cuidar dela. — Mesmo enquanto eu dizia isto, não achava que eles se incomodariam. Por que deveriam? Crianças morriam a cada minuto. Por que eles se preocupariam com minha esposa doente?

— Sou forte — eu disse — e inteligente. Trabalharei duro para vocês. Só preciso de alguns dias. É só o que peço.

O outro homem tocou no ombro do homem com o *keffiyeh*, e ele abaixou a arma.

— Da próxima vez em que a gente te vir — disse o outro homem — ou você pega uma arma e fica do nosso lado, ou procure alguém para levar o seu corpo.

Decidi ir direto para casa. Enquanto andava, percebia uma sombra atrás de mim, e não tinha certeza se estava sendo seguido, ou se era a minha mente me pregando peças. Ficava imaginando uma figura encapotada, do tipo que aparece nos pesadelos infantis, pairando sobre a poeira atrás de mim. Mas quando eu me virava, não havia ninguém.

Cheguei em casa e Afra estava sentada na cama de armar, com as costas contra a parede, de frente para a janela, segurando a romã, girando-a, sentindo sua carne. Aguçou os ouvidos quando entrei, mas antes que ela pudesse dizer qualquer coisa, andei pela casa procurando uma mala, enchendo-a de coisas.

— O que está acontecendo? — Seus olhos perscrutando a escuridão.

— Vamos embora.

— Não.
— Se eu ficar, eles me matam.

Eu estava na cozinha, enchendo garrafas de plástico com água da torneira. Embalei uma muda extra de roupas para cada um de nós. Depois, busquei debaixo da cama os passaportes e o dinheiro guardado. Afra não tinha conhecimento dele. Era o dinheiro que Mustafá e eu tínhamos conseguido separar, antes de o negócio fracassar, e eu também tinha um pouco numa conta particular, que eu esperava ainda poder acessar depois que partíssemos. Ela dizia alguma coisa do outro cômodo. Palavras de protesto. Também embalei o passaporte de Sami; não conseguiria deixá-lo aqui. Depois, voltei para a sala com nossas malas.

— Fui parado pelo exército. Eles puseram uma arma no meu peito — eu disse.

— Você está mentindo. Por que isto nunca aconteceu antes?

— Vai ver que antes ainda havia homens mais jovens por aqui. Eles não me notavam. Não tinham motivo para isso. Nós somos os únicos idiotas que sobraram.

— Eu não vou.
— Eles vão me matar.
— Que seja.

— Eu disse a eles que precisava de alguns dias para cuidar de você. Eles concordaram em me dar só alguns dias. Se me virem de novo e eu não me juntar a eles, vão me matar. Disseram que eu deveria arrumar alguém para levar o meu corpo.

Quando eu disse isto, seus olhos arregalaram-se e houve um medo súbito em seu rosto, um medo real. Perante a ideia de me perder, talvez pensando no meu cadáver, ela criou vida e levantou-se. Apalpou o caminho pelo corredor e eu fui atrás, sem fôlego, e então ela se deitou na cama e fechou os olhos. Tentei argumentar com ela, mas ela ficou ali deitada como um gato morto, com seu *abaya* preto e o *hijab* preto, e aquele rosto pétreo que eu agora desprezava.

Sentei-me na cama de Sami e olhei pela janela; vi o céu cinzento, um cinza metálico, e não havia passarinhos. Fiquei ali o dia todo, a noite toda, até ser engolido pela escuridão. Lembrei-me de como as abelhas operárias viajavam para encontrar novas flores e néctar, e depois voltavam para contar às outras abelhas. A abelha sacudia o corpo, o ângulo da sua dança em relação ao favo contava às outras abelhas a direção das flores em relação ao sol. Desejei que houvesse alguém para me guiar, para me dizer o que fazer e que caminho seguir, mas me senti completamente só.

Pouco antes da meia-noite, deitei-me ao lado de Afra. Ela não tinha se movido um centímetro. Eu tinha a fotografia e a carta debaixo do meu travesseiro. E dessa vez, quando acordei no meio da noite, vi que ela estava de frente para mim, sussurrando meu nome.

– O quê? – perguntei.

– Escute.

Na frente da casa, passos e vozes masculinas, depois uma risada, uma risada do fundo da garganta.

– O que eles estão fazendo? – ela perguntou.

Saí da cama e fui em silêncio até o lado dela, peguei na sua mão ajudando-a a se levantar, levando-a até e porta dos fundos e para o jardim. Ela seguiu sem fazer perguntas, sem hesitação. Bati o pé no chão para encontrar o telhado de metal, depois o deslizei para o lado e ajudei-a a se sentar ao lado da abertura, com as pernas sobre a beirada, de modo a eu poder entrar primeiro e descê-la. Em seguida, puxei o telhado sobre nós.

Nossos pés afundaram em centímetros de água, cheia de lagartos e insetos que tinham feito do espaço sua casa. Eu tinha cavado aquele esconderijo no ano anterior. Afra passou os braços à minha volta e afundou o rosto na curva do meu pescoço. Ficamos assim no escuro, os dois cegos então, naquela cova feita para dois. No silêncio absoluto, o único som restante na terra era a sua respiração. E talvez ela estivesse certa. Talvez devêssemos ter morrido assim, e ninguém precisaria pegar os nossos corpos. Então uma criatura mexeu-se por lá, junto à minha orelha esquerda, e acima de nós, e do lado de fora coisas moveram-se, quebraram-se e estalaram. Agora, os homens deviam ter entrado na casa. Eu podia senti-la tremendo contra mim.

– Sabe de uma coisa, Afra? – eu disse.
– O quê?
– Preciso peidar.

Houve um segundo de silêncio, e então ela começou a rir. Riu e riu junto ao meu pescoço. Foi uma risada silenciosa, mas todo o seu corpo sacudiu-se com ela, e apertei-a mais contra mim, pensando que sua risada era a coisa mais linda que restava na terra. Mas por um instante não consegui dizer, de fato, se ela ainda estava rindo ou se tinha começado a chorar, até sentir meu pescoço molhado de lágrimas. E então sua respiração suavizou-se e ela adormeceu, como se aquele buraco negro fosse o único lugar onde se sentisse segura. Onde a escuridão interior encontrava a escuridão exterior.

Por um tempinho, eu soube o que significava estar cego. E então, as lembranças afloraram, como sonhos, muito ricas em cores. A vida antes da guerra. Afra num vestido verde, segurando Sami pela mão; ele tinha acabado de começar a andar e bamboleava ao lado dela, apontando para um avião que cruzava o frio céu azul. Estávamos indo para algum lugar. Era verão, e ela caminhava na frente, com suas irmãs. Ola usava amarelo. Zeinah, rosa. Zeinah agitava as mãos em volta, enquanto falava, como era seu costume. As outras duas disseram "Oh!", em uníssono em reação a algo que ela dizia. Havia um homem ao meu lado, meu tio. Pude ver sua bengala, escutar seu tum-tum-tum no cimento. Ele me contava sobre seu trabalho; tinha um café na Velha Damasco, e queria se aposentar agora, mas o filho não queria assumir o negócio, rapaz preguiçoso e ingrato...

Naquele momento, Afra ergueu Sami até o quadril, depois se virou para trás e sorriu, e seus olhos captaram a luz e viraram água. E então, tudo desvaneceu. Onde estavam todas aquelas pessoas, agora?

Pisquei no escuro. Estava impenetrável. Afra suspirou em seu sono. Perguntei a mim mesmo se deveria quebrar seu pescoço, acabar com a sua desgraça, dar-lhe a paz que ela queria. O túmulo de Sami estava nesse jardim. Ela ficaria perto dele. Não precisaria deixá-lo. Ela deixaria de se torturar.

– Nuri – ela disse.
– Há?
– Eu te amo.

Não respondi, e suas palavras tornaram-se parte da escuridão, deixei que penetrassem no solo, na terra alagada.

– Eles vão nos matar? – ela perguntou, com um leve tremor na voz.

– Você está com medo.

– Não. Estamos muito perto disso, agora.

Então, ouviram-se passos bem próximos, e as vozes ficaram mais altas.

– Eu falei para você – um homem disse –, eu falei para não deixar ele ir.

Prendi a respiração e abracei-a com força para ela não se mexer. Pensei em cobrir sua boca com a mão. Não confiava que ela não falaria, não gritaria. Agora era sua escolha: viver ou morrer. Acima, houve movimento, confusão, resmungos, e então, finalmente, os passos afastaram-se. Só depois que Afra soltou a respiração foi que percebi que ela ainda tinha um instinto de vida.

Tinha amanhecido, quando decidi que os homens deviam ter ido embora, fazia algumas horas que não se ouvia um som, e a luz infiltrava-se pelas beiradas do teto de metal, iluminando paredes enlameadas. Abri o telhado e vi o céu, amplo e incólume, o azul de sonhos. Afra estava acordada mas em silêncio, perdida em seu mundo escuro.

Quando entramos em casa, desejei também ser cego. A sala de visitas estava destruída, e as paredes cobertas de grafites. *Vencemos ou morremos.*

– Nuri?

Não respondi.

– Nuri... O que eles fizeram?

Vi-a parada em meio às coisas quebradas, uma figura fantasmagórica e escura, ereta, imóvel e cega.

Mas permaneci em silêncio e ela deu um passo à frente, ajoelhou-se, tateando com as mãos. Do chão, pegou um enfeite quebrado: um pássaro de cristal com as palavras *99 nomes para Alá* inscritas em ouro numa asa aberta. Presente de casamento da avó. Girou-o nas mãos, como tinha feito com a romã, sentindo suas linhas, suas curvas. Depois, baixinho, como se fosse a voz de uma criança ressuscitada de anos atrás, começou a recitar a lista gravada em sua mente:

– O que estabelece a ordem, o conquistador, o que tudo sabe, o que tudo vê, o que tudo cura, o doador da vida, o tomador da vida...

– Afra! – eu disse.

Ela pousou o enfeite e inclinou-se à frente, tateando o espaço adiante com os dedos. Então, pegou um carrinho de brinquedo. Eu tinha guardado todos em um armário, algumas semanas depois da morte de Sami. Agora, não tolerava olhar para eles, quebrados e espalhados pelo chão. Havia até um pote de chocolate ali espalhado, a guloseima preferida de Sami, rolando para longe de Afra, e parando ao pé da cadeira. A essa altura devia estar embolorado, mas eu o tinha guardado no armário, junto com todas as coisas que me lembravam ele. Ao perceber que tinha um carrinho de brinquedo na mão, Afra largou-o imediatamente, e virou a cabeça para mim, conseguindo, de algum modo, encarar meus olhos com os dela.

– Vou-me embora – eu disse –, quer você venha ou não.

Deixei-a ali e fui buscar nossas malas. Achei-as no quarto, intocadas, pendurei-as nos ombros e voltei para a sala, encontrando-a em pé, no meio do cômodo. Em suas mãos abertas, ela tinha peças coloridas de Lego, remanescentes de uma casa construída por Sami, a casa em que viveríamos ao chegarmos à Inglaterra, ele havia dito, depois de concordar que seria bom ir.

– Lá não vai ter bombas – ele havia dito –, e as casas não vão se quebrar, como acontece com estas.

Eu não tinha certeza se ele estava se referindo às casas de Lego ou às casas de verdade, e fiquei triste ao perceber que Sami tinha nascido num mundo onde tudo poderia se quebrar. Casas de verdade desmoronavam, desintegravam-se. Nada era sólido no mundo de Sami. E mesmo assim, de algum modo ele tentava imaginar um lugar onde as construções não caíam a sua volta. Eu tinha guardado a casa de Lego a salvo, no armário, com cuidado, para ter certeza de que estava exatamente como Sami a havia deixado. Até pensei em desmontá-la e remontá-la com cola, para podermos guardá-la para sempre.

– Nuri – Afra disse, rompendo o silêncio. – Para mim basta. Por favor, leve-me embora daqui.

E ela ficou ali, com os olhos movendo-se pela sala, como se pudesse ver tudo.

3

Acordei estendido de costas no jardim. Tem chovido, e minhas roupas estão úmidas. Tem uma árvore neste espaço cimentado, suas raízes rompendo o calçamento e cutucando as minhas costas. Percebo que seguro algumas flores no punho. Alguém está em pé acima de mim, bloqueando o sol.

– O que está fazendo aqui, *geezer*? – O marroquino olha para mim com um sorriso largo no rosto. Fala em árabe. – Dormiu aqui no jardim, *geezer*? – Estende a mão para mim, absurdamente forte para um homem tão velho, e firme nos pés, enquanto me puxa.

– Giza? – pergunto, meio atordoado.

– *Geeeeezer* – ele diz e dá uma risadinha – O homem da loja diz *geeeeezer*. Quer dizer velho.

Sigo-o para dentro, para o calor. Ele me conta que Afra anda me procurando. – Ela tem chorado – ele diz, o que acho difícil de acreditar, e quando a vejo na cozinha, ela já está vestida e sentada rígida à mesa, exatamente como quando Lucy Fisher estava aqui. Não me parece que ela tenha andado chorando, e não a tenho visto ou escutado chorar desde Alepo. Segura a bolinha de gude de Mohammed, girando-a nos dedos. Já tentei tirá-la dela, mas ela não deixa.

— Então você consegue se vestir, é? – digo. Mas imediatamente me arrependo das palavras, quando vejo seu rosto se abater.
— Aonde você foi? – ela pergunta. – Fiquei acordada a maior parte da noite, sem saber onde você estava.
— Adormeci lá embaixo.
— Hazim me contou que você estava dormindo no jardim!
Meu corpo se enrijece.
— Ele é gentil – ela diz. – Ele disse que ia te procurar e me disse para não me preocupar.

Decido dar uma caminhada. É minha primeira vez fora. Todo este lugar é estranho, as lojas em mau estado e orgulhosas: Go Go Pizza, Chilli Tuk-Tuk, Polskie Smaki, Pavel India, Moshimo. No final da rua tem uma loja de conveniência onde alguém está tocando música árabe muito alto. Dirijo-me para o mar. Nesta praia não tem areia, só seixos e cascalhos, mas ao longo do passeio, junto à orla, há um enorme tanque de areia para as crianças brincarem. Um menino de short vermelho está construindo um castelo de areia. Não faz calor, mas eles pensam que sim, então a mãe dele vestiu-o com short e o menino está recolhendo areia e colocando-a com cuidado num balde azul, até enchê-lo. Ele o nivela com precisão, usando o cabo da sua pá.
Crianças correm com sorvete e pirulitos do tamanho de suas cabeças. O menino do castelo de areia construiu uma cidade completa usando pedaços de plástico, tampas de garrafa, embalagens de balas, para acrescentar cor a suas construções. Fez uma bandeira com uma meia perdida, e um palito de algodão-doce. Enfeita o topo do castelo, no meio, com uma xícara de chá.
O menino levanta-se e se afasta para admirar sua criação. É impressionante; ele até usou a xícara de chá para fazer casas

ao redor do castelo, e uma garrafa d'água parece um edifício de vidro. Ele deve perceber que estou observando, porque se vira e olha para mim, parando por um momento e segurando o meu olhar. Tem aquele olhar inocente e preocupado, como as crianças antes da guerra. Por um instante acho que ele vai me dizer alguma coisa, mas uma menina chama-o para brincar. Ela o atrai com uma bola. Ele hesita, dando uma última olhada para sua maravilhosa criação, olhando mais uma vez para mim, antes de sair correndo, abandonando-a.

Sento-me por um momento no passeio, junto ao tanque de areia, e observo o sol movendo-se pelo céu. À tarde o local fica mais sossegado, formaram-se nuvens, as crianças foram embora. Tiro a documentação de pedido de asilo da minha mochila.

Para ficar no Reino Unido, você precisa estar impossibilitado de viver a salvo em qualquer parte do seu próprio país, por temer perseguição ali.

O céu abre-se e há um clarão de relâmpago. Gotas de chuva grossas caem no papel em minha mão.
Reino Unido.
Qualquer parte.
Perseguição.
A chuva aperta. Coloco os documentos na mochila e começo a subir a colina de volta ao B&B.

Afra está sentada na sala de visitas, junto às portas duplas; há alguns outros moradores circulando por ali, e a TV a toda. O marroquino ergue as sobrancelhas. – Como está você, *geezer*? – Agora, ele diz a frase toda em inglês, com os olhos escuros brilhando.

– Dá para o gasto, *geezer* – respondo, e forço um sorriso. Isto o satisfaz. Ele ri com o peito e dá um tapa no próprio joelho.

Sento-me de novo à mesa do computador e olho meu reflexo na tela. Toco no teclado, mas não sinto vontade de dar uma olhada nos emails. Meus olhos ficam indo para as portas de vidro. Sempre que venta e a luz entra, espero ver a forma de Mohammed no jardim.

Saio para o pátio e procuro a abelha; acabo encontrando-a rastejando sobre alguns gravetos e pétalas caídas debaixo da árvore. Quando estendo a mão, ela sobe no meu dedo e caminha até a palma, onde recolhe as patas e se aninha, então a levo para dentro comigo.

A proprietária traz chá numa bandeja para todos nós, e alguns doces quenianos, amarelos de açafrão. Ela fala um inglês perfeito, pelo menos é o que me parece. É uma mulher miúda, muito pequena, como se fosse destinada a ser uma boneca. Usa calçados com enormes plataformas de madeira em suas pernas finas, e ao andar pesadamente pela sala, servindo os doces e o chá, lembra-me um filhote de elefante.

O marroquino contou-me que ela é contadora, trabalha meio período em um escritório ao sul de Londres, e no resto do tempo administra este hostel. O conselho paga para que ela faça isto e nos mantenha aqui. Ela esfrega as paredes e o chão, como se tentasse limpar a sujeira de nossas viagens. Mas existe algo mais em relação a ela. Percebo que sua história não é simples. No canto da sala tem um armário de mogno. É laqueado com um brilho parecendo água, e está cheio de copos para álcool. Todos os dias, ela lustra copos imaculados. Fica ali com um pano que parece um retalho de uma camisa listrada masculina; notei que tem até um botão nele. No entanto, não consegue se livrar do bolor verde das paredes, ou da gordura da cozinha que é grossa como a minha pele, mas vejo que sente orgulho em cuidar de nós. Lembra-se de todos os nossos nomes, o que é um grande feito, levando-se em conta quantos de nós vêm e vão. Ela passa um tempo conversando com a mulher do Afeganistão, perguntando onde ela conseguiu seu *hijab*, tecido à mão com fio de ouro.

– A abelha ainda está viva – diz o marroquino.

Olho para ele e sorrio. – É uma lutadora – digo – e ontem à noite choveu. Mas ela não sobreviverá lá fora, não por muito tempo, se não consegue voar.

Levo a abelha de volta para fora, coloco-a em uma flor, e vou para a cama com Afra. Ajudo-a a se despir, e deito-me para dormir ao seu lado.

– Onde está Mustafá? – ela pergunta. – Tem notícia dele?

– Faz um bom tempo que não – respondo.

– Deu uma olhada nos emails? Vai ver que ele está tentando entrar em contato. Ele sabe que estamos aqui?

Agora se ouve um som estranho, um silvo profundo no céu.

– Você ouviu isso? – pergunto.

– É a chuva na janela – ela diz.

– Não isso. O silvo. Tem um silvo. Não para. Como se tivesse chegando uma tempestade de areia.

– Aqui não tem tempestade de areia – ela diz. – Só chuva ou não chuva.

– Então, você não está ouvindo?

Agora, ela parece preocupada, e pousa a cabeça na palma da mão. Está prestes a dizer alguma coisa, e eu rio, impedindo-a. – Hoje estava frio, mas ensolarado. Agora está chovendo! Este clima inglês parece maluco! Que tal a gente dar uma saída amanhã? Poderíamos caminhar ao longo do quebra-mar.

– Não – ela diz. – Não posso. Não quero sair neste mundo.

– Mas agora você está livre, você pode dar uma volta. Não precisa mais ter medo.

Ela não diz nada em resposta.

— Um menino fez um castelo de areia incrível, uma cidade inteira, com casas e um edifício!

— Que interessante — ela diz.

Houve um tempo em que ela queria saber, em que me perguntava o que eu tinha visto. Agora não quer saber de nada.

— Temos que entrar em contato com Mustafá — ela diz.

A escuridão chega até mim, e o cheiro da minha mulher chega até mim, aquela mistura de perfume de rosa e suor. Ela passa o perfume antes de ir para a cama, tira o vidro do bolso e coloca-o nos pulsos e no pescoço. Os outros moradores ainda conversam na sala de visitas lá embaixo, uma estranha combinação de línguas. Alguém ri, e há passos na escada. O assoalho range e eu sei que é o marroquino; acabei reconhecendo o som do seu andar. Ele tem uma maneira peculiar de fazer uma pausa. No começo, parece aleatória, mas tem um ritmo específico na coisa. Ele passa pelo nosso quarto, e nesse momento escuto uma bolinha de gude rolando pelas tábuas de madeira. Conheço o som. Levanto-me de um pulo e acendo a luz. Descubro a bolinha de gude de Mohammed movendo-se para o tapete, pego-a e olho o vidro debaixo da luz, o veio vermelho correndo pelo meio.

— O que foi? — Afra pergunta.

— Foi só a bolinha de gude. Não é nada. Durma.

— Coloque-a na mesinha de cabeceira ao meu lado — ela diz.

Faço o que ela diz, e volto para a cama, desta vez com as costas voltadas para ela. Afra coloca a mão nas minhas costas, pressiona a palma contra a minha coluna, como se estivesse sentindo a minha respiração. Meus olhos permanecem abertos no escuro, porque estou com medo da

...noite...

caiu e estávamos em Bab al-Faraj, na cidade velha. Esperávamos um Toyota, debaixo de uma árvore de *narenj*[11]. O cadáver de um homem esperava conosco. O Toyota seria uma picape, sem faróis, com barras de metal nas laterais, o tipo que normalmente transporta gado, como vacas e cabras. O defunto estava deitado de costas, com um braço dobrado sobre a cabeça. Provavelmente estava no meio dos seus vinte anos, usava um pulôver preto e jeans preto. Não contei a Afra que ele estava ali.

Foi ali que o atravessador nos disse para esperar.

O rosto do defunto subitamente iluminou-se. Um brilho de luz branca. Ia e vinha. Ele tinha um celular na mão, a mão que estava dobrada sobre sua cabeça. Seus olhos eram castanhos, sobrancelhas espessas. Uma antiga cicatriz na face

---

[11] Árvore frutífera híbrida (provavelmente um cruzamento entre o pomelo e a tangerina) muito resistente, originária do sudeste da Ásia, que produz uma laranja amarga com a qual se fazem destilados, sorvetes, compotas e que pode ser usada como um substituto ao limão no preparo de pratos. Também tem uso medicinal e aromático. [N.T.]

esquerda. O brilho de uma corrente de prata, um colar com o nome escrito: Abbas.

– Aqui é lindo – ela disse. – Sei exatamente onde estamos.

Houve um tempo em que havia videiras do outro lado da rua, e no final uma escada que dava no pátio gradeado de uma escola.

– Estamos ao lado daquele relógio – ela disse –, e tem aquele café dobrando a esquina com o sorvete de água de rosas, onde levamos Sami naquela vez, você se lembra?

Logo atrás dos prédios, a hora naquele relógio da torre Bab al-Faraj reluzia verde. 23h55. Cinco minutos. Fiquei ali, impotente, observando-a, sua expressão enternecida pela lembrança. Desde que tinha rido e chorado, voltava à vida em fragmentos. Um tanto dela transparecia por uma fresta, e então ela sumia novamente. Agora, ali parada com o rosto tão perto do meu, eu conseguia ver o desejo, a determinação de se agarrar a uma ilusão, uma visão de vida, de Alepo. A antiga Afra ficaria indignada com isso. Tive um medo súbito dela. O celular parou de acender. Agora, estava mais escuro.

À distância, eu podia ver a cidadela em seu monte elíptico, como a ponta de um vulcão.

O vento soprou e trouxe com ele o perfume de rosas.

– Está sentindo o cheiro de rosas? – perguntei.

– Estou usando o perfume – ela disse.

Remexeu em seu bolso e tirou um frasco de vidro. Segurou-o na palma da mão. Eu o tinha mandado fazer para ela no ano em que nos casamos. Um amigo meu tinha uma destilaria de rosas, e eu mesmo tinha escolhido as flores.

Agora, ela cochichava. Queria voltar na primavera, quando as flores desabrochavam. Usaria o perfume e seu vestido amarelo, e passearíamos juntos. Começaríamos na nossa casa e caminharíamos pela cidade, subindo a colina até o *souq*. Depois, vagaríamos pelos corredores cobertos do velho mercado, pelas alas de condimentos, sabonetes, chás, bronze, ouro e prata, limões secos, mel e ervas, e eu lhe compraria uma echarpe de seda.

Senti-me subitamente enjoado. Já havia lhe dito que o *souq* estava vazio, algumas alas bombardeadas e incendiadas, apenas soldados, ratos e gatos vagavam pelos corredores por onde todos aqueles comerciantes e turistas já haviam andado. Todas as barracas tinham sido abandonadas, com exceção de uma, onde um velho vendia café para os soldados. Agora, a cidadela era uma base militar, ocupada por soldados e cercada por tanques.

O al-Madina Souq era um dos mercados mais antigos do mundo, posto-chave da Rota da Seda, aonde comerciantes viajavam do Egito, da Europa e da China. Afra falava de Alepo como se fosse uma terra mágica saída de uma história. Era como se ela tivesse esquecido todo o resto, os anos que levaram à guerra, às rebeliões, as tempestades de areia, as secas, a maneira como tínhamos nos esforçado para nos manter vivos, mesmo então, mesmo antes das bombas.

O celular do morto voltou a se acender. Alguém estava desesperado para falar com ele. Um poupa-pão estava pousado na árvore de *narenj*, seus olhos escuros brilhando. O pássaro abriu as asas, e listas pretas e brancas captaram a luz do celular. Tive medo da luz. Ajoelhei-me e tirei o celular dos dedos rígidos do homem, enfiando-o na minha mochila.

O relógio deu doze badaladas. À distância, o ronco suave de um motor. Afra endireitou o corpo, o rosto cheio de medo. Um Toyota fez a curva, faróis apagados, rodas revirando as cinzas. O motorista desceu, traços grosseiros, careca, camiseta preta, botas de exército, calça militar, pochete, arma na cintura. Era uma réplica de um combatente do regime: tinha raspado a cabeça, a barba também; um truque, caso fosse pego pela Shabiha de Assad.

Ficou ali parado por um momento, analisando-me. Afra moveu os pés na poeira, mas o homem não olhou para ela.

– Pode me chamar de Ali – ele acabou dizendo, e sorriu, um sorriso aberto, tão largo que todo o seu rosto enrugou-se em dobras. Mas algo em seu sorriso deixou-me desconfortável, lembrou-me outro sorriso, um palhaço de corda que a avó de Sami tinha lhe comprado no mercado. O sorriso sumiu repentinamente, e os olhos de Ali passaram a percorrer a escuridão.

– O que foi? – perguntei.

– Me disseram três pessoas.

Apontei o homem no chão.

– Que pena.

A voz de Ali assumiu um tom inesperado de tristeza, e ele ficou parado por um momento junto ao corpo do homem, cabeça baixa, antes de se ajoelhar e tirar uma aliança de ouro da mão do morto, colocando-a com cuidado em seu próprio dedo. Suspirou e olhou para a torre do relógio, depois para o céu. Acompanhei seu olhar.

– É uma noite clara. Estamos em uma cúpula de estrelas. Temos quatro horas até o nascer do sol. Temos que chegar em Armanaz às três, se vocês forem cruzar a fronteira às quatro.

– Quanto tempo leva a viagem? – Afra perguntou.

Ali olhou para ela, então, como se a estivesse vendo pela primeira vez, mas respondeu com os olhos fixos em mim:

– Não chega a duas horas. E vocês não vão se sentar comigo. Entrem atrás.

Tinha uma vaca na carroceria da picape, o chão forrado com suas fezes. Ajudei Afra a entrar, e o motorista nos disse para sentarmos abaixados, assim não seríamos vistos. Se fôssemos pegos, os franco-atiradores matariam a vaca, e não nós. A vaca olhou para nós. O motor entrou em funcionamento e o Toyota movimentou-se no maior silêncio possível por entre as ruas cobertas de cinzas, sacudindo-se sobre os escombros.

— Tem um celular tocando — Afra disse.

— O que você está dizendo?

— Posso senti-lo vibrando na minha perna, dentro da sua mochila. Quem está ligando para nós?

— Não é o meu celular — eu disse. — Desliguei o meu.

— De quem é então?

Tirei o celular da mochila. Cinquenta ligações perdidas. Tocou de novo.

Zujet Abbas: a *Esposa de Abbas*.

— Quem é? — Afra disse. — Atenda.

— Me dê seu *hijab* — eu disse.

Afra desenrolou o *hijab* da sua cabeça e passou-o para mim. Cobri minha cabeça com ele e atendi o celular.

— Abbas!

— Não.

— Onde você está agora, Abbas?

— Não, sinto muito, não sou o Abbas.

— Onde ele está? Posso falar com ele? Ele conseguiu ser apanhado? Eles pegaram ele?

— Abbas não está aqui.

— Mas eu estava falando com ele. A ligação foi cortada.

— Quando?

— Não faz muito tempo. Mais ou menos uma hora atrás. Por favor, me deixe falar com ele.

Nesse momento, a picape parou, o motor foi desligado, passos aproximaram-se. O motorista puxou o *hijab* de mim, jogou-o atrás, e senti um frio metálico entre minhas sobrancelhas.

– Você é estúpido? – Ali disse. – Quer morrer? – Empurrou a arma na minha testa, os olhos brilhando. Do celular, a esposa de Abbas dizia: "Abbas, Abbas...", vezes sem conta.

– Me dê isto! – o atravessador disse, e então entreguei a ele o celular e partimos de novo.

Estávamos indo para Urum al-Kubra, cerca de vinte quilômetros a oeste de Alepo. Serpenteamos pelas ruínas da velha cidade; as regiões a oeste estavam sob o domínio das forças governamentais, os rebeldes detinham o leste. O rio podia testemunhar tudo, correndo agora pela terra de ninguém, entre as linhas de frente opostas. Se algo fosse jogado no Queiq, no lado do governo, acabaria chegando aos rebeldes. Ao chegarmos aos limites da cidade, passamos por um cartaz enorme de Bashar al-Assad, com seus olhos azuis brilhantes como joias, até no escuro. O cartaz estava intacto, totalmente intocado.

Chegamos à pista dupla e o mundo abriu-se repentinamente, campos escuros a toda nossa volta, amoreiras e oliveiras azuis sob o luar. Eu sabia que haviam sido travadas batalhas entre rebeldes e tropas sírias entre as Cidades Mortas, as centenas de cidades greco-romanas abandonadas havia muito tempo, espalhadas pela área rural próxima a Alepo. Naquele vazio azul, tentei esquecer o que eu sabia, o que tinha escutado. Tentaria imaginar que tudo estava intocado. Exatamente como os olhos azuis de Bashar al-Assad. O que estava perdido estaria perdido para sempre. Os castelos das Cruzadas, mesquitas e igrejas, mosaicos romanos, antigos mercados, casas, lares, corações, maridos, esposas, filhas, filhos. Filhos. Lembrei-me dos olhos de Sami, no momento em que a luz se extinguiu e eles viraram vidro.

Afra estava calada. Seu cabelo, agora solto, da cor do céu. Olhei-a ali sentada, beliscando a pele, seu rosto branco mais pálido do que o normal. Meus olhos começaram a se fechar, e quando os abri, vi que tínhamos chegado a Urum al-Kubra, e à nossa frente estava a carcaça de um caminhão bombardeado. Nosso motorista andava em círculos. Disse que estava esperando uma mãe com uma criança.

O lugar estava vazio. Irreconhecível. Ali estava agitado.
– Temos que chegar antes do nascer do sol – ele disse. – Se não chegarmos antes do sol, nunca chegaremos.

Da escuridão, entre os prédios, surgiu um homem de bicicleta.

– Deixe que eu falo – Ali disse. – Ele pode ser qualquer pessoa. Pode ser um espião.

Quando o homem aproximou-se, vi que estava cinza como concreto, não parecia possível que aquele homem fosse um espião, mas Ali não iria correr nenhum risco.

– Eu estava me perguntando se você teria um pouco de água – o homem disse.

– Tudo bem, meu amigo. Temos um pouco – Ali disse. Pegou uma garrafa no banco do passageiro e deu-a ao homem, que bebeu como se estivesse sedento havia cem anos.

– Também temos um pouco de comida. – De uma sacola, Ali tirou um tomate.

O homem estendeu a mão com a palma aberta, como se estivesse recebendo ouro. Depois, ficou ali, imóvel, com o tomate na mão, analisando cada um de nós, um por um.

– Para onde vocês vão? – perguntou.
– Vamos visitar nossa tia – Ali disse. – Ela está muito doente.

Ele apontou para a rua à frente, indicando o caminho que iríamos tomar. Depois, sem dizer mais nada, o homem colocou o tomate numa cesta na sua bicicleta, montou nela e saiu, mas em vez de ir embora, fez um grande círculo na rua e voltou até nós.

– Me desculpem – disse –, me esqueci, preciso lhes dizer uma coisa. – Ele passou a mão pelo rosto, limpando um pouco da poeira, de modo a haver, então, marcas de dedo em suas faces, revelando uma pele branca. – Eu não me sentiria um homem bom se aceitasse sua água e seu tomate, e fosse embora sem lhes dizer. Iria dormir esta noite me perguntando se vocês estariam mortos ou vivos. Se pegarem a rua que você disse, vão encontrar um franco-atirador no alto de uma caixa d'água, a cerca de cinco quilômetros daqui. Ele verá vocês. Eu aconselharia fortemente que pegassem esta rua em vez daquela. – Ele apontou para uma rua de terra que levava a uma estrada rural, e explicou que caminho tomar a partir de lá, de modo a acabarmos de volta no caminho certo.

Ali não esperaria mais a mãe e a criança, e decidimos confiar naquele homem e pegar o desvio, uma virada à direita para a estrada rural que nos levaria entre as cidades de Zardana e Maarat Misrin.

– Onde estamos? – Afra perguntou, enquanto chacoalhávamos ao longo das pistas rurais. – O que você vê?

– Tem vinhedos e oliveiras em quilômetros à nossa volta. Está escuro, mas muito lindo.

– Como costumava ser?

– Como se jamais tivesse sido tocado.

Ela acenou com a cabeça e eu imaginei que não havia guerra, que estávamos realmente indo visitar nossa tia doente, e que, quando chegássemos, as casas, as ruas e as pessoas estariam como sempre foram. Era isto que eu queria: estar com Afra num mundo ainda intacto.

Enquanto a picape pulava quase em silêncio ao longo da pista rural, obriguei-me a permanecer acordado, a inalar a noite síria com suas estrelas intocadas e suas videiras intactas. Captei o cheiro do jasmim noturno e, vindo de mais longe, o perfume de rosas. Imaginei um grande campo delas, lampejos de vermelho ao luar nos campos adormecidos, e ao amanhecer os trabalhadores chegariam e as pétalas grossas seriam acondicionadas em caixotes. E então, pude ver meus apiários no campo vizinho, dentro das colmeias fileiras de favos de mel, cada quadro contendo delicados hexágonos dourados. Em cima ficavam os telhados, e dos buracos nas laterais as operárias zumbiam, entrando e saindo, secretando cera de suas glândulas, mascando-a e criando fileira após fileira de polígonos simétricos, com cinco milímetros de diâmetro, como se estivessem depositando cristais. A abelha rainha, na célula da rainha, juntamente com suas poucas servidoras, seu perfume real servindo como imã para o enxame. E o zumbido, aquele zumbido musical discreto que prosseguia eternamente, e como as abelhas voavam à minha volta, pelo meu rosto, prendendo-se em meu cabelo, libertando-se e saindo mais uma vez.

Então, me lembrei de Mustafá, dos dias em que ele chegava aos apiários vindo da universidade, de terno, segurando uma garrafa térmica de café e uma mochila cheia de livros e papéis. Ele se trocava, vestia seu equipamento de proteção e juntava-se a mim, checando os favos de mel, a consistência, o cheiro e o gosto do mel, enfiando o dedo e provando-o. "Nuri!", chamava. "Nuri! Sabe, acho que nossas abelhas produzem o melhor mel do mundo!" E mais tarde, quando o sol se punha, deixávamos as abelhas e íamos para casa pegando o trânsito da cidade. Sami estaria esperando à janela, com uma expressão no rosto como se tivesse feito alguma coisa errada, e Afra abriria a porta da frente.

– Nuri. Nuri. Nuri.

Abri os olhos. – O que foi?

O rosto de Afra estava próximo ao meu. – Você estava chorando – ela disse. – Escutei você chorando. – E enxugou minhas lágrimas com ambas as mãos. Olhou nos meus olhos como se pudesse me ver. Naquele momento, também pude vê-la, a mulher lá dentro, a mulher que eu tinha perdido. Estava ali comigo, de alma aberta, presente e clara como a luz. Naqueles poucos segundos perdi o medo da viagem, do caminho à frente.

Mas no instante seguinte seus olhos escureceram, morreram, e ela se afundou para longe de mim. Eu sabia que não podia forçá-la a ficar comigo, não havia nada que eu pudesse dizer para trazê-la de volta, depois de ter sumido. Tinha que deixá-la ir e esperar que voltasse.

Demos a volta em Maarat Misrin e depois retomamos a pista dupla, atravessamos uma montanha e depois o vale entre Haranbush e Kafar Nabi, e acabamos nos aproximamos de Armanaz, e lá, à frente, estavam os grandes holofotes da fronteira turca, brilhando pela planície como um sol branco.

Entre Armanaz e a fronteira está o Rio Asi. Ele separa a Turquia da Síria, e eu sabia que teríamos que atravessá-lo. O motorista parou a picape num lugar escuro, debaixo de algumas árvores, e nos levou por uma trilha em um bosque. Afra segurava a minha mão com muita força, às vezes tropeçando e caindo, e eu tinha que ficar levantando-a e segurá-la ao redor da cintura. Mas mal conseguia enxergar no escuro e coisas mexiam-se nas folhas e galhos. Dava para ouvir vozes não muito longe, e então, ao sairmos do bosque, vi trinta ou quarenta pessoas paradas como fantasmas à margem do rio. Um homem descia uma menina em uma grande panela, do tipo que usamos normalmente para cozinhar cuscuz. Havia um longo cabo ligado a ela, de modo que os homens do outro lado do rio pudessem puxá-la. Esse homem tentava ajudar a menina a entrar na panela, mas ela chorava e seus braços estavam em volta do pescoço do homem, e não se soltavam.

– Por favor, entre – o homem dizia. – Vá até essas boas pessoas e eu encontro você do outro lado.

– Mas por que você não vem comigo? – ela perguntava.

– Prometo que te encontro do outro lado. Por favor, pare de chorar. Eles vão ouvir a gente.

Mas a menina não escutava. Então, ele a empurrou para dentro e estapeou o seu rosto com força. Ela se sentou, chocada, com a mão no rosto, os homens puxando o cabo enquanto ela flutuava para longe. Quando ela estava completamente fora da vista, o homem sentou-se no chão, como se já não lhe restasse vida, e começou a soluçar. Eu sabia que ele não voltaria a vê-la. E foi então que olhei para trás. Não deveria ter olhado, mas afastei-me do grupo de pessoas e olhei para trás, para a escuridão do país que estava deixando. Vi a abertura entre as árvores, a trilha que poderia me levar de volta por onde eu vim.

4

Tem um morador novo no B&B. Seus ombros são tão acentuados e suas costas tão curvas que quando ele se senta na cadeira, encurvado, parece ter asas debaixo da camiseta. Está conversando com o marroquino, e os dois tentam se comunicar numa língua que não conhecem muito bem. O marroquino parece gostar do rapaz. Seu nome é Diomande e ele vem da Costa do Marfim. De tempos em tempos, ele olha para mim enquanto fala, mas não demonstro estar prestando atenção.

A abelha continua viva. Localizei-a no jardim, empoleirada na mesma flor onde a deixei. Mais uma vez, atraí-a para a minha mão e trouxe-a comigo para a sala de visitas, e agora ela se arrasta pelo meu braço. Na maior parte do tempo, meus olhos estão fixos nas portas do pátio. Foco no reflexo de Diomande, e nas sombras salpicadas das árvores atrás dele.

– Eu estava trabalhando no Gabão – Diomande está contando –, e me disseram que eu deveria ir para a Líbia, que ali existem muitas oportunidades. Meu amigo diz que houve uma guerra ali, mas que agora está seguro, então decido ir e conseguir um bom trabalho. Pago quinze mil francos CFA[12] para ir de carro oito dias pelo deserto, mas fui capturado e posto na prisão. – Ele fala com os cotovelos nos joelhos, e enquanto se mexe, suas omoplatas sobem, e acho que talvez suas asas se abram. Ele é muito alto e muito magro, com os joelhos altos, de modo que está dobrado sobre si mesmo.

– A gente ia três dias sem comida – ele continua –, só talvez um pouco de pão e água, para muitos de nós dividir. Eles bateram na gente, bateram na gente o tempo todo. Não sei quem eram, mas então eles querem duzentos mil CFA pela minha liberdade. Ligo para minha família mas dinheiro nunca veio.

Ele ajusta sua posição agora, e pousa os longos dedos marrons sobre os joelhos. Viro as costas para seu reflexo, e dou uma boa olhada nele, na maneira como os nós dos seus dedos se destacam e seus olhos se salientam. Não há carne nesse rapaz. É como se ele tivesse sido comido pelas aves. Parece um cadáver ou um prédio bombardeado. Ele flagra meu olhar, segura-o por um momento, e depois olha para o teto, para a lâmpada exposta.

– Então, como foi que você escapou, *geezer*? – pergunta o marroquino, impaciente por ouvir o resto.

– Depois de três mês a milícia rival invadiu a prisão e soltou todos os reféns. Eu estava livre. Caminhei até Trípoli, onde encontrei meu amigo e consegui trabalho.

– Fico feliz por você – diz o marroquino.

---

[12] Moeda corrente usada pelos países francófonos africanos, substituída em 2020 por uma nova moeda, o Eco, em paridade com o euro. [N.T.]

– Mas patrão novo não paga eu, e quando pergunto pelo dinheiro ele diz que vai me matar. Quero voltar para o Gabão, mas não tem como, então entro num barco de atravessadores para cruzar o Mediterrâneo.

O marroquino recosta-se na poltrona, então, e acompanha o olhar do rapaz até a lâmpada no teto.

– Você chegou até aqui. Como?

– É uma longa história – Diomande diz. Mas não diz mais nada. Parece cansado agora e, provavelmente notando isso, o marroquino dá um tapinha no joelho do rapaz e muda de assunto, contando-lhe sobre os costumes estranhos do povo daqui.

– Eles usam tênis com ternos. Quem usa isso junto? E usam roupas de dormir ao ar livre. Por quê?

– É agasalho – Diomande diz, apontando para o seu.

Geralmente, o velho está de pijama nesta hora da noite, mas durante o dia ele veste um velho terno azul-acinzentado e gravata.

Espero até eles irem para a cama e saio para o jardim, onde coloco a abelha de volta na flor. O som do trânsito é suave e sopra uma brisa, movendo as folhas. O sensor não me detectou, e a escuridão é tranquilizante, a lua está cheia e alta no céu, e é quando sinto alguém parado atrás de mim. Ao me virar, Mohammed está sentado no chão, brincando com a bolinha de gude, rolando-a nas rachaduras do cimento. Ao lado dele há uma minhoca deslizando para dentro de uma poça. Ele olha para mim.

– Tio Nuri – diz –, estou ganhando da minhoca! O nome dela é Habib. Quer dar um oi pro Habib?

Ele pega a minhoca e levanta-a para que eu a veja.

– O que está fazendo aqui? – pergunto.

– Vim procurar a chave porque quero sair.

– Que chave? – pergunto.
– Acho que ela está naquela árvore. Está pendurada ali, mas não sei qual.

Viro-me e vejo que tem mais de uma centena de chaves douradas, penduradas na árvore. Elas giram com a brisa, e reluzem ao luar.

– Você pega ela pra mim, tio Nuri? – ele diz. – Porque não consigo alcançar, e Habib está ficando cansado.

Olho para Habib, suspenso nos seus dedos.

– Claro – respondo. – Mas como sei que chave você quer?

– Pegue todas elas e então a gente tenta até achar uma que encaixe.

Entro na cozinha e pego uma tigela. Mohammed espera pacientemente que eu volte, e então começo a pegar as chaves da árvore. Tem uma escada no jardim, e uso-a para pegar as que estão nos galhos mais altos. Logo a tigela está quase cheia e verifico duas vezes para ter certeza de que não sobrou nenhuma chave. Quando me viro, segurando a tigela, Mohammed já não está lá. A minhoca está entrando na poça.

Levo a tigela para dentro e subo com ela para o meu quarto, onde a coloco na mesa de cabeceira do lado de Afra, ao lado da bolinha de gude. Tomo muito cuidado para não acordá-la. Deito-me ao seu lado. Ela está de frente para mim, os olhos fechados e as mãos enfiadas debaixo do rosto. Sei que dorme profundamente porque sua respiração está lenta e profunda. Viro-me para o outro lado e olho no escuro porque não consigo fechar os olhos. Penso no nosso tempo em

...Istambul...

foi onde conheci Mohammed.

Do outro lado do Rio Asi havia uma cerca de arame farpado com um buraco de cerca de dois metros de diâmetro, como uma boca aberta. As pessoas jogavam seus pertences por sobre a cerca, e passavam as crianças pelo buraco. Ainda estava escuro e os atravessadores nos disseram para deitarmos de bruços e rastejar pela terra plana de solo empoeirado e samambaias.

Uma vez na Turquia, caminhamos pelo que pareceu ser uns 150 quilômetros, por plantações de trigo e cevada. Fazia silêncio. Afra segurava no meu braço e tremia, porque o frio era insuportável. Fazia cerca de meia hora que caminhávamos, quando, à distância, vimos uma criança correr para a rua, uma silhueta contra o sol. Ela acenava para alguém, e depois disparou em direção a algumas casas.

Aproximamo-nos de uma aldeia, pequenas casas de madeira com sacadas e venezianas abertas, pessoas olhando pela janela, outras saindo de suas casas, parando ao lado da estrada, os olhos arregalados de surpresa, como se estivessem vendo um circo itinerante. Havia uma longa mesa com copos de plástico e jarras de água. Paramos e bebemos, e mulheres da aldeia trouxeram cobertores. Elas nos deram pão e cerejas e sacolinhas com nozes, depois se afastaram e nos viram ir embora. Depois percebi que a expressão que eu tinha confundido como sendo de surpresa na verdade era de medo, e me imaginei trocando de lugar com elas, vendo centenas de pessoas alquebradas pela guerra dirigindo-se a um futuro incerto.

Andamos por mais uma hora, no mínimo, e o vento ficou mais forte, empurrando-nos para trás. Então, houve um súbito cheiro de esgoto e nos vimos num campo aberto. Havia tendas por toda parte e pessoas dormindo em cobertores, em meio ao lixo.

Encontrei um espaço debaixo de algumas árvores. Havia uma espécie de silêncio ali que me era desconhecido; na Síria, o silêncio continha perigo, podia ser rompido a qualquer momento por uma granada, pelo som de tiroteio, ou pelos passos pesados dos soldados. Em algum lugar à distância, na direção da Síria, a terra ribombava.

O vento soprou das montanhas, trazendo o cheiro de neve. Eu tinha uma imagem na minha mente: o brilho branco do Jabal al-Shaykh, a primeira neve que já vi, muitos anos atrás, a Síria à esquerda e o Líbano à direita, as fronteiras definidas pela cordilheira e o mar bem abaixo. Tínhamos colocado um melão no rio, e ele rachara com o frio. Minha mãe mordia a fruta verde congelada. O que estávamos fazendo ali, no topo do mundo?

Um homem perto de mim disse: – Quando você pertence a alguém e eles se vão, quem é você? – O homem parecia desfigurado, rosto sujo, cabelo despenteado. Tinha manchas na calça e fedia a urina. Havia sons na escuridão, como gritos de animais, e pensei que podia sentir a podridão da morte. Esse homem deu-nos uma garrafa de água e me disse para sentar sobre ela por um tempo, para aquecê-la, antes de bebermos. A noite veio e se foi e o sol nasceu. Havia comida no chão e um novo cobertor. Alguém tinha trazido pão duro, banana e queijo. Afra comeu e depois adormeceu novamente, com a cabeça no meu ombro.

– De onde vocês são? – o homem perguntou.

– Alepo. E você?

– Do norte da Síria. – Mas não disse de onde.

Ele tirou o último cigarro de um maço e acendeu-o. Fumou-o lentamente, olhando para a terra árida. Devia ter sido um homem forte, mas agora não havia carne nele.

– Qual é o seu nome? – perguntei.

– Perdi minha filha e minha esposa – ele disse, deixando a bituca do seu cigarro cair no chão. E foi tudo o que ele disse a respeito, numa voz monocórdica, inexpressiva. Mas então, pareceu se lembrar de alguma coisa. – Algumas pessoas... – disse, por fim, depois de uma longa pausa –, algumas pessoas já estão aqui há um mês. Seria melhor evitar as autoridades e encontrar um atravessador. Eu tenho um pouco de dinheiro. – Ele olhou para mim, esperançoso, para ver o que eu diria.

– Você sabe como? – perguntei.

– Conversei com algumas pessoas, e tem um ônibus que pode levar a gente até a próxima cidade, e de lá podemos encontrar um atravessador. Vi pessoas irem e não voltarem. Não quero tentar sozinho.

Quando concordei em ir com ele, me disse que seu nome era Elias.

Pelo resto daquele dia, Elias teve uma missão; falou com algumas pessoas, fazendo chamadas pelo meu celular, que só tinha um restinho de bateria. À tarde, ele tinha arrumado um encontro de nós três com um atravessador, na cidade próxima, e de lá iríamos para Istambul. Foi estranho pensar em como tinha sido fácil combinar, que existia um sistema organizado para aqueles dentre nós com sorte suficiente para poder arcar com aquilo.

***

No dia seguinte, fomos até a rodoviária e pegamos o ônibus para a cidade mais próxima. Lá, encontramo-nos com o atravessador, um homem baixo, asmático, com olhos que se agitavam ao redor, como moscas. Ele nos levou até Istambul em seu carro. Ao chegarmos, Elias estava sempre grudado em mim. As construções na cidade eram altas e luminosas, velhas e novas, reunidas ao redor do Bósforo, onde o Mar de Mármara encontra o Mar Negro. Eu tinha me esquecido de que as construções ainda podiam se manter em pé, que havia todo um mundo lá fora que não tinha sido destruído como Alepo.

À noite, dormimos no chão do apartamento do atravessador. Havia dois quartos, um para as mulheres e o outro para os homens. No meu quarto, havia um retrato na parede de uma família que tinha vivido ali antes. A fotografia estava quase branca do sol, e me perguntei quem seriam e para onde teriam ido. A noite estava fria, e soprava um vento marinho. Ele assobiava por debaixo da moldura de madeira da porta e dos peitoris das janelas, trazendo com ele os uivos de cães e carros. Era muito mais quente do que no campo aberto, e pelo menos ali havia um banheiro e um teto sobre nossas cabeças.

De manhã cedo, quando os passarinhos tinham começado a cantar, as pessoas esticaram-se, deixando a posição adormecida, e rezaram. Não havia nada a fazer, a não ser esperar. A cada dia, o atravessador voltava de onde estivera se escondendo e nos informava sobre as condições do tempo e do mar. Não poderíamos arriscar a travessia, enquanto o vento estivesse tão forte. Quando ele saía, as pessoas conversavam um pouco, contando histórias daqueles que nunca chegaram à Grécia, de famílias inteiras, homens, mulheres e crianças, perdidas no mar. Não tomei parte nessas conversas; escutei e esperei o retorno do silêncio. Afra sentou-se em uma cadeira de vime junto à janela, sua cabeça contraindo-se ligeiramente para a esquerda ou a direita, escutando tudo.

Quando fui até ela, ela disse: — Nuri, não quero ir.

— Não podemos ficar aqui.

— Por que não?

— Porque se ficarmos, viveremos para sempre nos acampamentos. É isto que você quer?

— Não quero mais nada nunca mais.

— Nossa vida ficará emperrada. Como vou trabalhar?

Ela não respondeu.

— Começamos a viagem, não tem sentido desistir agora.

Ela resmungou.

— E Mustafá está esperando por nós. Você não quer ver Dahab? Não quer se instalar e ficar a salvo? Estou cansado de viver deste jeito.

— Tenho medo da água — ela disse, finalmente.

— Você tem medo de tudo.

— Não é verdade.

Foi então que notei o garotinho, com cerca de sete ou oito anos, sentado no chão com as pernas cruzadas, rolando uma bolinha de gude pelos azulejos. Tinha algo estranho nele, como se estivesse distante, perdido em seu próprio mundo. Parecia estar sozinho ali.

Mais tarde, quando saí para ficar no terraço, o menino me seguiu. Ficou ao meu lado por um tempo, mudando de um pé para outro, cutucando o nariz, limpando na parte de trás do seu jeans.

— Nós vamos cair na água? — ele perguntou e olhou para mim com olhos arregalados, exatamente como Sami teria feito.

— Não.

— Como as outras pessoas?

— Não.

– O vento vai levar o barco? O barco vai virar na água?

– Não. Mas se isso acontecer, estaremos com coletes salva-vidas. Vamos ficar bem.

– E Alá, tenha piedade de nós, vai nos ajudar?

– Sim, Alá vai nos ajudar.

– Meu nome é Mohammed – o menino disse.

Estendi a mão e ele a apertou como um homenzinho.

– Prazer em conhecê-lo, Mohammed. Eu sou o Nuri.

O menino tornou a olhar para mim, desta vez com os olhos maiores, cheios de medo. – Mas por que ele não ajudou os meninos quando tiraram as cabeças deles?

– Quem tirou a cabeça deles?

– Quando eles ficaram esperando em fila. Eles não estavam usando preto. Foi por isso. Meu pai disse que foi porque eles não estavam usando preto. Eu estava usando preto. Entende?

Ele puxou sua camiseta preta, manchada.

– Do que você está falando?

– Então, meu pai me deu uma chave e disse vá para uma casa, e ele me disse onde era, e disse para eu entrar e trancar a porta. Mas quando eu cheguei lá, a casa não tinha porta.

Ele tirou uma chave do seu bolso traseiro e me mostrou, como se ainda esperasse encontrar a porta onde a chave se encaixaria. Depois, voltou a enfiá-la no bolso.

– Mas Alá vai ajudar a gente na água? Porque na água eles não podem encontrar a gente.

– Vai, ele vai ajudar a gente a cruzar o mar.

Os ombros de Mohammed relaxaram e ele ficou ao meu lado por um tempo, com seu jeans preto, a camiseta preta, as unhas pretas e os olhos pretos. Com o passar dos dias, percebi que ninguém mais falava com ele, e depois da nossa conversa no terraço, ele sempre olhava para mim, verificando constantemente onde eu estava. Acho que eu fazia com que se sentisse seguro.

No terceiro dia, saí para dar um passeio. Havia um caminho de concreto que passava por dentro de um bosque e, se você continuasse andando, abria-se para as grandes construções. Não havia muitas nuvens, o clima era bem parecido com o da Síria, talvez um pouquinho mais fresco. O céu vivia cheio de névoa da poluição, especialmente de manhã, uma bruma cinza e densa que espreitava por sobre a água e as ruas, e não era uma bruma limpa como uma geada de inverno, era cheia de cheiros da cidade e do seu povo.

No quarto dia, Elias decidiu juntar-se a mim na minha caminhada. Ele raramente falava, a não ser para dizer algo sobre o tempo, que era mais ou menos o mesmo todos os dias, mas comentava as ligeiras mudanças, como "A névoa está mais densa nesta manhã", ou "Tem um vento mais gelado nesta noite". Ele sempre dizia o mais óbvio, mas o tempo tornou-se importante para nós, enquanto aguardávamos e procurávamos sinais de que o mar ficaria calmo, e poderíamos continuar nossa jornada.

Enquanto andávamos, também tomei consciência de outras coisas, como os gatos, que me lembravam Alepo, como eles despertavam de seu estado sonolento e esperavam o dia todo por comida, nas sombras. E os cachorros vira-latas também, imprevisíveis e maltratados, com suas velhas cicatrizes e novos ferimentos, de machucados, doença ou acidentes. Eles todos se pareciam, com pelagem marrom clara, ou às vezes marrom escura. Estavam por toda parte, vagando por vielas e travessas atrás de restaurantes, esperando comida ou andando no meio do trânsito. À noite, os cães selvagens de Istambul chamavam uns aos outros pela cidade. E pela manhã, descansavam debaixo de cadeiras e mesas em frente aos cafés na Praça Taksim. Em geral, ficavam apenas deitados, cochilando, recuperando-se das atividades noturnas. A maioria das pessoas não parecia notá-los, mas os cachorros observavam cada um, com olhos semiabertos e cabeças descansando nas patas; observavam as crianças disparando em meio ao trânsito, batendo nas janelas dos carros, tentando vender garrafas d'água aos transeuntes.

Havia famílias inteiras vagando pelas ruas, alguns descalços, às vezes sentando na calçada quando se cansavam de andar, e outros refugiados nas barracas do mercado, tentando ganhar dinheiro suficiente para sair dali, vendendo coisas que as pessoas não podiam viver sem: carregadores de celular, salva-vidas, cigarros.

Às vezes, eu me esquecia que era uma dessas pessoas. Assim como os cachorros, eu me sentava todos os dias no mesmo banco, e observava os táxis amarelos circulando as papoulas vermelhas nas rotatórias. Sentia os cheiros das churrascarias e lojas de *kebab*, com seus espetos e fogos a lenha, e os maravilhosos cheiros das argolas de massa chamadas *simit*, saídas do forno, ou vendidas pelos ambulantes que circulavam pela praça todos os dias. Havia hambúrgueres crus expostos em mostruários de vidro, e nas vitrines da fachada das lojas, mulheres em roupas tradicionais faziam crepes enrolados à mão. Observei como as crianças refugiadas aprendiam a se adaptar, como dominavam a arte da sobrevivência, aqueles pequenos empreendedores, os sortudos. O que Sami teria achado dessas ruas? Das barracas do mercado, dos restaurantes e da iluminação pública na Avenida Istiklal, logo descendo a rua vinda das favelas e dos guetos? Ele teria me puxado pela mão para dentro das lojas de chocolate, e Afra teria amado as lojas, livrarias e docerias.

Desde o dia em que chegamos ao apartamento do atravessador, Afra voltou a se recusar a sair ao ar livre. Quando eu voltava para ela depois de caminhar pelas ruas, contava sobre as construções otomanas, os carros, o barulho e o caos, sobre a comida e os cachorros. Se tinha algum trocado, comprava-lhe uma argola de massa coberta com sementes de gergelim. Ela adorava aquilo, especialmente quando ainda estavam quentes, e partia-a no meio para dividir comigo. Afra nunca comia o que quer que fosse sem compartilhar; esse era o jeito dela. Não lhe contei sobre as crianças nas ruas. Não queria que ela as visualizasse na imaginação, que ficasse presa com elas nos inescapáveis túneis da sua mente.

À noite, quando os vira-latas acordavam, Afra ficava inquieta. Dormia no quarto ao lado com as outras mulheres. Todas as noites, punha o perfume de rosas na pele macia dos seus pulsos e pescoço, como se estivesse indo a algum lugar no escuro. Eu tinha que compartilhar um quarto com dez outros homens. Sentia falta de Afra. Era a primeira vez em anos que não dormia ao seu lado. Sentia falta da sua respiração silenciosa. Sentia falta de pousar minha mão no seu peito para sentir as batidas do seu coração. Não dormia muito. Pensava na minha esposa. Sabia que havia vezes, à noite, em que ela se esquecia que não estava em Alepo. Sua mente pregava-lhe peças, e ela saía para o corredor. Eu reconhecia o som dos seus passos nos ladrilhos, e me levantava para recebê-la no corredor de teto alto com a longa janela.

– Nuri, é você? Não consigo dormir. Você está acordado?
– Agora estou.
– Não consigo dormir. Quero dar uma caminhada.
– Está tarde. Agora não é seguro. A gente vai amanhã.
– Quero ir ver Khamid com suas calças enormes penduradas no varal.

Khamid era seu tio-avô. Ele morava no fim da rua, em frente a um campo árido com um balanço e um escorregador de metal. Nos fins de tarde, Afra costumava levar Sami até o balanço, e eles riam das calças gigantes de Khamid.

Eu segurava seu rosto, beijava uma pálpebra, depois a outra. Em parte, eu desejava poder matá-la com aqueles beijos, pô-la para dormir para sempre. Sua mente me apavorava. O que ela podia ver, o que podia lembrar, trancado atrás dos seus olhos.

Depois de alguns dias, tentei arrumar um trabalho. Havia inúmeros refugiados vendendo coletes salva-vidas e cigarros nas ruas, todos trabalhando ilegalmente porque não tinham permissão para estar ali. Não era muito difícil encontrar trabalho lavando carros. Elias juntou-se a mim. Trabalhamos juntos, esfregando a fuligem e a areia da cidade. Às vezes, roubávamos pequenas coisas do porta-malas ou do porta-luvas, coisas improváveis de serem percebidas ou de terem grande importância para o freguês: pacotes de goma de mascar, garrafas de água pela metade, alguns trocos. Elias pegava bituca de cigarros dos cinzeiros. O patrão era um turco de sessenta anos, que fumava sessenta cigarros por dia e nos pagava uma miséria, mas já fazia três semanas que tínhamos chegado a Istambul e o tempo continuava ruim, então, um pouco de dinheiro extra e algo para passar o tempo nos fazia bem.

Certa tarde, depois de terminar de lavar os carros, caminhei pela Praça Taksim até encontrar um café com internet. Meu celular não estava funcionando, e eu queria ver se Mustafá tinha tentado me contatar. Eu sabia que, se ele estivesse vivo e bem, me mandaria uma mensagem, e de fato, quando entrei na minha conta, havia três emails dele.

22/11/2015

Meu caro Nuri,

Espero que tenha encontrado a carta que deixei para você. Penso em você e em Afra todos os dias. Sinto muito ter tido que ir embora sem me despedir. Se tivesse ficado, eles me encontrariam e me matariam. Espero que você entenda e me perdoe.

Todos os dias, penso em como chegamos aqui, como a vida pode ser tão cruel. Na maior parte do tempo, não suporto estar vivo. Meus pensamentos me envenenam e estou sozinho com eles. Sei que cada pessoa aqui está presa em seu próprio inferno; tem um homem que segura os joelhos e se balança a noite toda, e canta, Nuri. Canta uma cantiga de ninar que paralisa meu coração. Sinto vontade de perguntar para quem ele já cantou aquilo, ou quem a cantava para ele, mas tenho medo da resposta, então, em vez disso, ofereço-lhe cigarros, é só o que posso fazer, porque ele para de cantar por alguns minutos enquanto fuma. Gostaria de conseguir escapar da minha mente, de poder ser livre deste mundo e de tudo que soube e vi nos últimos anos. E as crianças que sobreviveram, o que será delas? Como conseguirão viver neste mundo?

A viagem não correu como planejada. Viajei pela Turquia e pela Grécia, depois cruzei a fronteira para a Macedônia, mas lá as coisas se complicaram; fui pego, deportado e colocado em um trem para a Bulgária, onde me encontro agora, num acampamento na mata. Estou mandando isto do celular de um rapaz que conheci aqui. Tem tendas grandes e dormimos em beliches, todos amontoados um ao lado do outro. Acho que quando o vento sopra tudo vai desabar. Tem uma estação de trem. São trens antiquados que vêm para esta estação e as pessoas tentam pular e se pendurar neles, porque querem chegar à Sérvia. Até agora, não tentei pular em nenhum desses trens.

O carrinho da comida acabou de chegar e vamos esperar para ser servidos, sardinha e pão. É isto que comemos todos os dias. Se eu conseguir sair daqui, nunca mais como sardinha.

Espero receber notícias suas. Rezo pela sua segurança.
Seu primo,

                                                         Mustafá.

29/12/2015

Meu caro Nuri,

    Agora estou na Sérvia, num acampamento perto de uma fábrica. É um setor industrial no final de uma via férrea, que não continua. Então, cá estou eu, no final da via férrea. Espero que este não seja um sinal de que a minha viagem terminará aqui. Da Bulgária, peguei um trem que levou um dia e uma noite e fui trazido para este acampamento cercado de arame farpado, ao lado de uma aldeia. Não posso sair daqui. O acampamento é trancado e tem uma fila para sair. O trem não tem plataforma. Do vagão vindo para cá vi pessoas caminhando por uma escada de mão para entrar nele, mas pelo menos estão partindo. Tem uma moça aqui que perdeu a voz; ela deve ter 18 anos, e todos os dias a mãe implora para que ela fale, a garota abre a boca mas não sai um som. Eu me pergunto que palavras estão presas dentro dela que não conseguem sair. Ela é o oposto do menino perto do rio que chorava pelo pai. Mas sabe-se lá o que a moça sofreu, o que ela viu!
    Aqui faz muito silêncio, mas o silêncio é preenchido com caos e loucura. Tento me lembrar do som das abelhas. Tento achar alguma luz fechando os olhos e imaginando o campo e nossas colmeias. Mas então me lembro do fogo, e me lembro de Firas e Sami. Nossos filhos foram para onde as abelhas estão, Nuri, para onde as flores e as abelhas estão. Alá está mantendo-os ali em segurança para nós, até voltarmos a vê-los, depois que esta vida acabar.
    Estou cansado, Nuri. Estou cansado desta vida, mas sinto saudade da minha mulher e da minha filha. Elas estão à minha espera, e não sei se algum dia vou conseguir me juntar a elas. As duas estão bem na Inglaterra, esperando ver se vão lhes conceder asilo. Se conseguirem, será mais fácil para eu chegar lá.
    Preciso seguir em frente, e se você estiver lendo isto, o animo a fazer o mesmo. Gaste seu dinheiro com juízo; os atravessadores tentarão tirar de você o máximo que puderem,

mas lembre-se de que tem uma viagem mais longa à frente. Você precisa aprender a barganhar. As pessoas não são como as abelhas. Não trabalhamos juntos, não temos um sentido verdadeiro de um bem maior. Acabei percebendo isto agora.

A boa notícia é que não como sardinhas há uma semana. Aqui, eles nos dão pão com queijo; em alguns dias, também uma banana.

Mustafá

O último email estava escrito em inglês:

20/01/2016

Caro Nuri,

Passei um dia na Áustria, numa base militar perto da fronteira alemã, onde nos vasculharam e tiraram nossas impressões digitais e depois nos deportaram para um albergue alemão juvenil nas montanhas. O inverno aqui é muito frio. Estamos cercados por neve numa velha casa tão no alto que estamos perto das nuvens. Isto me lembra as montanhas Antilíbano, meu pai e meu avô, os dias que eu passava com eles nos apiários, aprendendo sobre as abelhas. Mas aquelas montanhas eram cheias de luz do sol e davam para o mar. Estas são brancas e silenciosas, e não sei onde acabam, nem onde começam.

Gostaria de chegar à França. Um dos guardas foi gentil em me oferecer enviar um email do seu celular, e está digitando isto para mim. Também mandei um email para a minha esposa, que ainda espera por mim, e reza. Rezo por ela, e também por você e Afra. Não tenho notícias suas, mas não vou imaginar nada.

Seu amigo querido,

Mustafá

Fiquei parado por um momento, imaginando o que poderia ter acontecido depois da Alemanha. Agora era o começo de fevereiro. Será que ele tinha chegado à França?

Continuava vivo e bem? Pensei na primeira vez em que tinha visitado os apiários nas montanhas. Sim, eram cheios de luz e dava para ver o cintilar da água lá embaixo. Mustafá tinha dado uma volta comigo; ele era jovem, então, no final dos seus vinte anos e eu só tinha dezoito. Caminhava por lá de short e sandália de dedo, sem medo das abelhas.

– Você não tem medo? – perguntei, super atento e me encolhendo.

– Conheço elas – ele respondeu. – Sei quando vão ficar bravas.

– Como você sabe?

– Elas soltam feromônios que cheiram a bananas.

– Bananas?

Ele concordou com a cabeça, satisfeito com meu entusiasmo. – As outras abelhas sentem o cheiro e sabem que é para atacar.

– Mas o que você fará se elas ficarem mesmo bravas?

– Fico parado muito, muito quieto, sem me mexer um centímetro. Finjo que sou uma árvore.

Então ele ficou ali, como uma estátua gigante, as mãos protegendo os olhos, sorrindo. Imitei-o, ficando o mais imóvel possível, prendendo a respiração, enquanto as abelhas voavam à minha volta às centenas, ou o que pareceu ser aos milhares, seus zumbidos me cercando, me envolvendo, enrolando-se à minha volta como uma teia invisível. Nem uma abelha pousou em mim.

– Viu? – ele cochichou. – Viu? Você tem que relaxar e se transformar em natureza. Aí você ficará bem.

01/02/2016

Caríssimo Mustafá,

Seu último email foi enviado em janeiro, e não há mais mensagens depois dessa, então eu me pergunto se você chegou à França. Acima de tudo, desejo que esteja na Inglaterra com sua esposa e sua filha. Acabei de me lembrar da primeira vez em que visitei as colmeias nas montanhas. Na minha mente, é como um filme. Éramos muito jovens. Se ao menos soubéssemos então o que a vida nos traria... Mas se soubéssemos, o que teríamos feito? Teríamos tido muito medo de viver, muito medo de ser livres e fazer planos. Gostaria de poder voltar àquele momento e ficar ali parado, cercado pelas abelhas, sabendo a cada segundo que passava que elas não eram minhas inimigas.

Estou em Istambul, agora. Afra e eu estamos no apartamento de um atravessador, com outras vinte pessoas, esperando partir para a Grécia, mas o vento está muito forte no momento. Tem um menino aqui, da mesma idade do Sami. Está sozinho e não sei ao certo o que aconteceu com a sua família. Tenho medo de pensar. Mas ele confia em mim e estou tomando conta dele.

Sei que tenho uma longa jornada à frente. Alguns dias, penso que não consigo dar mais um passo, mas tenho um sonho em minha mente de encontrar você na Inglaterra. É isso que me faz seguir em frente. Tenho dinheiro e passaportes. Sinto-me sortudo por ter isto, porque vejo que algumas pessoas não têm nada. Estarei esperando por sua resposta.

Nuri

Naquela noite, quando voltei para o apartamento do atravessador, dei para Mohammed as coisas que havia encontrado: gomas de mascar, balas de hortelã, um canivete, uma caneta, um chaveiro, um bastão de cola e um mapa rodoviário.

O mapa foi o item preferido de Mohammed. Ele o abriu no chão e traçou o dedo ao longo das linhas de estradas e montanhas. Descobriu pedras nos vasos de flores da varanda, e, usando a caneta, desenhou rostos nelas. Fez toda uma família de pedras, deslizando-as pelo mapa como se estivessem viajando: pai, mãe, avó, um irmão e duas irmãs. Naquela noite, encontrei-o dormindo profundamente sobre o mapa, então o peguei no colo, joguei-o sobre meu ombro, levei-o para o quarto e deitei-o com cuidado sobre o cobertor. Mohammed nem ao menos se mexeu; estava perdido em seus sonhos.

– Partiremos logo – eu disse a Elias na noite seguinte. Ele ficou como uma grande estátua antiga na sacada, abrindo um novo maço de cigarros. Colocou um na boca, e acendeu-o, olhando para a mata. Agora que estava comendo mais e trabalhando duro, sua estrutura tinha se encorpado e era mais fácil ver a força física natural daquele homem.
– O atravessador diz mais dois dias.
Elias refletiu até terminar seu cigarro, e acendeu outro.
– Não quero ir. Vou ficar aqui.
– Você já não pagou o atravessador? Onde vai ficar?
– Descubro algum lugar. Não se preocupe comigo. Não quero continuar, já viajei para muito longe. Para mim chega. – Seus olhos estavam tristes, mas agora o sorriso era diferente, havia vida em seu rosto e uma força interior.
Ficamos os dois ali, em silêncio por um bom tempo, escutando os sons noturnos do vento, dos carros e cachorros.

5

Quando Afra acorda de manhã, me pergunta por que sente cheiro de flores.

– Provavelmente é seu perfume – digo.

– Mas não são rosas. O cheiro é fraco, como o de flores de árvores frutíferas.

Ela estende o braço para a mesa de cabeceira, e eu me lembro da tigela de chaves. Ela tateia até tocar a tigela, depois se senta e coloca-a no colo, inclinando-se sobre ela, aspirando profundamente, colocando as mãos dentro, e é então que percebo que a tigela não está cheia de chaves, mas de punhados de flores brancas.

– Você colheu elas pra mim? – ela pergunta.

– Colhi.

– Outro presente!

Seus olhos estão cheios da luz matinal. Não quero ver isto. Detesto vê-la deste jeito, e não sei ao certo por quê. Levanto-me e fecho a fresta das cortinas, vendo a sombra delas mover-se pelo rosto de Afra.

– Faz um tempo que você não me traz uma – ela diz, e leva as flores para junto do rosto, sentindo seu perfume, e naquele momento surge um sorrisinho em seus lábios, tão leve quanto o perfume das flores.

– Obrigada – ela diz. – Onde você encontrou elas?

– Tem uma árvore no jardim.

– O jardim é grande?

– Não, é pequeno como um pátio e quase todo cimentado, mas tem uma árvore nele.

– Pensei que você nunca mais fosse me trazer um presente.

Ela devolve a tigela para a mesa de cabeceira e verifica para ter certeza de que a bolinha de gude está lá. Levo-a até o banheiro, e me sento no vaso sanitário enquanto ela escova os dentes. Depois a ajudo a se vestir, tirando o *abaya* do cabide, passando-o pelos seus braços, pelo seu corpo, sobre a saliência da sua barriga, sobre a cicatriz da cesariana – um sorriso permanente em seu abdômen –, sobre os pelos finos das suas coxas. Cheiro-a. Rosas e suor. A cicatriz e o enrugado da sua pele ao redor da barriga são, para mim, lembretes constantes de que ela carregou nosso filho, trouxe-o a este mundo, e não quero tocar nela. Prendo seu cabelo e enrolo o *hijab* em sua cabeça, prendendo os grampos onde ela quer. Tento não ser abrupto, não empurrar seus dedos para longe. O sorriso ainda parece permanecer em seus lábios, e não quero estragá-lo. Horroriza-me que um presente meu possa ter o poder de fazê-la sorrir agora, mesmo que seja um sorriso tão leve que parece quase inexistente. Todo esse tempo eu quis conseguir atingi-la, trazer alguma luz a seus olhos, e agora que consigo, detesto isso, porque significa que ela me ama e que espera que eu a ame. Mas já não sou digno dela, do seu perdão.

***

Temos outro encontro com Lucy Fisher nessa tarde, então nos vemos onde estávamos antes, sentados em frente a ela, à mesa da cozinha. Afra ainda não vira o rosto para ela, e entrelaça as mãos sobre a mesa, parecendo olhar pela janela.

Hoje, Lucy Fisher parece mais feliz. Trouxe a papelada para provar que estamos requerendo asilo. Ela é muito eficiente; risca quadrados de opções e faz rápidas anotações num fichário.

– Estou contente que não precisamos de um tradutor para você – ela diz, preocupada, olhando rapidamente para mim com seus grandes olhos azuis. Hoje seu cabelo está solto. Ela tem um cabelo muito macio e fino, que me lembra penas, ao contrário do de Afra, que é grosso e pesado, e já foi preto como piche.

Laura Fisher tem uma leveza que me agrada. Ela sente orgulho por manter as coisas em ordem. E quando as coisas não correm como ela quer, seu rosto se inflama e ela fica linda. Eu me pergunto se ela sabe disto. Neste momento, no entanto, ela está calma e seu rosto é comum. Ela me lembra uma locutora. Sua voz também. Lembrando-me da sua reação no outro dia, tento imaginar com quantas pessoas ela trabalhou, quantas ela mandou de volta, quantas perguntas as pessoas lhe fizeram, como todos devem se agarrar a ela como se ela fosse um bote salva-vidas num mar turbulento.

– Vocês vão mandar o marroquino embora? – pergunto.
– Qual? – ela diz.
– O velho.
– Hazim? – ela diz.
– É.
– Esta é uma informação confidencial. Não posso discutir o caso de nenhum cliente. E o seu também não. –

Ela sorri para mim novamente, e fecha o fichário antes de continuar. – Então, o que você precisa fazer é levar esta carta para a clínica médica, o endereço está neste papel. – Ela indica qual. – Você não terá problema – diz –, e quando estiver lá, pode marcar uma hora para sua esposa, e também para você. Pode ser uma boa ideia fazer um rápido check-up. – Ela olha para Afra, e percebo que minha esposa está desconfortável.

– Quando teremos a entrevista? – digo, e os olhos dela se voltam para mim.

– Logo entrarei novamente em contato, com uma data para a entrevista do asilo. Sugiro que comece a se preparar. Pense na sua história, como vocês chegaram aqui, o que aconteceu ao longo do caminho. Eles farão todo tipo de perguntas, e você precisa estar preparado, porque elas serão difíceis de responder, emocionalmente.

Não digo nada.

– Você andou pensando nisto?

– Andei – digo. – Claro. Penso nisto o tempo todo. – E de novo percebo algo mais real nela do que a locutora objetiva.

Ela esfrega as costas da mão direita no olho, borrando um pouco a maquiagem, como faria uma menina. – É que eles vão atacar qualquer coisa, principalmente se sua história for confusa.

Balanço a cabeça, preocupado, mas ela não parece notar minha preocupação. Ela olha para o relógio para que eu saiba que a reunião terminou. Afra e eu nos levantamos para sair.

O próximo a estar com ela é Diomande. Trocamos de lugar à porta, e ele entra e se senta com suas asas dobradas apontando sob sua camiseta. Ele é muito mais falante do que eu. Cumprimenta-a com efusividade em seu inglês truncado, e começa imediatamente a contar de onde veio, como chegou aqui. Antes mesmo que ela pergunte qualquer coisa, ele já está tagarelando. E ainda consigo ouvir sua voz mesmo do fim do corredor, uma carga de divagação energética, que de algum modo me lembra um cavalo galopando.

Afra me diz que está cansada, então a levo até o quarto e ela se senta na beirada da cama, de frente para a janela, exatamente como costumava fazer na nossa casa em Alepo. Observo-a por um tempo, querendo lhe dizer alguma coisa, mas não me vêm palavras à mente, então desço para o andar de baixo.

O marroquino não está na sala de visitas. Acho que durante o dia ele sai e vaga pelas lojas, conversando com as pessoas, captando palavras novas, observando e aprendendo coisas pelo caminho. Há mais alguns aqui: a mulher afegã com seu *hijab* tecido à mão. Ela está fazendo alguma coisa com um fio azul. Não tem muito mais a fazer senão sentar na sala de visitas e assistir à TV. Um político com cara de sapo está falando.

> *Nós literalmente abrimos a porta incondicionalmente, sem conseguir fazer um controle de segurança de ninguém... O planejamento da bomba de Dusseldorf tinha sido descoberto, tudo bem, um plano muito, muito preocupante de ataques em massa ao estilo de Paris ou Bruxelas. Todas essas pessoas entraram na Alemanha no ano passado passando-se por refugiados.*

Meu rosto esquenta. Mudo de canal.

> *Este sujeito admitiu ter traído seis vezes. Mas só quando estavam dando um tempo! E vocês querem que ele suma! Ashley está no The Jeremy Kyle Show, senhoras e senhores!*

Desligo a TV e a sala mergulha em silêncio. Ninguém parece se importar.

Vou até o computador e me sento. Penso no campo em Alepo antes do incêndio, quando as abelhas pairavam sobre a terra como nuvens, zumbindo sua canção. Posso ver Mustafá tirando um favo de uma colmeia, examinando-o atentamente, enfiando um dedo no mel, provando-o. Aquele era nosso paraíso, à beira do deserto e à beira da cidade.

Olho meu rosto na tela escura, pensando no que escrever: Mustafá, acho que não estou bem. Não me restam sonhos.

A proprietária chega e começa a limpar a sala com um espanador amarelo berrante. Tenta alcançar as teias de aranha nos cantos, ficando na ponta dos pés com seus sapatos de plataforma e as pernas esqueléticas de elefante. Levanto-me e me ofereço para fazê-lo para ela. Passo a tarde espanando as paredes, mesas e armários da sala de visitas e de qualquer um dos quartos do andar de cima que tenha sido deixado aberto. Dou uma olhada na vida de alguns outros moradores. Alguns arrumaram suas camas, enquanto outros deixaram o quarto uma bagunça. Alguns têm bugigangas em suas mesas de cabeceira, itens preciosos de uma vida passada, fotografias sobre a cômoda, apoiadas sem molduras. Não toco em nada.

O quarto do marroquino é arrumado, tudo bem dobrado, um frasco de espuma de barbear sobre a cômoda, lâminas de barbear enfileiradas. Há uma fotografia em preto e branco de uma mulher num jardim. A foto está esmaecida e branca nas beiradas, e há uma pequena aliança de ouro na cômoda ao lado dela. A foto ao lado desta é da mesma mulher, alguns anos depois. Ela tem os mesmos olhos e sorriso; está sentada numa cadeira de vime segurando um bebê, uma criança pequena ao lado dela. Outra foto, brilhante, muitos anos depois, é de uma família: um homem, uma mulher e dois adolescentes. A última é de uma mulher em pé na praia, com o mar atrás dela. Viro-a e leio as palavras em árabe:

Papai, meu lugar preferido. Te amo

Desço ao andar de baixo sentindo-me mais pesado do que antes, e decido dar uma caminhada. Vou até a loja de conveniências; a música árabe chega até mim enquanto caminho pela rua. Embora não conheça a música que está tocando, ela me transporta para casa, seus timbres e ritmos, o som da minha língua cercando-me e me acalmando enquanto entro na lojinha.

– Bom dia – o homem diz em inglês. Sua pronúncia é boa, e ele está em pé muito empertigado, como se estivesse fazendo a segurança do lugar, de meia-idade, bem barbeado.

Ele abaixa o volume e me acompanha com os olhos, enquanto ando por lá. Paro junto ao balcão, olhando os jornais desconhecidos: o *Times*, o *Telegraph*, o *Guardian*, o *Daily Mail*.

– Está um lindo dia – ele diz.

Estou prestes a responder em árabe, mas não quero conversar com este homem. Não quero que ele me pergunte de onde venho e como cheguei até aqui.

– Está – digo, por fim, e ele sorri.

Logo abaixo das revistas, na última prateleira, noto um bloco de desenho e lápis de cor. Tenho uns trocados no bolso, então os compro para Afra. O homem olha para mim algumas vezes, e abre a boca para dizer alguma coisa, mas uma mulher chama-o dos fundos da loja e vou-me embora.

***

O marroquino volta no final da tarde, chamando meu nome assim que passa pela porta.

– Nuri! Sr. Nuri Ibrahim! Por favor, venha aqui. Tem um presente para o senhor!

Saio para o corredor e ele está ali parado com um sorriso enorme no rosto, segurando um suporte de madeira contendo cinco plantas.

– O que é isto? – pergunto.

– Eu tinha um pouco de dinheiro guardado e fui até o vendedor na rua e arrumei isto para a abelha!

Ele larga o suporte nos meus braços e me empurra pela sala de visitas em direção às portas do pátio. Pega uma mesa de plástico que está deitada no canto do pátio, limpando a sujeira e as folhas secas com a mão.

– Certo, coloque-o aqui – ele diz. Depois, fica um tempo ali admirando as flores: trevo de cheiro, cardo e dente de leão. – O homem me disse que flores comprar, quais a abelha gostaria. – Ele entra na cozinha e volta com um pires com água. Reorganiza os vasos de planta numa fileira, para que a abelha consiga ir de um a outro sem voar, e coloca o pires no suporte.

– Acho que ela vai ter sede – ele diz.

Por um momento, não consigo me mexer. Posso vê-lo me encarando, esperando que eu coloque a abelha em sua nova casa, e há uma sombra de decepção em seus olhos com a minha falta de entusiasmo. Nesse momento, parado debaixo da árvore com as flores ao nosso lado, e o sol se pondo, lembro-me do meu pai. Lembro-me da expressão no seu rosto quando eu lhe disse que não queria assumir os negócios da família, que não estava interessando em vender tecidos. Queria ser um apicultor com Mustafá, trabalhar ao ar livre na natureza, sentir a terra debaixo dos pés e o sol no meu rosto, escutar a canção das abelhas.

Tinha testemunhado durante muitos anos meu pai dando duro naquela lojinha escura, com suas tesouras, agulhas e fita métrica, os nós dos dedos inchados, as cores do mundo, dos desertos, rios e florestas impressas nas sedas e linhos a sua volta. "Você pode fazer cortinas com esta seda. Ela não te lembra as cores de Hamad, quando o sol está se pondo?" Era isto que ele dizia aos clientes, e para mim dizia: "Feche as persianas, Nuri! Feche as persianas para a luz não afetar o tecido!". Como eu me lembro dos seus olhos quando eu lhe disse que não queria trabalhar naquela pequena caverna escura pelo resto da vida.

– Você não gostou? – o marroquino pergunta. Agora, sua expressão está diferente, o cenho bem franzido.

– Gostei – digo. – Obrigado.

Estendo a mão para a abelha, ela se arrasta para o meu dedo, e eu a transporto para a sua nova casa. Ela examina as flores, abrindo caminho de um vaso a outro.

– Por que você veio para cá? – pergunto ao marroquino. – O que você está fazendo aqui no Reino Unido?

Seus ombros se enrijecem e ele se afasta do caixote. – Por que a gente não entra e talvez você possa voltar amanhã e dar outra olhada?

Na sala de visitas, ele se senta na poltrona e abre seu livro. – Acho que aqui é muito importante fazer fila – ele me diz com seu tom usual de risada no fundo da voz.

– Mas onde está a sua família? – pergunto. – Você traz as plantas e me faz lembrar a Síria, e quando eu pergunto por que está aqui, você me ignora.

Ele agora fecha o livro e olha direto nos meus olhos.

– Assim que eu estava naquele barco para a Espanha, soube que tinha vendido minha vida, fosse qual fosse a vida que eu tinha deixado. Mas meus filhos queriam partir, estavam em busca de uma vida melhor. Eu não queria ficar sozinho sem eles. Eles tinham sonhos. Os jovens ainda têm sonhos. Eles não conseguiram vistos, e a vida estava ficando difícil demais em casa. Havia problemas, problemas demais... Então, eles foram clandestinos, e isto é perigoso. Nós decidimos partir todos juntos, mas meu filho e minha filha foram levados para outro abrigo onde são permitidas crianças. Eles também estão esperando, e minha filha... minha filha... – Ele para de falar e vejo que seus olhinhos, quase escondidos nas rugas, estão brilhando. Ele está longe. Não faço mais perguntas.

Diomande está lá em cima, em seu quarto. Ele subiu depois que Lucy Fisher foi embora, fechou a porta e não saiu mais. Quando o marroquino e todos os outros vão para a cama, sigo para o pátio. Fico perto do sensor de luz, de modo que ela acenda e eu veja a abelha rastejando sobre os dentes de leão, acomodando-se em sua nova casa.

Então, as flores da árvore chamam minha atenção. Ainda há milhares de flores nela. Viro-me, esperando ver Mohammed em um dos cantos escuros do jardim. Ajoelho-me e olho pelo buraco da cerca, tentando ver o verde das folhas dos arbustos e das árvores. Depois, sento-me encostado na árvore, as pernas esticadas a minha frente e fecho os olhos. Está silencioso, exceto pelo barulho dos carros. Fecho bem os olhos, me concentrando, e consigo escutar as ondas. Elas sobem alto, uma lufada longa e grande, e tornam a cair. Sinto a água ao meu lado, logo ali, um monstro escuro batendo nos meus pés. Deito-me e meu corpo e minha mente são levados pelo

...**mar**...

estava escuro e bravo. Mohammed estava parado na costa, com suas roupas pretas, quase invisível contra o céu noturno e a água escura. Ia para trás quando as ondas batiam nos seus pés, e enfiava a mão na minha. Afra estava a uma pequena distância, de frente para a terra, e não para a água. Tínhamos sido levados para lá de ônibus, uma viagem de três horas pelo território da Turquia, todos nós agarrados a nossos coletes salva-vidas e nossos poucos pertences. Embora houvesse apenas vinte pessoas na casa do atravessador, o número de viajantes tinha subido para quarenta. O atravessador estava parado com o homem que tinha sido designado capitão do bote.

O barco que saíra na noite anterior tinha virado, e as pessoas estavam perdidas no mar. Apenas quatro sobreviventes foram tirados da água, e oito corpos foram encontrados. Eram essas as conversas que eu escutava a minha volta.

– Pelo menos, isto não é tão ruim como cruzar entre a Líbia e a Itália. Aquela é a travessia marítima mais mortal do mundo! – uma mulher parada ali perto disse a um homem.

– E alguns dos corpos foram dar no litoral da Espanha.

Mohammed apertou mais a minha mão.

– Eu falei – ele disse. – Não te contei isto?
– É, contou, mas...
– Então é verdade. A gente poderia cair na água?
– Não vamos.
– Como você sabe?
– Porque Alá vai nos proteger.
– Por que ele não protegeu as outras pessoas? Somos especiais?

O menino era esperto. Olhei para ele.

– Somos.

Ele ergueu as sobrancelhas. Soprou um vento forte e as ondas agigantaram-se.

– É como um monstro – Mohammed disse.
– Pare de pensar nisso.
– Como posso parar de pensar nisso quando está bem na minha frente? Seria como você levantar uma barata bem na frente do meu rosto, com todas as pernas se contorcendo, e me dizer para parar de pensar nela!
– Bom, então, continue pensando até cagar nas calças.
– Não estou fazendo de propósito.
– Finja que estamos entrando num navio.
– Mas não estamos. Estamos entrando num bote de borracha. Se cairmos na água, talvez os pescadores nos peguem em suas redes. Vão achar que pegaram um grande peixe, mas aí vão ter o maior choque das suas vidas.

Afra escutava nossa conversa, mas não participou, e se manteve de costas para nós.

Esperamos ali no mínimo uma hora. As pessoas estavam ficando impacientes.

– Este pode ser nosso último momento na terra – Mohammed disse. – Seria bom se tomássemos um sorvete. Ou talvez, fumássemos um cigarro.

— Um cigarro? Você tem sete anos.

— Eu sei que idade eu tenho. Meu pai me disse para nunca experimentar um porque poderia me matar. Pensei que fosse experimentar um quando tivesse setenta anos. Mas percebendo como a gente poderia morrer esta noite, agora também poderia ser uma boa hora. O que você gostaria de ter se fosse morrer esta noite?

— Nós não vamos morrer esta noite. Pare de pensar nisso.

— Mas o que você gostaria de ter?

— Eu gostaria muito de ter um pouco de xixi de camelo.

— Por quê?

— Porque faz bem pro cabelo.

O menino riu e riu.

Notei que uma mulher próxima a nós tinha ficado olhando para mim, seus olhos brilhando na minha direção, depois se desviando, depois voltando para onde Mohammed estava. Era uma mulher jovem, provavelmente trinta e poucos anos, e seu cabelo era longo e preto como o de Afra, batendo no seu rosto com o vento. Ela o punha para trás e tornava a olhar para mim.

— Você está bem? — perguntei.

— Eu? — ela disse.

Confirmei com a cabeça e ela tornou a olhar para Mohammed, e se aproximou de mim. — É só que... — ela hesitou. — É só que eu também perdi meu filho. É só que... Eu sei. Sei como é. O vazio. É preto como o mar.

Então, ela se afastou de mim e não disse mais nada, mas o vento do mar e o eco das suas palavras entraram na minha pele e paralisaram meu coração.

O capitão designado tinha subido no bote, e o atravessador mostrava-lhe algo em seu celular e apontava para o mar; pessoas aproximavam-se da água, sentindo que logo seria hora de ir. Todos tinham começado a vestir seus coletes salva-vidas, e eu estava ocupado ajustando as tiras do colete de Mohammed, depois ajudando Afra com o dela.

O atravessador acenou nos chamando, e todos chegaram perto da água, um a um subindo lentamente no barco, que balançava. Mohammed sentou-se em segurança ao meu lado. Afra ainda não tinha dito nada, nem uma palavra saíra da sua boca, mas eu podia sentir seu medo; sua alma agora estava tão escura quanto o céu, tão agitada quanto o mar.

O atravessador disse-nos para desligarmos as lanternas e os celulares. Não deveria haver barulho, nem luz até chegarmos a águas internacionais.

– E como vamos saber que chegamos a águas internacionais? – perguntou um homem.

– Porque a água vai mudar. Vai se tornar estrangeira – o atravessador disse.

– O que isto quer dizer?

– Ela vai mudar de cor, você verá, vai parecer estranha.

Apenas o capitão tinha o celular ligado, por causa do GPS. O atravessador lembrou-lhe para seguir as coordenadas, e se algo acontecesse com o celular, olhar as luzes à distância e segui-las.

O motor foi ligado e saímos para a escuridão, a borracha rangendo sobre as ondas.

– Não é tão ruim – escutei uma criança dizer. – Não é nada ruim. – Havia um triunfo na voz da menina, como se tivéssemos acabado de superar um grande perigo.

– Shh! – sua mãe alertou. – Shh! Eles disseram pra gente nada de barulho!

Um homem começou a recitar um verso do Alcorão, e conforme avançamos no mar, outras pessoas juntaram-se a ele, suas vozes fundindo-se com os sons das ondas e do vento.

Eu estava com uma mão na água. Deixei-a ali, sentindo o movimento, o ímpeto do mar, sua vitalidade, a maneira como esfriava conforme nos afastávamos da terra. Pus a outra mão no braço de Afra, mas ela não reagiu; seus lábios estavam comprimidos, como uma concha fechada.

Os dentes de Mohammed batiam. – Ainda não caímos – ele disse.

Eu ri. – Não. Ainda não.

Os olhos do menino arregalaram-se, cheios de um medo genuíno. Parecia que ele estivera se apoiando no meu otimismo ignorante.

– Não se preocupe – eu disse –, não vamos cair. As pessoas estão rezando. Alá ouvirá.

– Por que ele não ouviu as outras pessoas?

– Já falamos sobre isto.

– Eu sei, porque somos especiais. Meus pés estão molhados.

– Os meus também.

– Meus pés estão gelados.

– Os meus também.

Mohammed olhou para Afra. – Os pés da sua esposa estão gelados?

– Acho que sim.

– Por que ela não diz nada?

O menino encarou-a por um tempo, olhando para seu rosto, sua echarpe, suas roupas, suas mãos, suas pernas, seus pés. Acompanhei seu olhar, imaginando o que ele estaria pensando, o que estaria tentando entender, onde estaria sua mãe.

– Quanto tempo vai levar?

– Seis horas.

– Quanto tempo já passou?

– Seis minutos.
– Não! Foi mais do que isto!
– Então, por que você pergunta?
– Dezesseis minutos.
– OK, dezesseis.
– Ainda restam cinco horas e 44 minutos. Vou contar.
– Vá em frente.

Ele começou a contar, mas ao chegar ao quinto minuto, dormia pesadamente com a cabeça no meu ombro.

Eu ainda estava com uma mão no braço de Afra e a outra na água. Olhei para a escuridão, todo aquele mar e aquele céu, e não poderia dizer onde acabava um e começava o outro. Era isto que Afra via todos os dias? Esta ausência de forma.

Uma menina começou a chorar. – Shh! – a mãe disse. – Shh! Disseram pra gente não fazer barulho!

– Mas estamos em águas internacionais! – a menina exclamou. – agora eu posso!

Com isso, a mãe começou a rir. Riu com vontade e, de repente, a menina também mudou do choro para o riso. Por fim, a mãe recuperou o fôlego e disse: – Não, ainda não estamos em águas internacionais.

– Como você sabe?
– Eu sei.
– Está bem. Quando a gente chegar naquele lugar, você me diz?
– Pra você poder chorar?
– É, preciso chorar alto – a menina disse.
– Por quê?
– Porque estou com muito medo.
– Durma, agora – a mãe disse.

E então se fez silêncio. Não houve mais rezas, nem cânticos, nem sussurros.

E talvez eu também tenha dormido, porque vi à minha frente uma série de imagens:
Peças coloridas de Lego espalhadas pelo chão
Azulejos azuis com flores pretas
Afra usando um vestido amarelo
Sami brincando com o Lego na sala de visitas, construindo uma casa
Os apiários no campo sob o sol do meio-dia
As colmeias queimadas e as abelhas mortas
Mustafá sentado no meio do campo
Corpos boiando no rio
Firas deitado na mesa do necrotério
Mustafá segurando sua mão
Afra no *souq* com Sami em seu joelho
Os olhos de Sami

Depois, houve a escuridão

Acordei de um pulo porque havia pânico.
As ondas estavam maiores.
Um homem gritava: – Tirem a água! Tem água demais!
Lanternas brilhavam, e mãos esvaziavam a água, crianças choravam. Mohammed estava com os olhos arregalados, ajudando a esvaziar a água. Vi quando homens pularam no mar, o barco imediatamente voltando a ficar leve.
– Nuri! – Afra disse. – Você está no barco?
– Não se preocupe. Estamos – eu disse.
– Fique no barco. Não vá para dentro d'água.
Mohammed continuava pegando água com as mãos; todos no barco faziam o mesmo. Agora, a menina começou

a chorar. Chamava os homens no mar, gritando para que voltassem para o barco.

A água continuou a subir e mais homens pularam para fora do barco. Todas as crianças choravam, menos Mohammed. Pude ver seu rosto, sério e determinado, entre os fachos de luz.

Houve um momento de escuridão total, e quando a luz da lanterna voltou a iluminar, ele tinha sumido. Mohammed não estava no barco. Esquadrinhei a água, as ondas negras o mais longe que pude ver, e então, sem pensar, pulei. Estava gelado, mas as ondas não eram tão grandes quanto pensei, e nadei por lá, iluminando a superfície com a lanterna.

– Mohammed! – chamei. – Mohammed! – Mas não houve resposta.

Eu podia ouvir a voz de Afra no barco. Ela chamava, mas não consegui escutar o que dizia. Continuei a vasculhar a água, que estava negra como tinta. Como eu veria Mohammed com suas roupas e cabelo pretos?

– Mohammed! – chamei. – Mohammed!

A lanterna iluminou os rostos dos homens. Mergulhei no silêncio negro, mas mesmo com a lanterna mal conseguia ver alguma coisa. Fiquei submerso o máximo que pude, sentindo com as mãos, para o caso de poder agarrar alguma coisa, um braço ou uma perna. Quando já não tinha ar nos pulmões, quando a pressão da morte me pressionou para baixo, voltei arquejando na escuridão e no vento.

Estava pronto para respirar fundo e voltar para baixo d'água, quando vi um homem segurando Mohammed, levantando-o para dentro do barco. As mulheres receberam nos braços o menino que tossia e balbuciava, tirando seus lenços da cabeça e envolvendo-o com eles.

Agora, estávamos avançados em águas internacionais. O atravessador estava certo, a água mudava de fato, as ondas eram diferentes, seus ritmos estranhos. Então, todos acenderam suas lanternas, esperando que uma guarda costeira visse, esperando estarmos bastante perto da Grécia para que alguém viesse nos salvar. Aquelas luzes no escuro eram como orações, porque não havia indício de alguém vindo. Os homens não podiam voltar para o barco; ainda havia muita água dentro. Eu sentia meu corpo ficando entorpecido. Queria dormir, recostar minha cabeça nas ondas em movimento e dormir.

– Nuri! – alguém chamava. – Nuri!

Vi as estrelas no alto e o rosto de Afra.

– Nuri, Nuri, tem um barco! – Havia uma mão no meu braço. – Tio Nuri, vem vindo um barco!

Mohammed olhava para mim, me puxando. Meu colete salva-vidas tinha começado a esvaziar, mas comecei a agitar as pernas para me manter à tona, para que o sangue voltasse a se movimentar pelo meu corpo.

À distância, havia uma luz forte que se movia em nossa direção.

6

Desta vez, quando acordo no chão cimentado do jardim, o marroquino já está em pé junto a mim, estendendo a mão.

– Como está, homem? – ele diz em inglês, enquanto me põe em pé. Depois, me conta em árabe que Afra está lá dentro me esperando, que parece mais nervosa do que da última vez. Quando subo, encontro-a sentada na cama, de costas para a porta e a tigela de flores no colo.

– Onde você estava? – ela pergunta, antes mesmo que eu tenha chance de falar.

– Adormeci lá embaixo.

– No jardim de novo?

Não respondo.

– Você não quer dormir ao meu lado.

Ignoro seu comentário. Dou a ela o caderno de desenho e os lápis de cor, colocando-os no seu colo, levando suas mãos até eles para que ela possa sentir o que são.

– Outro presente? – ela pergunta.

– Você se lembra do que fez em Atenas? – pergunto, e embora ela sorria, coloca tudo no chão ao seu lado.

– Você já está vestida, então vou dar uma caminhada. Você gostaria de vir comigo?

Espero um tempo, ali parado escutando sua reação silenciosa, e quando vejo que ela não vai responder, desço e saio para a luz. Vou até o lugar onde estava o castelo de areia. A areia está empelotada, incrustada de fragmentos coloridos. Pego um pedaço de plástico rosa transparente, provavelmente parte de um copo quebrado, e jogo-o no mar. As ondas engolem-no.

Logo atrás de mim há uma mulher sentada numa espreguiçadeira, lendo um livro. Está debaixo de um guarda-sol, usando um chapéu, um frasco de protetor solar a seu lado. Não parece notar que o sol se foi e pode até chover.

Algumas pessoas passeiam com seus cachorros, um gari recolhe o lixo. O rescaldo da luz do sol. O rescaldo de guerra é outra coisa. Aqui tem uma sensação de calma, de continuidade de vida. A esperança de outro dia ensolarado. De longe, à esquerda, vem um leve som de música do parque de diversões no píer. Nunca para.

O sol atravessa as nuvens e o mar cintila de repente.

– Desculpe-me – uma voz me diz. Viro-me e vejo que a mulher está de cenho franzido, sua pele tão curtida e morena que parece que ela andou tomando sol nas planícies arenosas da Síria.

– Sim? – digo.

– O senhor poderia fazer o favor de sair da minha luz? Obrigada.

Ela me agradeceu por me mover antes mesmo de eu ter me movido. É difícil se acostumar com as maneiras britânicas; dá para eu entender a confusão do marroquino. Aparentemente, aqui fazer fila é importante. "As pessoas realmente formam uma única fila numa loja. É recomendável assumir seu lugar na fila, e não tentar forçar caminho até a frente, porque normalmente isso irrita as pessoas!". Foi o que a mulher me disse no Tesco na semana passada. Mas não gosto das filas deles, da ordem deles, dos seus jardins organizados, das pequenas varandas arrumadas, e das janelas salientes que brilham à noite com o cintilar de suas TVs. Tudo isto me lembra que essas pessoas nunca viram a guerra. Lembra-me que lá na minha terra ninguém assiste à TV na sala de visitas, ou em suas varandas, e me leva a pensar em tudo que foi destruído.

Pergunto como chegar à clínica médica e a descubro em uma subida em uma das travessas que saem da costa. O lugar está cheio de crianças resfriadas. Uma mãe segura um lenço de papel junto ao rosto do filho, e diz para ele assoar o nariz. Algumas crianças brincam com brinquedos em um tapete no canto da sala. Os adultos leem revistas ou olham para o monitor, esperando que seus nomes apareçam.

Fico na fila do balcão da recepcionista. Tem cinco pessoas à minha frente. No chão, há uma linha amarela com as palavras: *Fila atrás desta linha*.

A mulher da frente está entregando uma amostra de urina para a recepcionista. A recepcionista puxa um par de óculos de armação vermelha de uma massa de cachinhos minúsculos. Analisa o recipiente, digita algo no sistema, veda o frasco de urina numa embalagem de celofane e grita: "Próximo".

Passam-se cerca de quinze minutos até eu chegar à frente, e estou com a carta de asilo em mãos. Quando a coloco sobre o balcão, ela puxa os óculos sobre o nariz e lê.

– Não podemos registrá-lo – ela diz.

– Por que não?

– Porque a carta de asilo não tem um endereço.

– Por que vocês precisam de um endereço?
– Para registrá-lo; precisamos ver um endereço.
– Eu posso dizer o endereço.
– Precisa constar na carta. Por favor, volte quando estiver com toda a documentação correta.
– Mas minha esposa precisa consultar um médico.
– Sinto muito, senhor. São as nossas regras – ela diz.
– Mas as orientações do Serviço Nacional de Saúde dizem claramente que um médico não pode recusar um paciente por não ter identificação ou prova de residência.
– Sinto muito, senhor – ela diz recolocando os óculos sobre os cachos, sua boca uma linha tensa. – São as nossas regras.

A mulher atrás de mim estala a língua com educação. A recepcionista empurra os papéis para mim, se desculpando. Fico ali parado, olhando para elas, e naquele momento algo me aniquila. É apenas um pedaço de papel. É apenas uma recepcionista em um consultório médico, mas os sons de conversas, pessoas se movimentando a minha volta, telefones tocando nos cubículos atrás do balcão, pessoas rindo... Escuto o som de uma bomba cortando o céu, vidros se estilhaçando.

– O senhor está bem?

Olho para cima. Há um clarão e um estrondo. Ajoelho-me e tampo os ouvidos. Sinto uma mão nas costas e depois vejo a água.

– Sinto muito mesmo, senhor – diz a recepcionista depois que me levanto e bebo a água. – Não há nada que eu possa fazer. O senhor poderia juntar a papelada certa e voltar?

Sigo a rua que serpenteia saindo do mar, com suas fileiras de casas de tijolo marrom idênticas, lado a lado, e volto para o B&B.

Encontro Afra novamente em nossa cama, agora com algumas flores nas mãos. Ajoelho-me na frente dela e olho nos seus olhos.

— Quero me deitar com você — ela diz, e o que ela quer dizer é "Eu te amo, por favor me abrace". Seu rosto traz uma expressão que reconheço de anos atrás, e faz minha tristeza parecer algo palpável, como uma pulsação, mas também me deixa com medo, medo do destino e do acaso, do sofrimento e do dano, da aleatoriedade da dor, de como a vida pode tirar tudo de você de repente. Embora seja apenas o começo da tarde, deito-me ao lado dela na cama e deixo que ela me envolva com seu braço e pressione a palma da mão sobre o meu peito, mas não toco nela. Ela tenta segurar minha mão e afasto-a. Minhas mãos pertencem a outro tempo, quando amar minha esposa era uma coisa simples.

Quando acordo, está escuro e a escuridão pulsa. Sonhei algo vago, desta vez não foi assassinato. Em minha mente há um vislumbre de corredores, escadas e caminhos que formam uma rede, em algum lugar longe daqui, uma imagem do céu pela manhã e um

...fogo...

vermelho tremeluziu na praia ao amanhecer. Como madeira trazida à praia pelo mar, fomos deixados na minúscula ilha militar de Farmakonisi. Estávamos molhados e tremendo, e o sol tinha começado a nascer. O rosto de Mohammed estava branco e azul, ele ainda tinha os lenços das mulheres envolvendo seu corpo, e agora, por algum motivo segurava a mão de Afra. Mas eles não conversavam; não trocaram uma palavra. Só ficaram ali, parados na praia, com o mar às costas e o sol nascendo para saudá-los. Um dos homens tinha recolhido os coletes salva-vidas e feito uma enorme fogueira com eles. As chamas nos aqueceram e nos juntamos a sua volta.

– Eu caí na água – Mohammed disse, passando a segurar a minha mão.

– Eu sei.

– Morri um pouquinho.

– Foi por pouco.

– Mas eu morri um pouquinho.

– Como você sabe?

– Eu vi a minha mãe. Ela segurava minha mão na água e me puxava, me puxava, e dizia para eu não dormir, porque se eu dormisse, dormiria para sempre e não conseguiria acordar de novo e brincar. Então, eu acho que morri um pouquinho, mas ela me disse para não fazer isso.

Gostaria de saber o que tinha acontecido com a mãe dele, mas não quis perguntar. Aparentemente, outra embarcação não governamental viria nos pegar para nos levar para outra ilha, e no meio-tempo tínhamos que esperar ali, na praia. Havia um grande contêiner de transporte, mas já estava cheio de gente, correndo a história de que eles tinham chegado antes naquela noite, vindos de outra parte da Turquia, mais distante na costa. Eles deveriam ir para outra ilha, mas o motor tinha deixado de funcionar e seu barco tinha flutuado até Farmakonisi. A guarda costeira os tinha encontrado e trazido de volta para lá. Alguns dos homens e crianças saíram para conversar conosco e para se aquecer junto ao fogo.

– Tio Nuri! – Mohammed disse, com um grande sorriso revelando a falta de um dente. – Este lugar se chama Ilha do Biscoito! A menina do contêiner me contou!

Era uma manhã fria, e as gaivotas e pelicanos mergulhavam no mar. Na segurança daquela ilha, e ao calor do fogo e do sol, as pessoas começaram a adormecer. Mohammed estava deitado de costas, esticado. Não dormia; olhava para o vasto céu azul, apertando os olhos contra a luz forte. Em sua mão, segurava sua bolinha de gude minúscula, rolando-a nos dedos. Do meu outro lado, estava sentada Afra, com a cabeça no meu ombro e a mão segurando meu braço como se eu pudesse escapar. Segurava com tanta força que até quando adormeceu sua pressão não relaxou, e eu me lembrei de Sami, quando era bebê, da maneira como costumava adormecer com o mamilo de Afra na boca, a mãozinha agarrada ao tecido da sua echarpe. É curiosa a maneira como amamos pessoas desde o dia em que nascem, a maneira como nos apegamos, como se estivéssemos nos apegando à própria vida.

— Tio Nuri? — Mohammed disse.

— O quê?

— Me conta uma história para eu pegar no sono? Minha mãe costumava me contar uma história quando eu não conseguia dormir.

Lembrei-me de um conto que minha própria mãe costumava contar para mim quando eu era pequeno, no quarto de ladrilhos azuis. Lembro-me dela com a cabeça no livro, um leque vermelho cintilando na mão direita, comendo um *kol w Shkor*[13], seu adorado doce de Alepo.

— Vamos lá, tio Nuri! — Mohammed disse. — Vamos lá, senão eu vou cair no sono sozinho sem escutar uma história!

Fiquei subitamente irritado com o menino. Queria ficar com os meus pensamentos, com a voz da minha mãe, o leque cintilando à luz da lâmpada.

— Se você pode cair no sono, por que quer uma história?

— Porque aí eu caio no sono melhor.

— Tudo bem — eu disse. — A história é a seguinte: um sábio califa manda seus servos (não consigo me lembrar exatamente de quantos eram) numa missão para encontrar a misteriosa Cidade de Bronze, nos longínquos e áridos desertos, onde jamais alguém havia entrado. A viagem leva dois anos e alguns meses, e está cheia de dificuldades. Os servos levam mil camelos e dois mil cavalos, disto eu me lembro.

— É muito! O que alguém faria com mil camelos?

— Eu sei, mas a história é assim. Eles passam por uma região desabitada e em ruínas, e por um deserto com um vento quente, sem água e sem um som.

— Como pode não ter som?

---

[13] Doce de massa folhada, com recheio de pistache, regado com água de laranjeira ou de rosas. Também conhecido como *baklava*. [N.T.]

– Simplesmente não tem.
– O quê, nenhum passarinho, nem vento, nem conversa?
– Nada.

Mohammed senta-se. Está mais acordado do que antes. Talvez eu tenha escolhido a história errada para contar.

– Tenha dó!
– Tudo bem – continuei. – Um dia, eles chegam a uma vasta planície. Veem alguma coisa no horizonte, alta e negra com fumaça subindo para o céu. Quando chegam mais perto, veem que é um castelo feito com pedra negra e uma porta de aço.

– Uau! – Agora, Mohammed arregala os olhos, cheio de curiosidade e encantamento.

– Imagino que agora você não esteja ficando com sono?
– Não – ele disse, sacudindo meu braço para eu continuar.
– Tudo bem. Então, do outro lado está a Cidade de Bronze, protegida por um muro alto. Atrás do muro há um paraíso reluzente de mesquitas, cúpulas e minaretes, torres altas e bazares. Dá pra imaginar?

– Dá. É lindo!
– É *muito* lindo e resplandecente, com bronze, joias, pedras preciosas e mármore amarelo. Mas... mas...

– Mas?
– Mas o lugar todo está vazio. Não tem movimento, nem som. Os homens não encontram uma pessoa. Nas lojas, nas casas, nas ruas... só o vazio. Não há vida nesse lugar. A vida é tão inútil quanto a poeira. Nada pode crescer ali. Nada pode mudar.

– Por quê?
– Escute. No meio, há um pavilhão muito grande com uma cúpula que se eleva no espaço. Eles chegam a um lugar com uma mesa comprida com palavras gravadas na

superfície. Está escrito: *Nesta mesa comeram mil reis cegos do olho direito, mil reis cegos do olho esquerdo, e mil reis cegos dos dois olhos, todos eles deixaram o mundo e foram para tumbas e catacumbas.* Todo rei que algum dia governou aquele lugar era cego, de um jeito ou de outro, portanto eles o deixaram cheio de riquezas e desprovido de vida.

Observei o rosto de Mohammed e vi os pensamentos movendo-se atrás dos seus olhos. Houve uma pausa, como se ele estivesse prendendo a respiração. Depois ele soltou o ar.

– É uma história muito triste.
– É, é uma história triste.
– É verdadeira?
– É sempre verdadeira, você não acha?
– Como lá em casa?
– É exatamente como lá em casa.

Mohammed deitou-se, virou-se para o fogo e fechou os olhos.

Vendo a fumaça subindo no céu da manhã, lembrei-me de Mustafá fumegando as colônias na estação da colheita; usávamos a fumaça para nos proteger enquanto colhíamos o mel. Assim, as abelhas não sentiriam os feromônios umas das outras, e seria menos provável que nos picassem em autodefesa.

Enchíamos uma lata com lascas e aparas de madeira e acendíamos um fogo, e depois quando o fogo já estava em andamento por um tempinho, apagávamos a chama exposta e púnhamos mais combustível em cima dela. Não se deve ter uma chama exposta, porque se ela chegar aos foles, podem funcionar como um lança-chamas e queimar as asas das abelhas.

Quando tínhamos tantas colônias que não conseguíamos manejá-las sozinhos, contratamos trabalhadores que nos ajudavam a produzir novas colmeias, a criar as abelhas-rainha, a verificar as colônias para impedir infestações, e também recolher o mel. No campo onde Mustafá estava, nossos empregados também fumegavam as colônias, e nuvens de fumaça subiam das suas latas para o céu azul, de onde o sol ardia sobre todos nós. Mustafá fazia almoço para todos, geralmente lentilhas ou triguilho com salada, ou macarrão com ensopado de ovo, seguidos por queijo cremoso *baladi* com mel. Tínhamos uma pequena cabana com cozinha, e do lado de fora uma tenda com ventiladores para aliviar um pouco o calor. Sentávamos juntos para comer, Mustafá à cabeceira da mesa de madeira, enchendo a boca de comida depois da manhã de trabalho pesado, mergulhando pão no molho de tomate. Ele tinha muito orgulho, orgulho e gratidão pelo que tínhamos conseguido juntos, mas em parte eu sempre me perguntava se essa gratidão também decorria do medo, medo do desconhecido, de algum desastre futuro.

Mustafá perdeu a mãe quando tinha cinco anos. Ela e seu irmão nascituro morreram durante o trabalho de parto, e acho que ele vivia eternamente à beira de uma catástrofe iminente, então deu para apreciar tudo com a alegria e o terror de uma criança. "Nuri", ele dizia, enquanto limpava o molho no queixo, "veja o que criamos! Não é maravilhoso? Não é simplesmente maravilhoso?" Mas ali nos seus olhos havia um brilho de algo mais, um negrume que vim a reconhecer como pertencente ao âmago da sua infância.

7

De manhã, quando me levanto para usar o banheiro, vejo que a porta do quarto de Diomande está escancarada, e ele está recolhendo folhas de papel espalhadas pelo chão. O Alcorão está aberto em sua cama desfeita. Ele coloca a pilha de papéis em uma gaveta, abre as cortinas para que a luz do sol inunde o quarto, e senta-se na beirada da cama. Está vestindo apenas calça de agasalho. Seu corpo está curvado para a frente, e ele tem uma camiseta nas mãos.

Não me notou parado à porta. Está com a cabeça em outro lugar, e se vira ligeiramente para a janela, de modo que vejo uma estranha deformidade sobressaindo na pele das suas costas, onde deveriam estar as omoplatas. Como se ele tivesse acabado de eclodir de um ovo, há asinhas brancas, firmes e musculosas, como punhos apertados. Leva um tempo para minha mente captar com meus olhos. Ele rapidamente enfia a camiseta pela cabeça. Mexo os pés e ele se vira de frente para mim.

– Nuri, é este o seu nome? – O súbito som da sua voz me surpreende. – Tive um encontro com Lucy Fisher – ele diz. – Ela moça muito simpática. Acho que pode ser que está preocupada comigo. Eu digo para não se preocupar. "Sra. Fisher, não se preocupe! Tem oportunidades neste país. Eu vai encontrar trabalho. Meu amigo me disse que se eu quero ficar em segurança e se quero ficar vivo, deveria vir para o Reino Unido." Mas ela parece mais preocupada do que antes, e agora eu também me preocupo.

Fico ali parado, olhando para ele. Não tenho voz para responder.

– Quando meu pai morreu, tivemos época muito difícil, não tinha trabalho, dinheiro era muito pouco, e não tinha muita comida para duas irmãs e minha mãe me disse: "Diomande, eu vou arrumar um pouco de dinheiro e você vai, sai daqui e acha um jeito de ajudar a gente!".

Ele se curva mais agora, de modo que as protuberâncias se erguem, e ele coloca seus longos dedos nos joelhos e dá um impulso para se levantar.

– Na noite antes de eu ir embora, ela me faz a melhor comida do mundo: *kedjenou*[14]. – Ele lambe os dedos e revira os olhos. – Eu não ter *kedjenou* por muitos meses, mas esta noite ela faz especial para mim.

Olho suas costas, o movimento das asas debaixo da camiseta conforme ele se inclina para alinhar um par de sandálias, que enfia sobre as meias. Parece sentir dor.

– O que tem de errado com suas costas? – pergunto.

– Tenho espinha curva desde que era bebê – ele diz.

---

[14] Guisado de galinha e vegetais, bem temperado, tradicionalmente envolto em folhas de bananeira, e cozido lentamente. Atualmente, ele pode ser feito numa panela de barro vedada. O importante é não escapar nenhum vapor para que os alimentos cozinhem no próprio caldo e ressaltem o sabor. [N.T.]

Devo estar olhando para ele de um jeito estranho, porque ele para por um momento e olha para mim. É tão alto que mesmo quando está em pé fica curvado, e quando encontra meu olhar noto que tem os olhos de um velho.
– Você vai ir para tomar o chá com leite? – ele pergunta.
– Gosto muito disso.
– Vou – digo, e minha voz sai rouca. – Te encontro lá embaixo daqui a pouco.

Tranco a porta do banheiro, para que o marroquino não torne a entrar. Lavo o rosto e as mãos até os cotovelos, e limpo a cabeça e os pés até os tornozelos. Estou suando e não consigo tirar da cabeça as asas, para poder pensar nas palavras da oração. Quando me posiciono no tapete para dizer "Allahu abkar", avisto meu rosto no espelho acima da pia e paro com as mãos nas orelhas. Estou muito diferente agora, mas não consigo precisar de que maneira. Sim, há vincos que não estavam ali antes, e até meus olhos parecem ter mudado, estão mais escuros e maiores, sempre alertas, como os olhos de Mohammed, mas não é isto; mudou mais alguma coisa, algo insondável.

O trinco da porta chacoalha. – *Geezer*!

Não respondo, mas deixo a água correr, de modo que o banheiro enche-se de vapor, esperando ver Mohammed, mas ele não está aqui.

Visto Afra com calma. Não sei bem por que ela não faz isso sozinha, mas ela fica ali, às vezes com os olhos fechados, enquanto eu enfio o vestido em seu corpo, e enrolo o *hijab* na sua cabeça. Desta vez, ela não guia os meus dedos quando coloco os grampos, só fica calada, e posso ver pelo espelho que seus olhos continuam fechados, e me pergunto por que estão fechados, uma vez que ela não pode ver mesmo. Mas não pergunto. Está segurando a bolinha de gude com tanta força que seus nós dos dedos estão brancos. Depois, ela se deita na cama, pega o caderno de desenho na mesa de cabeceira, e coloca-o sobre o peito, ficando ali em silêncio, em seu próprio mundo, respirando devagar.

Quando desço para o andar de baixo, o marroquino e Diomande não estão lá. A proprietária me diz que eles saíram para tomar um pouco de sol. Ela está novamente na faxina. Está usando uma maquiagem carregada, cílios grandes e pretos que parecem grandes demais para serem de verdade, e um batom vermelho vivo, da cor de sangue fresco. Mas por mais que ela borrife aquele polidor, por mais que ela esfregue, não consegue se livrar da umidade, do mofo e do cheiro de viagens terríveis, cheias de medo. Eu me pergunto como foi que ela veio parar neste país. Imagino que tenha nascido aqui, por causa da sua pronúncia britânica excelente, e sei que tem uma família grande porque, à noite, ouço muito barulho vindo da sua casa, no vizinho, crianças e outros parentes entrando e saindo. E ela sempre cheira a temperos e alvejante, como se sempre estivesse limpando ou cozinhando.

Entro em contato com Lucy Fisher e conto a ela o problema na clínica médica, e ela pede desculpas e diz que trará os novos documentos amanhã. Ela é calma e eficiente, e gosto que esteja cuidando de nós. Mas seu erro, embora pequeno, me faz lembrar que ela é humana, que tem limitações, e isto me deixa com medo.

Afra está sentada no sofá, escutando a TV. A não ser pelas reuniões com Lucy Fisher, esta é a primeira vez que ela concorda em sair do quarto, em se permitir, de uma maneira tímida, fazer parte do mundo. Sento-me com ela por um tempo, mas acabo saindo para o pátio cimentado e olho pela cerca o jardim da proprietária. Mohammed tinha razão! É muito verde, cheio de arbustos, árvores e flores, com uma cesta de basquete e um comedouro de passarinhos, alguns brinquedos, uma pequena bicicleta azul e um tanque de areia. Também tem um tanque com uma fonte ornamentada com um menino anjo segurando uma concha, mas não sai água dela. O pátio é vazio e cinzento, comparado ao jardim da proprietária, mas a abelha está aninhada em uma das flores, dormindo. Subitamente, o suporte de madeira lembra-me os apiários e como as colmeias pareciam ninhos para as abelhas selvagens. Lembro-me de remover os quadros individuais para inspecionar os favos. Era minha função assegurar que as populações de abelhas coincidissem com os fluxos de néctar. Eu precisava saber onde eles aconteciam, onde se localizavam os cultivos, e depois fazer planos para poder manejar as colônias e atingir meus objetivos, porque não estávamos produzindo só mel, mas também pólen, própolis e geleia real.

– Você deveria trazer sua cama para cá. – Viro-me e o marroquino está ali parado, com um sorriso enorme no rosto. – Que dia lindo! – ele diz, olhando para o céu –, e eles dizem que neste país só chove.

À noite, na sala de visitas, o marroquino e Diomande jogam forca usando palavras inglesas. É um desastre total, mas não digo nada e não corrijo a ortografia, e logo outros moradores se juntam a eles. A afegã é muito competitiva e aplaude com força quando ganha. O homem com quem ela sempre fala, que agora eu sei ser seu irmão, é um pouco mais novo do que ela, usa um excesso de gel no cabelo, e tem um cavanhaque falho. Os dois são muito inteligentes. Nas noites em que fiquei sentado aqui, escutando eles conversarem, ouvi-os falando árabe, farsi, inglês e até um pouco de grego.

***

Observo as costas de Diomande, as asas que confundi com omoplatas, a maneira como elas se mexem debaixo da camiseta, a maneira como ele leva a mão à coluna de vez em quando, hábito que, provavelmente, é de vida toda. Ele está sempre com dor, esse menino, mas seu sorriso e sua risada são cheios de luz. Está discutindo com o marroquino como soletrar "mouse". O marroquino acha que tem um "w" na palavra. Diomande está batendo a mão na testa.

Meus olhos fecham-se e as vozes começam a se confundir; quando volto a abri-los, posso ouvir as abelhas, milhares delas trabalhando como costumavam fazer. O barulho vem de fora. A sala está silenciosa, a não ser pelo som de bolinha de gude rolando no assoalho. Mohammed está sentado no chão.

– Tio Nuri! – ele diz, quando me escuta me mexendo. – Você está dormindo há um bom tempo.

O relógio na parede mostra três da manhã.

– Achou a chave? – ele pergunta.

– Não tinha nenhuma chave. Eram flores.

– Você foi pro lugar errado – ele diz. – Não é naquela árvore, é no outro jardim. No jardim verde. É uma das árvores pequenas. A chave está lá. Eu consigo ver pelo buraco.

– Pra que você precisa da chave? – pergunto.

– Preciso sair – é tudo que ele diz. – Você pega ela pra mim?

Destranco as portas do pátio, e o som de abelhas me atinge. O ar está pesado e denso, mas não vejo uma abelha sequer. A escuridão é vazia. Mohammed me segue até o pátio.

– Está ouvindo isso? – pergunto. – De onde vem?

– Só olhe no outro jardim, tio Nuri, e você vai encontrar a chave.

Olho pelo buraco, mas está tão escuro que mal posso enxergar as árvores, quanto mais uma chave.

– Você tem que passar por cima da cerca – ele diz, superando o barulho, esse zumbido constante que vem do lugar mais profundo da atmosfera, como ondas de memória. Pego a escada, subo e passo para o jardim da proprietária. De repente, estou cercado pela suavidade de árvores e flores escuras, sombras desfocadas agitando-se à brisa. A bicicletinha está encostada no muro, reconheço o contorno do tanque de areia e caminho a sua volta. Agora, posso ouvir Mohammed me guiando, está me dizendo para virar à esquerda e acabo vendo o que ele descreve, um arbusto pequeno. Desta vez, há uma chave pendurada em um dos ramos. Ela capta a luz do luar. Tenho que puxar com força para arrancá-la, está enroscada na folhagem. Depois, coloco a bicicleta junto à cerca, para poder voltar para o outro lado.

Quando estou de volta no pátio, Mohammed foi-se. Fecho as portas do pátio para impedir o barulho, subo a escada e vou para a cama. Afra dorme com ambas as mãos pousadas debaixo da face. Respira lenta e profundamente. Desta vez, deito-me de costas e seguro a chave junto ao peito. O zumbido está distante, agora. Acho que posso ouvir

...as ondas...

do Egeu estavam calmas no final da tarde. O fogo tinha sido apagado, e estávamos a bordo de uma embarcação da marinha, indo para a ilha de Leros.

– Esta é a segunda vez que estou num barco – Mohammed disse. – A primeira vez foi um pouco assustador, você não acha?

– Só um pouquinho.

Imediatamente pensei em Sami. Ele havia estado em um barco uma vez, quando o levamos para visitar os avós na costa síria, numa cidadezinha à sombra das montanhas libanesas. Ficou com medo da água, gritou, e eu o peguei nos braços, acalmando-o ao mostrar o peixe na água. Depois, ele olhou para as faixas do peixe prateado sob a superfície, com lágrimas nos olhos e um sorriso no rosto. Sempre teve medo de água, até quando lavávamos seu cabelo, não queria que ela entrasse nos ouvidos, nem nos olhos. Era um menino do deserto. Só conhecia a água das correntes que se evaporavam e dos tanques de irrigação. Ele e Mohammed tinham a mesma idade; se ele estivesse aqui, os dois teriam ficado amigos. Mohammed teria cuidado de Sami porque

Sami era mais sensível, mais medroso, e Sami teria contado histórias para Mohammed. Como ele amava contar histórias!

– Queria que minha mãe estivesse aqui – Mohammed disse, e pus a mão no seu ombro, olhando para ele enquanto seus olhos cintilavam, seguindo os peixes no mar. Afra estava sentada atrás de nós, em uma das cadeiras. Um membro da ONG havia lhe dado um bastão branco para segurar, mas ela não gostou dele, então o deixou no chão ao seu lado.

Ao desembarcarmos, já havia voluntários esperando. Dava para ver que ali havia estrutura. Muitas pessoas já tinham passado por lá, e a ONG estava bem preparada. Fomos encaminhados do porto, por uma pequena subida, até o centro de registro de novas chegadas, uma grande tenda. O lugar estava lotado de refugiados, soldados e policiais que usavam óculos de sol espelhados azuis. Pelo que pude ver, havia gente da Síria, do Afeganistão, de outros países árabes e de partes da África. Homens uniformizados e com expressão séria dividiram-nos em grupos: mulheres solteiras, menores desacompanhados, homens solteiros com passaportes, homens solteiros sem passaportes, famílias. Por sorte, nós três conseguimos ficar juntos. Designaram-nos uma das longas filas e nos deram pãezinhos com queijo. As pessoas estavam inquietas, esperando para ser identificadas. Queriam seus documentos para poder existir aos olhos da União Europeia. E os que tinham a nacionalidade errada não receberiam documentos, a não ser para uma passagem de volta para onde fosse.

Por fim, após horas aguardando, chegamos à frente da fila. Mohammed tinha adormecido em um dos bancos na outra ponta da tenda, e Afra e eu nos sentamos em frente a um homem que folheava algumas anotações sobre a mesa. Afra ainda segurava o pãozinho na mão. O homem olhou para ela e se recostou para trás na cadeira, sua barriga grande o suficiente para equilibrar um prato. Embora estivesse frio na tenda, ele tinha gotas de suor na testa, e sob os olhos havia olheiras grandes como sorrisos. O homem abaixou os óculos escuros da cabeça para o nariz.

– De onde vocês são? – perguntou.

– Da Síria – respondi.

– Vocês têm passaportes?

– Temos.

Peguei os três passaportes na minha mochila e coloquei-os abertos sobre a mesa. Ele levantou os óculos, percorrendo-os.

– Que parte da Síria?

– Alepo.

– Este é o seu filho? – ele indicou uma fotografia de Sami.

– É.

– Quantos anos ele tem?

– Sete.

– Onde ele está?

– Dormindo no banco. Está muito cansado depois da longa viagem.

O homem assentiu com um gesto de cabeça e se levantou. Por um momento, pensei que fosse atrás de Mohammed para conferir seu rosto com o da foto, mas ele atravessou a tenda até uma série de fotocopiadoras, depois voltou, cheirando a cigarros, estufou as bochechas e pediu nossas impressões digitais. Estávamos sendo transformados em entidades verificáveis, imprimíveis.

– O senhor precisa das impressões digitais do Sami? – perguntei.

– Não, não se ele tem menos de dez anos. Posso ver seu celular?

Tirei o celular da mochila. Estava sem bateria.

– Qual é sua senha? – o homem perguntou. Anotei-a e ele foi novamente em direção às fotocopiadoras.

– Por que você disse a ele que temos um filho? – Afra perguntou.

– Assim é mais fácil. Eles não farão muitas perguntas.

Ela não disse nada, mas percebi, pela maneira como arranhava sua pele, com tanta força que havia vergões vermelhos em seus pulsos, que estava incomodada. Depois de muito tempo o homem voltou, sem fôlego, com mais cheiro de cigarros e café.

– Qual era sua ocupação na Síria? – ele disse, voltando a se sentar, sua barriga avantajando-se sobre a calça.

– Eu era apicultor.

– E a senhora, sra. Ibrahim? – Agora, ele olhava para Afra.

– Eu era artista – ela disse.

– As pinturas no celular são suas?

Afra confirmou com a cabeça.

O homem tornou a se recostar para trás. Com aqueles óculos, era difícil saber para onde ele estava olhando, mas parecia estar com o olhar concentrado em Afra. Eu poderia ver um reflexo dela em cada lente. Embora houvesse muito barulho na tenda, o lugar pareceu ser tomado pelo silêncio.

– Suas pinturas são muito especiais – o homem disse. Depois, inclinou-se para a frente, sua barriga enorme pressionando-se contra a mesa, empurrando-a levemente em nossa direção.

– O que houve com ela? – ele me perguntou, e havia um toque inconfundível de curiosidade em sua voz. Subitamente, pude imaginá-lo, colecionando histórias de horror, histórias verídicas de perda e destruição. Agora, seus óculos estavam fixos em mim.

– Uma bomba – eu disse.

Os óculos do homem voltaram-se novamente para focar em Afra.

– Aonde vocês esperam chegar?

– Ao Reino Unido – ela disse.

– Hah.

– Temos amigos lá – eu disse, tentando ignorar sua risada irônica.

– A maioria das pessoas é mais realista – o homem disse, entregando-me os passaportes e meu celular, explicando que teríamos que esperar na ilha até as autoridades autorizarem nossa saída para Atenas.

Fomos levados dali com outras duas ou três famílias para um campo fechado perto do porto. Mohammed segurava a minha mão, perguntando aonde estávamos indo.

Vimo-nos cercados por arame farpado, e à nossa frente achava-se uma aldeia sombria com imaculadas calçadas cimentadas, alambrados e cascalho branco. Havia fileiras e fileiras de caixas quadradas para abrigar as pessoas até que conseguissem sua documentação. Um império de identificação.

Os pedregulhos deveriam absorver a água, mas o solo estava saturado, provavelmente da chuva de mais cedo. Nas vielas entre as cabanas havia roupas penduradas em varais, e à entrada de cada cabana, um aquecedor a gás, sobre os quais as pessoas haviam colocado sapatos, meias e chapéus para secar. À distância, além das cabanas e do outro lado do mar, eu podia ver o leve contorno da Turquia e, do outro lado, as colina escuras da ilha.

Parado ali com Afra, Mohammed e as outras famílias, senti-me perdido, como se estivesse sozinho num mar escuro e frio, sem nada onde me apoiar. Aquela era a primeira vez em muito tempo que eu tinha sentido alguma proteção, alguma segurança, e, no entanto, naquele momento, o céu pareceu grande demais, a chegada do crepúsculo continha uma escuridão desconhecida. Olhei para o brilho laranja dos aquecedores a gás, senti a certeza dos meus pés nos pedregulhos. Mas em algum lugar ali perto havia gritaria numa língua que eu não entendia, seguida por um longo grito. A voz estava desesperada e vinha de um lugar profundo e oco, espantando os passarinhos, que voaram para um céu laranja.

Cada cabana já estava dividida, separada com cobertores e lençóis para abrir espaço para mais famílias. Recebemos uma parte em uma delas, e nos disseram que havia comida num antigo asilo ao lado do centro de registro, e que os portões seriam fechados às nove da noite; portanto, se quiséssemos comer, tínhamos que ir logo. Mas Mohammed balançava-se de um pé a outro, como se estivesse em um barco, e assim que teve chance, deitou-se. Cobri-o com um cobertor.

— Tio Nuri — ele disse, abrindo um pouquinho os olhos —, posso comer chocolate amanhã?

— Se eu conseguir achar um.

— Do tipo que dá para espalhar. Quero espalhar ele no pão.

— Vou tentar te arrumar um pouco.

Já era noite e fazia frio. Afra e eu também nos deitamos, e coloquei a mão em seu peito, sentindo as batidas do seu coração e o ritmo da sua respiração.

— Nuri — ela disse, ao nos deitarmos.

— O quê?

— Você está bem?

— Por quê?

— Acho que você não está bem.

Ela estava perto de mim, e eu podia sentir a tensão no seu corpo.

– Nenhum de nós está bem – eu disse.

– É... – ela hesitou.

– É o quê?

Ela suspirou. – É o menino...

– Estamos todos muito cansados – eu disse. – Vamos dormir agora e conversar amanhã.

Ela tornou a suspirar e fechou os olhos.

Adormeceu rapidamente e tentei imitar sua respiração, lenta e regular, para poder desligar a minha mente, mas seu tom tinha sido muito sombrio, como se ela soubesse de algo que eu não sabia, e não consegui dormir. Suas palavras não ditas tinham aberto um vazio, e de lá iam e vinham imagens como sonhos: os olhos negros de Mohammed, os olhos de Sami da cor dos de Afra. Mesmo quando comecei a embalar no sono, meu corpo saltava com um ruído inesperado na minha cabeça, como uma dor rangendo ao ser aberta, e lá, do outro lado, a sombra de um menino. "Nós vamos cair na água?", escutei. "As ondas vão nos levar? As casas não vão se quebrar como estas." A voz de Sami. A voz de Mohammed.

Então, minha mente mergulhou em trevas e silêncio. Virei-me de costas para Afra e me concentrei nos estampados da divisória de lençóis. Fui mantido acordado pelos cochichos e murmúrios do outro lado, uma menina falando com o pai. À medida que ela ia ficando mais nervosa, as vozes deles aumentavam.

– Mas quando ela vai vir? – a menininha perguntava.

– Quando você estiver dormindo, ela virá acariciar o seu cabelo, do jeito que ela costumava fazer, você se lembra?

– Mas eu quero ver ela.

– Você não vai ver ela, mas vai sentir ela. Vai sentir que ela está perto de você, prometo. – Pude sentir uma falha na voz do homem.

– Mas quando aqueles homens levaram ela...

– Não vamos falar nisso.

A garotinha soltou um soluço. – Mas quando eles levaram ela, ela estava chorando. Por que eles levaram ela? Para onde eles levaram ela? Por que ela estava chorando?

– Não vamos falar disso agora. Durma.

– Você disse que eles iam trazer ela de volta. Eu quero voltar pra casa e buscar ela. Quero ir pra casa.

– A gente não pode ir pra casa.

– Nunca?

O homem não respondeu.

Então, alguém gritou lá fora, voz de homem, e ouviu-se um forte estalo. Som de tapas? Um corpo levando uma surra? Quis me levantar para ver o que estava acontecendo, mas tive medo. Houve passos do lado de fora da cabana, e pessoas correndo, depois ficou tudo quieto e por fim o som distante das ondas envolveu-me, levou minha mente para longe de onde eu estava, para o alto-mar.

Acordei ao som dos passarinhos. Havia vozes e passos, e reparei que Mohammed não estava na cabana, e Afra ainda dormia.

Saí à procura dele. Pessoas tinham se aventurado a sair das cabanas para aproveitar o calor do sol; outras penduravam roupas nos varais da viela. Crianças pulavam as poças d'água, ou atiravam bexigas no arame farpado com os punhos, como se fosse jogo de vôlei, rindo quando estouravam. Não vi Mohammed no meio delas.

Notei soldados andando por lá, com armas no cinto. Fui até o prédio do asilo. Tinham me dito que havia atividades e centro infantil. A ilha tinha algo de assombroso, propriedades inacabadas e em ruínas, fachadas de lojas vazias, como se os próprios moradores tivessem saído apressados, repentinamente, deixando o lugar desmoronar. Janelas abriam-se como se fossem olhos para construções inabitáveis e escuras. Venezianas pendiam de suas dobradiças. O antigo asilo parecia um lugar saído de um pesadelo. No corredor, havia uma enorme lareira apagada por trás de barras de ferro fundido; uma escada levava para cima, e ao redor, em direção a vozes que ecoavam de outros cômodos e outros andares.

– Do que o senhor precisa? – disse uma voz atrás de mim.

Virei-me: uma garota com vinte e poucos anos, rosto bronzeado, uma dúzia de argolas prateadas em uma orelha e uma no nariz. Sorria, mas parecia cansada, a pele debaixo dos seus olhos estava roxa, os lábios ressecados.

– Soube que aqui tinha suprimentos. Queria algumas coisas para minha esposa.

– Terceiro andar à esquerda – ela disse.

Hesitei. – Estou procurando meu filho. – Olhei por cima do ombro como se Mohammed pudesse aparecer atrás de mim.

– Como ele é? – a moça disse, bocejando. Cobriu a boca. Seus olhos flutuavam. – Me desculpe, não dormi bem. Houve confusão ontem à noite.

– Confusão?

Ela sacudiu a cabeça, reprimindo outro bocejo. – O acampamento está ficando cheio demais, algumas pessoas estão aqui há muito tempo, é difícil... – Ela parou neste ponto. – Como é o seu filho?

– Meu filho?

— O senhor acabou de dizer que estava procurando seu filho.

— Ele tem sete anos, cabelo e olhos pretos.

— O senhor acabou de descrever a maioria dos meninos daqui.

— Mas eles têm cabelo e olhos castanhos. Os deste menino são pretos, pretos como a noite. Não dá para não reparar nisso.

Então, ela pareceu preocupada, tirou um celular do bolso traseiro dando uma olhada, de modo que a tela destacou as sombras em seu rosto.

— Onde o senhor está? — ela perguntou.

— Na cabana perto do porto.

— O senhor tem sorte de não estar no outro lugar.

— No outro lugar?

— Sua esposa está precisando de roupas? Tem uma loja no andar de cima. Eu levo o senhor.

O corredor começava a ficar mais agitado, pessoas de diversas partes do mundo. Eu podia ouvir variações do árabe misturada a ritmos e sons de outras línguas desconhecidas.

— Seu inglês é muito bom — ela disse, enquanto subíamos a escada.

— Meu pai me ensinou quando eu era criança. E eu era um empresário, na Síria.

— Que tipo de negócio?

— Um apicultor. Eu tinha colmeias e vendia mel.

Observei suas sandálias de dedo baterem contra a sola dos seus pés.

— Esta ilha já foi uma colônia para leprosos — ela disse. — Este asilo era como um campo de concentração nazista. Pessoas eram enjauladas e acorrentadas sem nomes, nem identidades. As crianças daqui eram abandonadas, amarradas o dia todo a suas camas.

Ela parou subitamente de falar, ao passarmos por um policial que descia a escada. Ali dentro, ele não usava óculos, era escuro demais; acenou com a cabeça e sorriu para ela com um olhar simpático.

– O segundo e o quarto andar são acampamentos – ela continuou, depois que ele estava fora da vista. – No pátio, à noite, eles acendem uma grande fogueira e fazem comida, caso contrário vocês só comeriam pão com queijo, e talvez uma banana. Às vezes, algumas mulheres idosas trazem vegetais das suas hortas para o cozido. Neste andar tem duas lojas, uma para mulheres e crianças, e uma para homens. Talvez o senhor também queira alguma coisa para o seu filho. Hoje tem bastantes coisas, e o senhor chegou cedo, o que é bom.

Ela me levou até a loja feminina e me deixou ali. Ao entrar, escutei um homem no corredor dizer para ela: – Você conhece as regras. Só pergunte o que eles precisam, não converse com eles.

Fiquei fazendo hora à porta por alguns segundos, para escutar o que ela respondia. Esperei que pedisse desculpas, mas em vez disto escutei uma risada gutural, cheia de desafio. Ela tinha uma segurança que trouxera de algum outro lugar. Depois disto, só escutei passos, perdendo-se à distância enquanto eu entrava na loja. As paredes eram úmidas e verdes, a luz entrando por uma janela comprida e com barras, brilhando em uma arara. Uma mulher estava atenta, com as mãos às costas.

– Posso ajudar? Do que o senhor precisa? – ela perguntou.

– Preciso de algumas roupas para minha mulher e meu filho.

Ela me fez perguntas sobre o tamanho deles e o formato do corpo, movendo os cabides ao longo da arara, até tirar algumas peças adequadas.

Saí de lá com três escovas de dente, duas lâminas de barbear, um sabonete, uma sacola cheia de roupas e roupas íntimas, e um par de calçados extra para Mohammed. Imaginei que ele iria ter bastante vontade de correr ali, com as outras crianças. Talvez as tivesse ouvido jogando pela manhã, e tivesse se levantado para se juntar a elas. Talvez algumas delas tivessem descido até o mar para receber os recém-chegados. Ao longo do porto, havia lojas: Vodafone, Western Union, uma padaria, um café, uma banca de revistas, todas com placas do lado de fora em árabe: *chip para celular, conexão Wi-Fi, carregue seu celular.*

Entrei no café. O lugar estava cheio de refugiados tomando chá, água ou café, uma folga dos acampamentos. Havia pessoas falando em curdo e em farsi. À frente, um homem e um menino conversavam em árabe da Síria. Uma garçonete saiu da cozinha, nos fundos, com um bloquinho de anotações, perguntando o que eu queria. Foi seguida por uma mulher mais velha, que segurava uma bandeja cheia de copos d'água. Ela colocou os copos nas mesas, conversando com os fregueses, chamando-os pelo nome. Tinha aprendido um pouco das três línguas.

Pedi um café, que me disseram ser grátis, e me sentei a uma das mesas. Quando trouxeram meu café, saboreei-o gota a gota. Nunca pensei que me sentaria em algum lugar, ao lado de outras famílias, tomando café, sem som de bombas, sem medo de franco-atiradores. Foi nessa hora, quando o caos parou, que pensei em Sami. Então veio a culpa por conseguir apreciar o café.

– Está sozinho?

Levantei os olhos. A mulher mais velha olhava para mim e sorria.

– Fala inglês? – perguntou.

— Falo. Não, não estou sozinho. Estou com a minha esposa e meu filho. Estou procurando ele. Tem mais ou menos esta altura, olhos e cabelos pretos.

— Parece com todos os meninos!

— A senhora sabe onde posso comprar chocolate?

Ela me explicou que havia uma loja de conveniências no fim da rua. Reparei que algumas pessoas haviam pedido comida. Os refugiados haviam trazido atividade comercial para aquele lugar; normalmente, em março, a ilha teria ficado quase deserta.

Quando saí, fui até a loja de conveniências no final da rua, e lá comprei um pote de Nutella e pão fresco. O menino ia adorar! Mal podia esperar para ver a animação em seus olhos.

Encontrei um café com internet, porque queria ver se Mustafá havia respondido ao meu email. Fiquei nervoso ao digitar meu nome de usuário e a senha; em parte eu não queria saber, porque se não houvesse email dele, então acharia ainda mais difícil seguir em frente, mas fiquei feliz ao ver uma série de mensagens a minha espera.

04/02/2016

Caro Nuri,

Mustafá não tem conseguido acessar os emails. Falei com ele hoje, ele chegou à França, e me pediu para checar suas mensagens e responder. Esperava que houvesse uma mensagem sua, tem esperado todos os dias. Não posso nem começar a explicar a satisfação que sinto por ter notícias suas. Mustafá e eu estávamos muito preocupados. Ele procurou não imaginar coisas ruins, mas achou difícil, como você deve saber.

Quando eu voltar a falar com ele, contarei a boa notícia. Ele vai ficar muito feliz. Aya e eu estamos na Inglaterra. No momento, estamos vivendo numa casa compartilhada, em Yorkshire, esperando saber se nos concederam asilo.

Estou feliz que tenha chegado a Istambul, Nuri, e espero que chegue a salvo na Grécia e mais longe.

Com amor,

Dahab

28/02/2016

Caro Nuri,

Finalmente cheguei até minha filha e minha esposa na Inglaterra. Foi uma viagem horrível pela França, e não quero escrever sobre isto aqui, mas contarei quando você chegar. Sei que conseguirá vir até nós. Estamos esperando vocês. Não descansarei até vocês chegarem. Você é como meu irmão, Nuri. Minha família não está completa sem você e Afra.

Dahab está muito infeliz, Nuri. Estava tentando ficar forte por causa da Aya, mas desde que cheguei aqui ela passa o dia todo deitada, com a luz apagada, agarrada a uma fotografia de Firas. Às vezes ela chora, mas na maior parte do tempo fica em silêncio. Não fala sobre ele. Só diz que está feliz que agora eu esteja a seu lado.

Vi pelo seu último email que você estava em Istambul. Espero que, a esta altura, tenha conseguido chegar à Grécia. Soube que a Macedônia fechou suas fronteiras, então será difícil vir de lá, como foi para mim, mas você precisa seguir em frente. Quando voltar a ter notícias suas, espero que esteja mais perto de onde estamos.

Inúmeras vezes desejei não ter ficado para trás, ter deixado Alepo com minha esposa e minha filha, porque aí meu filho ainda estaria conosco. Pensar nisto me leva próximo da morte. Não podemos voltar atrás, não podemos mudar as decisões que fizemos no passado. Não matei meu filho. Tento me lembrar destas coisas, senão me perderei nas trevas.

> O dia em que eu souber que você conseguiu chegar à Inglaterra encherá minha alma de luz.
>
> Mustafá

Fico ali sentado, lendo e relendo o mail. *Você é como meu irmão, Nuri.* E me volta a lembrança da casa do pai de Mustafá nas montanhas. A casa era cercada de pinheiros e abetos, e dentro era escuro e fresco, com velhos móveis de mogno e tapetes tecidos à mão. Num aparador na outra extremidade, um sacrário para a mãe e esposa que os havia deixado. Havia fotos dela quando menina e depois quando jovem, alta e linda com olhos brilhantes; fotos do casamento e dela segurando Mustafá nos braços, e outras quando estava grávida da criança com a qual morreria. Mustafá cresceu sob os cuidados e a proteção do pai e do avô, nenhuma mulher para suavizar o lugar ou trazer luz para aquele espaço, nenhum irmão para brincar, então encontrava consolo na luz brilhante, nos sons maravilhosos, e nos cheiros dos apiários.

Passou a conhecer as abelhas como se fossem suas irmãs, observava-as e aprendia como falavam entre si, seguia trilhas no interior das montanhas para descobrir a origem de suas jornadas, e sentava-se à sombra das árvores, observando como colhiam o néctar dos eucaliptos, do algodão e do alecrim.

O avô de Mustafá era um homem forte, com mãos enormes como Mustafá, um olho arguto e senso de humor. Encorajou o neto a ser curioso, a ter aventuras com a natureza. Gostava quando eu aparecia e cortava tomates e pepinos para nós, como se fôssemos crianças, como se eu tivesse me tornado o elo perdido da família deles. Passava manteiga e mel das colmeias num pão macio; depois se sentava conosco e contava histórias sobre sua própria infância, ou sobre sua querida nora.

– Ela era uma mulher muito boa – ele dizia. – Cuidava bem de mim, e nunca me dizia para calar a boca, quando eu falava demais.

E mesmo depois de todos aqueles anos, ele enxugava os olhos com sua mão cheia de manchas. Sentados naquela sala de visitas fresca, parecia que estávamos cercados pelo sorriso sempre presente da sua mãe, um sorriso que nos preenchia e parecia se entrelaçar à nossa volta, um pouco como o som suave das abelhas.

Então, ele ficava animado: – Tudo bem, agora vocês dois façam algo de útil. Vá mostrar ao Nuri como extrair o mel. E lhe dê um pouco de geleia real para comer, ele precisa disto depois de ficar confinado na cidade como fica.

E Mustafá me levava ao lugar onde as abelhas cantavam.

– Vamos construir coisas juntos, tenho certeza – ele dizia. – A gente se equilibra. Juntos, faremos grandes coisas.

03/03/2016

Caro Mustafá,

Você sempre foi como um irmão para mim. Lembro-me dos dias em que visitava a casa do seu pai nas montanhas, lembro-me das fotografias da sua mãe, e do seu avô... Que homem era aquele! Sem você, minha vida teria sido muito diferente. Criamos grandes coisas juntos, exatamente como você disse que faríamos. Mas esta guerra arrancou isso de nós, tudo que sonhamos e pelo que trabalhamos. Deixou-nos sem casa, sem trabalho e sem nossos filhos. Não sei como vou viver assim. Temo estar morto por dentro. A única coisa que me mantém em frente é a vontade de encontrar você, Dahab e Aya.

Fico muito feliz em saber que você finalmente está com sua esposa e sua filha. Só isto, saber que você está com elas, traz alegria nestes tempos sombrios.

Afra e eu chegamos a Leros, e espero que logo a gente vá para Atenas. Se a fronteira macedônica está fechada, descobrirei outro caminho. Não se preocupe, Mustafá, só pararei quando chegar aí.

Nuri

Voltei ao acampamento, ao metal reluzente, ao cascalho branco, ao concreto e a fileiras e fileiras de contêineres quadrados, tudo cercado por alambrado. Afra estava parada à porta da nossa cabana, segurando o bastão branco como se fosse uma arma.

– O que você está fazendo? – perguntei.

– Aonde você foi?

– Pegar algumas coisas.

– Tinha barulho. Demais. Eu disse pra eles irem embora.

– Quem? – perguntei.

– As crianças.

– O menino voltou?

– Que menino?

– Mohammed.

– Ninguém apareceu – ela disse.

Coloquei a sacola no chão, e disse a ela que sairia de novo para arrumar um pouco de comida para o jantar, e dessa vez percorri as ruas à procura de Mohammed. Segui a risada das crianças em cada esquina, nos espaços abertos, debaixo das árvores. Voltei para o asilo, verifiquei em cada quarto, inclusive no centro infantil e na sala para mães e bebês, na sala de oração. Desci a rua até outra praia, um lugar calmo com pegadas de crianças na areia, mas quem quer que tivesse estado lá já tinha ido embora, e o sol estava se pondo. Fiquei ali por um tempo, inspirando o ar fresco, sentido a luz do sol laranja no meu rosto.

Quando abri os olhos, vi a coisa mais estranha: cerca de trinta ou quarenta polvos pendurados num fio para secar, suas silhuetas contra o sol que se punha, fazendo com que parecessem uma coisa de sonho. Esfreguei os olhos, pensando que poderia ter adormecido, mas os polvos continuavam ali pendurados, seus braços para baixo por efeito da gravidade assumindo um formato esquisito, como rostos de homens com barbas compridas. Toquei na carne borrachuda, cheirei para ver se eram frescos, e peguei um para cozinhar numa fogueira. Segurei-o nos braços como se estivesse segurando uma criança, e voltei para as cabanas, comprando um isqueiro na loja de doces, e recolhendo alguns gravetos e galhos ao longo do caminho.

Quando voltei para o acampamento, Afra estava sentada no chão, rodando algo nos dedos. Vi que era a bolinha de gude clara de Mohammed, com o veio vermelho.

Estava prestes a perguntar sobre Mohammed, mas notei que o rosto dela tinha se abatido subitamente e seus olhos já não estavam vazios, estavam vivos e cheios de tristeza.

– O que foi? – perguntei. – Você está com os olhos tristes.
– Estou?
– Está – respondi.
– É porque acabei de perceber que perdi minha pulseira de platina. Sabe aquela que a minha mãe me deu?
– Sei. Eu me lembro – eu disse.
– Aquela com as estrelinhas.
– Eu me lembro.
– Eu pus ela antes de a gente sair. Devo ter perdido no barco. Agora, está no mar.

Sentado no chão ao seu lado, passei os braços a sua volta, e ela relaxou a cabeça no meu ombro, exatamente como fez no buraco do jardim antes de deixarmos Alepo. Dessa vez, ela não chorou. Senti sua respiração no meu pescoço e o bater dos seus cílios na minha pele, e ficamos assim por um bom tempo, enquanto a cabana escurecia e só dava para ver o brilho do fogo a gás. À nossa volta, havia barulho, pessoas gritando, crianças correndo, um vento forte nas árvores, vindo do mar, chegando até nós em ondas. Eu me perguntei se Mohammed ainda estaria brincando, ou se estaria voltando para a cabana.

Então, fui para fora preparar o polvo. Empilhei os galhos e os gravetos no chão, coloquei o polvo num galho acima do fogo. Levou muito mais tempo do que pensei, ainda que o polvo já estivesse ligeiramente cozido por estar pendurado ao sol.

Quando ele estava macio o bastante, e frio o bastante, cortei-o em pedaços e levei-o para dentro, para Afra. Ela o devorou, lambendo os dedos, agradecendo-me por prepará-lo, perguntando onde eu tinha achado tal coisa.

– Você mesmo pegou ele no mar?

– Não – eu ri.

– Mas você não poderia ter comprado. É caro demais.

– Eu achei.

– O quê, você estava andando, pensando na vida, e simplesmente achou o polvo?

– Foi – eu disse, e ela riu com vontade, riu com os olhos também.

Olhei além da porta, ansioso, esperando Mohammed.

Afra deitou a cabeça em alguns dos cobertores e fechou os olhos sem dizer mais nada. Deitei-me ao lado dela, e depois de um tempo escutei portões abrindo-se e fechando, portas distantes sendo trancadas. Do outro lado da divisória a criança chorava, o pai murmurava palavras tranquilizadoras:

— Não, os homens com as armas não vão matar a gente. Não se preocupe! Não, eles não vão, eu juro.

— Mas eles poderiam atirar na gente.

Agora, o homem riu. — Não, eles estão aqui para ajudar a gente. Agora, feche os olhos. Feche os olhos e pense em todas as coisas que você ama.

— Como a minha bicicleta lá em casa?

— É, isto é bom. Fique pensando na sua bicicleta.

Houve silêncio por um longo tempo, e depois escutei a menina voltar a falar, mas desta vez sua voz estava mais suave, mais calma.

— Papai? — ela disse.

— O quê?

— Eu senti.

— O que você sentiu?

— A mamãe fazendo carinho no meu cabelo.

E então, nenhum dos dois voltou a falar, mas eu quase podia sentir o coração do homem despencar no silêncio. Ao longe, havia brincadeiras, pessoas falando e rindo. Nessa noite não houve gritaria.

Olhei para o polvo e para a Nutella com o pão, tudo colocado no chão para o caso de Mohammed voltar à noite; ele veria a comida e saberia que era para ele. Mas agora o acampamento estava fechado. Eu estava trancado lá dentro, e Mohammed trancado do lado de fora. Levantei-me e caminhei pela malha de caixas no escuro, até a beirada do campo, até achar a entrada. Havia dois soldados parados no portão, empunhando armas.

— Pois não? — disse um deles.

— Preciso sair.

– Agora é muito tarde. O senhor pode sair pela manhã.
– Então eu estou trancado aqui dentro? Como um prisioneiro?

O homem não respondeu, e também não desviou os olhos.

– Preciso encontrar meu filho!
– O senhor pode encontrá-lo pela manhã.
– Mas não faço ideia de onde ele esteja.
– Até onde o senhor acha que ele foi? Aqui é uma ilha!
– Mas ele pode estar sozinho e assustado.

Os soldados não estavam dispostos a entrar na minha conversa. Mandaram-me embora, e tentei voltar para a cabana, mas era difícil no escuro, toda esquina era igual, e eu não tinha contado os quadriculados, para poder saber aonde ir. Será que era isto que tinha acontecido com Mohammed? Será que ele tinha saído sem contar, e não tinha conseguido achar o caminho de volta? Será que ele tinha sido acolhido por outra família? Resolvi me deitar no chão junto da porta de outra cabana, assim ficava perto do calor do fogo a gás deles.

Acordei pela manhã com o som de chuva nos telhados de metal das cabanas. Estava encharcado e me levantei, conseguindo, de algum modo, encontrar o caminho de volta para Afra. Reconheci um lençol rosa pendurado em um dos varais. A chuva martelava. Moscas haviam entrado e infestavam o polvo.

Afra já estava acordada. Estava deitada de costas, olhando para o teto como se estivesse olhando para as estrelas, e rodando a bolinha de gude nos dedos, do mesmo jeito que Mohammed havia feito.

— Aonde você foi? – ela perguntou.

— Saí e me perdi.

— Eu não dormi na noite passada. Começou a chover, e só conseguia ouvir e ver chuva dentro da minha cabeça.

Passei a mão sobre o polvo e as moscas dispersaram-se, zumbindo pela nossa parte da cabana, circulando uma em volta da outra e depois voltando ao polvo como imãs.

— Você está com fome? – perguntei.

— Você quer que eu divida o polvo com as moscas?

— Não. – Eu ri. – Temos pão e pasta de chocolate.

Tirei o pão do saco de papel e parti-o em pedaços, deixando um pouco para Mohammed. Depois, abri a Nutella, pensando em como iria passá-la no pão sem uma faca. Afra disse que poderíamos mergulhar o pão no chocolate.

Mais tarde, naquela manhã, quando a chuva finalmente parou, saí novamente à procura de Mohammed. Comecei perambulando pelo recinto, caminhando pelos contêineres das pessoas, pelas fileiras e fileiras do complexo, pelos corredores, debaixo das roupas dos varais, chamando Mohammed. O solo estava saturado de água, até os sapatos junto às portas estavam saturados de água. O cascalho branco só tinha conseguido absorver certa quantidade. Mas parecia que a chuva saía do mar. O alambrado e tudo agora estavam cobertos por uma película prateada, como metal líquido brilhante, fazendo o local ficar ainda mais parecido com uma prisão do que antes, e agora que o sol tinha saído, havia reflexos e respingos de luz.

Fui até o antigo asilo. Um adolescente estava sentado na escada com fones de ouvido, a cabeça encostada na parede, olhos fechados. Cutuquei-o para que acordasse e perguntei se tinha visto alguém que pudesse ser Mohammed. Mas a cabeça do menino balançou nos ombros, e seus olhos abriram-se muito de leve. Eu podia ouvir crianças brincando em um dos andares superiores, ecos tênues de risada, e segui a risada pelos corredores até os acampamentos do quarto andar, olhando em cada cômodo; dentro havia cobertores pendurados como divisórias, sapatos bem enfileirados, cá e lá um lampejo do cabelo de alguém, de uma perna ou um braço. Chamei "Mohammed", e um velho de voz áspera respondeu: "Sim?", e depois, "O que você quer? Estou aqui! Veio me levar?"

Eu ainda podia escutá-lo ao seguir pelo corredor. As crianças estavam no último cômodo, que estava cheio de brinquedos, jogos de tabuleiro e bexigas. Alguns funcionários da ONG estavam ajoelhados ao lado dos menores. Uma delas segurava um bebê nos braços. Ela me viu e veio me receber.

– Aqui é o centro infantil – disse, pronunciando as palavras bem lentamente.

– Obviamente – respondi. – Estou procurando meu filho.

– Nome?

– Mohammed.

– Idade?

– Sete.

– Como ele é?

– Tem cabelo e olhos pretos, não castanhos, pretos como o céu à noite.

Percebi que ela passou um tempo tentando se lembrar, mas depois sacudiu a cabeça. – Procure não se preocupar, ele vai aparecer, todos eles aparecem, e quando isso acontecer, dê isto para ele.

Com a mão livre, ela remexeu num recipiente de plástico e pegou uma caixa de lápis de cor acoplada a um bloco. Agradeci e saí, e dessa vez quando voltei pelo corredor e desci a escada, quase pude ver os fantasmas daquelas pessoas, não muito tempo atrás, amordaçadas e acorrentadas a suas camas. Agora escutava ecos, não da risada das crianças, mas outros sons, nos limites da imaginação, onde os seres humanos deixam de ser humanos.

Saí dali rapidamente, desci a escada e fui para a luz prateada, descendo até o porto. O café estava cheio de gente, e me sentei por um tempo para carregar meu celular e tomar um café, observando as duas mulheres, que soube serem mãe e filha, trazendo copos de água, chá e café, interagindo com os refugiados, tentando se comunicar o melhor que podiam no pouco árabe ou farsi que tinham aprendido. Nesse dia, o pai e o filho também estavam lá, o filho uma versão menor do pai, porém sem o bigode. Deixei-me relaxar um pouco, e recostei-me nas costas da cadeira escutando as conversas ao meu redor e o trovejar distante sobre o mar.

Fiquei ali até a tarde, mas não houve sinal de Mohammed. Às quatro horas, fui ao centro de registro saber se as autoridades tinham verificado a documentação e concedido liberação. Havia centenas de pessoas reunidas em volta de um homem afobado, em pé sobre um banquinho e chamando nomes. Não chamou o nosso, mas fiquei satisfeito porque não queria ir embora sem Mohammed.

O dia seguinte transcorreu de maneira semelhante. O sol secou a chuva, e o vento estava muito mais quente. Era como se a escuridão tivesse sido levada, e ainda que houvesse mais pessoas afluindo à ilha, lançadas pelas ondas, e menos pessoas partindo, de certo modo o lugar parecia mais tranquilo. Talvez houvesse apenas tanto barulho que tudo se misturava e ficava parecendo o tamborilar da chuva, o som das ondas, ou o zumbido das moscas em volta do polvo, e longe do acampamento o solo tinha um cheiro fresco e doce, e as árvores começavam a florir e a dar frutos.

E ainda nada de Mohammed.

No entardecer do dia seguinte, comecei a perder a esperança. Tirei os lápis de cor da embalagem.

– O que é isso? – Afra perguntou, com o ouvido atento ao som. – O que você está abrindo?

– Lápis.

– De cor?

– Sim.

– Tem papel?

– Tem, um bloco.

– Posso pegar?

Coloquei todos os lápis na frente dela, enfileirados, e levei sua mão até eles. Abri o bloco e coloquei-o em seu colo.

– Obrigada – ela disse.

Deitei-me de costas e olhei para o teto da cabana, para as aranhas, insetos e teias que tinham se juntado nos cantos. Escutei as conversas em tom baixo através dos lençóis, e lá fora, nas vielas, e os lápis silvando sobre o papel.

Horas depois, quando estava quase escuro, Afra finalmente falou:

– Fiz isto para você.

O desenho que ela tinha feito era muito diferente das suas obras de arte costumeiras: um campo florido encimado por uma única árvore.

– Mas como você desenhou isto? – perguntei.

– Posso sentir as marcas do lápis no papel.

Tornei a olhar para o desenho. As cores eram desenfreadas, árvore azul, céu vermelho. As linhas eram quebradas, folhas e flores fora de lugar, e mesmo assim tinha uma beleza hipnótica e indescritível, como uma imagem de sonho, como um retrato de um mundo além da nossa imaginação.

Na tarde seguinte, meu nome foi chamado no centro de registro. Deram-me os cartões e a permissão para deixar a ilha rumo a Atenas. Nuri Ibrahim, Afra Ibrahim e Sami Ibrahim. Meu estômago revirou-se quando vi o nome de Sami impresso com tanta nitidez no papel na minha mão. Sami. Sami Ibrahim. Como se ele ainda estivesse entre nós.

Não contei a Afra que tínhamos recebido a liberação. Nem mesmo fui até a agência de viagem comprar passagens para a balsa. Dias e noites se passaram e Afra sentia-se inquieta.

– Estou tendo pesadelos – ela disse. – Estou morta e tem moscas em cima de mim e não consigo me mexer para afastá-las.

– Não se preocupe – eu disse. – Logo sairemos desta ilha.

– Não gosto daqui – ela disse. – Este lugar está cheio de fantasmas.

– Que tipo de fantasmas?

– Não sei – ela disse. – Alguma coisa não humana.

Eu sabia que ela tinha razão. Sabia que tínhamos que ir, mas não queria partir sem Mohammed. E se o menino voltasse e se perguntasse onde eu estava? Eu sabia que ele voltaria, tinha que voltar. Como o policial disse, ali era uma ilha, ele não poderia ter ido longe.

Na noite seguinte, chovia novamente e Afra teve uma febre terrível. Sua cabeça estava quente, as mãos e os pés tão frios quanto o mar. Molhei sua testa e o peito com um pano úmido – minha camiseta embebida em água.

– Ele está brincando – ela disse.

– Quem?

– Sami, estou ouvindo ele. Diga para ele tomar cuidado.

– Ele não está aqui – eu disse.

— Está perdido — ela disse.
— Quem?
— Sami. Todas as casas acabaram e ele está perdido.
Não disse nada. Esfreguei as mãos dela entre as minhas, para aquecê-las, contemplando seu belo rosto. Vi que estava com medo.
— Quero ir embora daqui — ela disse.
— Nós vamos.
— Quando? Por que está demorando tanto?
— Precisamos pegar a documentação.
No dia seguinte, sua febre tinha piorado. Ela tremia e reclamava de dor nas costas e nas pernas.
— Diga para ele vir jantar — ela disse, enquanto eu a enrolava num cobertor.
— Vou dizer.
— Ele passou o dia todo fora, brincando.
— Eu digo pra ele.
Achei alguns limões sicilianos para fazer uma bebida calmante para ela tomar, mas Afra foi piorando com o passar dos dias. Achei que ela estivesse perdendo a esperança. Eu sabia que tínhamos que sair dali, então lhe disse que tínhamos recebido a documentação. Esperei vários dias para ela ficar um pouco mais forte, até que, pelo menos, ela pudesse ficar em pé sozinha e sair ao ar livre para sentir o sol no rosto. Então, comprei as passagens e escrevi um bilhete.

> Mohammed,
> Esperei um mês por você. Não faço ideia do que lhe aconteceu, de onde você está e se algum dia voltará para ler este bilhete, mas procurei por você todos os dias, e rezo para que Alá o proteja e cuide de você. Pegue o dinheiro e o cartão. Você

precisa usar o nome Sami (este era o nome do meu filho) e ir até a agência de viagem (ela fica ao lado do café Seven Gates) e comprar uma passagem de balsa em seu nome, para Atenas. Não perca a balsa porque não haverá mais dinheiro para comprar outra passagem. Você terá uma chance, então preste atenção nos horários.

    Esta vai ser sua terceira vez em um barco! Ao chegar a Atenas, tente nos achar. O número do meu celular é 0928... Não se esqueça de que pode ser que o celular não funcione. Meu nome completo é Nuri Ibrahim. Meu plano é ir de Atenas para o Reino Unido. Se você chegar a Atenas e não achar a gente, por favor, continue procurando. Por favor, tente chegar à Inglaterra, e se conhecer alguém que pareça boa pessoa, dê a ela o meu nome e, espero que ela o ajude a me encontrar.

    Espero vê-lo em breve. Enquanto isso, tome muito cuidado, não deixe de se alimentar bem, e não desista. Às vezes é fácil desistir. Estarei pensando em você e rezando por você, mesmo através de mares e montanhas. Se você precisar atravessar mais alguma água, procure não ter medo. Rezarei por você todos os dias.

Tio Nuri

Dobrei a carta e o dinheiro dentro de um envelope, e coloquei-o no chão, no canto da cabana, debaixo do pote de Nutella.

A balsa era muito grande, pintada com estrelas amarelas. Havia caminhões e carros estacionados no andar de baixo.

No porto, pessoas despediam-se dos funcionários da ONG. A balsa deveria partir para Atenas às nove da noite, e a viagem levaria umas oito horas. Havia cadeiras para mulheres e pessoas mais velhas. O ar estava quente e naquela noite o mar estava calmo. Fiquei até o último minuto atento a Mohammed, mas não demorou muito para que todos os passageiros tivessem embarcado e a buzina da partida soou alta e clara. Então, a balsa afastou-se para o mar aberto, deixando para trás a ilha e os fantasmas. Afra respirou fundo, inalando o ar marinho. Então, a escuridão do mar e do céu invadiu minha mente, e tive mais uma vez aquela sensação de estar perdido. O céu, o mar e o mundo pareciam grandes demais. Fechei os olhos e rezei por Mohammed, o menino perdido que nunca foi meu.

8

Acordo com a mão de Afra no meu peito. Posso sentir seus dedos nos meus, mas também tem algo mais. Lembro-me de Mohammed e da chave que encontrei no jardim da proprietária, mas quando mexo as mãos, vejo que estou segurando um crisântemo.

– Você me trouxe outro presente? – ela pergunta. Sua voz traz uma indagação.

– Trouxe – respondo.

Ela passa os dedos sobre as pétalas e a haste.

– De que cor é? – ela pergunta.

– Laranja.

– Eu gosto de laranja... Pensei que você ficaria a noite toda lá embaixo. Você adormeceu e o Hazim me ajudou a subir; ele não quis te acordar.

Sua voz tem um tom de desespero, perguntas que não está fazendo, e não consigo suportar o cheiro do perfume de rosa em seu corpo.

– Que bom que você gostou! – digo, e tiro a mão dela do meu peito, deixando a flor cair na cama.

Mais tarde, depois de eu ter rezado e vestido Afra, Lucy Fisher chega. Está com pressa, hoje, segurando duas mochilas, como se estivesse indo para algum lugar. Desta vez, está acompanhada de outra mulher, que penso ser uma intérprete, de pele escura e gorducha, que segura uma bolsa antiquada.

Sentamo-nos na cozinha apenas por dez minutos. Ela me entrega a nova carta com o endereço do B&B impresso nitidamente, e me diz a data e a hora da entrevista de asilo.

– Você tem cinco dias para se preparar – ela diz.

– Como se eu fosse prestar um exame – eu digo, e sorrio.

Mas ela está muito séria. Explica que Afra e Diomande terão cada qual seus próprios intérpretes, e também haverá um disponível para mim.

– A entrevista de Diomande é no mesmo dia? – pergunto.

– É. Vocês podem ir juntos para lá. É no sul de Londres.

Ela continua a falar, abrindo um mapa, apontando o lugar, abrindo outro mapa de trens, explicando-me coisas, mas não estou realmente escutando. Quero contar a ela sobre as asas de Diomande. Quero contar sobre Mohammed e as chaves, mas tenho medo da sua reação. E então, da janela, algo chama a minha atenção. Aviões brancos atravessando o céu. Uma quantidade muito grande para poder contar. Ouço um assobio seguido por um estrondo, como se o mundo tivesse sido dilacerado. Corro para a janela; caem bombas, aviões circulam. A luz é forte demais, protejo os olhos. O som é alto demais, tampo os ouvidos.

Sinto uma mão no meu ombro.

– Sr. Ibrahim? – escuto.

Viro-me e Lucy Fisher está parada ao meu lado.

– O senhor está bem?

– Os aviões – digo.

– Os aviões?

Aponto para os aviões brancos no céu.

Há uma pausa, e escuto Lucy Fisher soltando o ar.

– Veja – ela diz com muita delicadeza. – Veja, sr. Ibrahim. Olhe com atenção. São pássaros.

Torno a olhar e vejo gaivotas. Lucy Fisher tem razão. Não há aviões no céu, apenas um avião de passageiro lá longe, surgindo por uma nesga de nuvens, e acima de nós apenas gaivotas.

– Viu? – ela pergunta.

Confirmo com a cabeça, e ela me leva de volta para a minha cadeira.

Lucy Fisher é uma mulher muito prática, e retoma o que estava falando quase imediatamente, depois de apenas uma ligeira hesitação e um gole de água. Ela quer ter certeza de que está tudo certo. E enquanto ela corre a ponta do lápis ao longo das linhas de trem, sinto-me ancorado, mais calmo. Ela diz nomes de lugares que nunca ouvi, e consulta o outro mapa, e eu imagino as ruas, as casas, as vielas, os parques e as pessoas. Imagino como será avançar mais para dentro no país, longe do mar.

À noite, sentamo-nos na sala de visitas. O marroquino está ajudando Diomande a se preparar para a entrevista de asilo. Eles estão sentados um em frente ao outro, à mesa de jantar, e Diomande tem uma folha de papel e uma caneta a sua frente, para poder tomar notas.

– Quero que você explique por que deixa seu país – diz o marroquino. E Diomande começa a contar a mesma história que contou antes, mas dessa vez com mais detalhes. Cita os nomes da mãe e das irmãs, descreve seu trabalho no Gabão, a situação financeira da família, e depois fala sobre história e política, sobre a colonização francesa, a independência em 1960, a agitação civil e a guerra civil, o aumento da pobreza.

Conta como a Costa do Marfim já tinha sido um lugar de prosperidade e estabilidade, e como as coisas mudaram depois da morte do primeiro presidente do país. Vai em frente e paro de escutar, até que o marroquino interrompe-o.

– Diomande, acho que eles querem ouvir a *sua* história.

– Esta é a minha história! – Diomande insiste. – Como é que eles vão entender, se eu não contar isto?

– Talvez eles saibam essas coisas.

– Talvez não. Se não sabem, como entendem por que preciso estar aqui?

– Você conta a sua história. Por que foi embora.

– Eu estou explicando isso!

Agora, Diomande está bravo, e vejo que está sentado com as costas mais retas. Sua raiva, de certo modo, endireitou sua coluna.

O marroquino sacode a cabeça. – Esta raiva não vai ajudar o seu caso – ele diz. – Você tem que fazer sua história. Como era a sua vida? Como era a vida lá para você, irmãs e mãe? Só isto, Diomande! Isto não é uma aula de história!

Eles recomeçam a simulação da entrevista. Afra está sentada na poltrona, com o caderno de desenho e os lápis de cor no colo, rolando a bolinha de gude nos dedos. Olho o veio da bolinha, rodando e brilhando à luz da lâmpada, e as vozes deles somem ao fundo. Afasto-me da conversa e começo a pensar nas abelhas. Posso vê-las no céu de verão, subindo e saindo à procura de plantas e flores. Quase escuto sua música. Consigo sentir o cheiro do mel e ver o brilho das colmeias à luz do sol. Meus olhos começam a se fechar, mas vejo Afra abrindo o caderno de desenho, correndo os dedos sobre o papel branco, tirando um lápis roxo da caixa.

* * *

Acordo novamente ao som da bolinha de gude rolando pelo assoalho. Na mesma hora sei que Mohammed está aqui, e levo um instante para abrir os olhos. Quando o faço, ele está sentado no chão com as pernas cruzadas, uma chave ao seu lado.

– Você achou a chave, Mohammed? – pergunto a ele.

– Você deixou ela cair quando estava pulando a cerca.

Agora, ele se levanta ao meu lado. Está usando roupas diferentes, hoje, uma camiseta vermelha e short de brim. Parece preocupado com alguma coisa. Olha por sobre o ombro para o corredor, pela porta aberta da sala de visitas.

– Você vai ficar com frio vestido desse jeito – digo.

Ele começa a se afastar de mim, e eu me levanto e vou atrás dele. Subimos a escada e seguimos pelo corredor, passando por todos os quartos e pelo banheiro, até chegarmos a uma porta no final do corredor que eu não sabia que existia.

– Por que você me trouxe aqui? – pergunto, e ele me entrega a chave.

Coloco a chave na fechadura, viro-a e abro a porta. Uma luz intensa me ofusca, e quando meus olhos se ajustam, vejo que estou no alto de uma colina, contemplando Alepo. A lua está cheia, próxima do horizonte, cheia das cores do deserto. Uma lua sanguínea.

Posso ver bem além da cidade, as ruínas e topos de colinas, as fontes e sacadas. Num campo a leste há apiários, espinheiros e flores silvestres. As abelhas estão silenciosas neste momento. Apenas as abelhas cuidadoras trabalham ao luar. As abelhas ficam cegas perante os humanos. O ar está quente e doce com os perfumes do calor e da terra. À minha esquerda, há um caminho que desce até a cidade. Sigo-o até chegar ao rio. Ele goteja para fora do parque da cidade e se esforça pela ravina, a luz da lua brilha e a água cintila sob ela.

À frente, alguém corre, um lampejo em vermelho. Sigo o som pelos becos. Agora está mais escuro e os lampiões estão acesos, mas nas barracas do mercado há pirâmides douradas de *baklava*. Do lado de fora dos cafés, estão montadas mesas com menus, copos e talheres, uma única flor num vaso fino em cada uma delas. Vitrines exibem sapatos, bolsas que são réplicas de designers, tapetes, caixas e cafeteiras, perfumes e couro, e no final de uma fileira, uma barraca cheia de lenços de cabeça do mais fino tecido, como fumaça fluindo à luz de uma lâmpada azul, ocre e verde.

Uma placa pendendo de um arco bem acima de mim diz: *O Museu*. Logo abaixo do arco, vejo que cheguei à antiga loja do meu pai. A porta está fechada, e encosto o rosto no vidro. Rolos de tecido fazem uma pilha alta nos fundos, sedas e linhos de todos os tons e cores. Na frente estão a caixa registradora e os potes dele com as tesouras, as agulhas e martelos.

No final do beco reluz uma luz roxa. Quando torno a olhar, vejo Mohammed dobrando uma esquina. Chamo-o, peço para esperar por mim, que deixe de fugir de mim, pergunto aonde ele está indo, mas ele não diminui o passo, então caminho mais rápido para alcançá-lo, mas quando chego ao fundo do beco, o mundo se abre e estou de volta ao rio e a lua está mais alta no céu. Mohammed não está à vista, então me sento no chão, perto da água e espero pelo

...nascer do sol...

revelou Pireu, o céu cheio de gaivotas. Desembarcamos no porto de Atenas e fomos levados para um pátio cimentado junto ao porto, transbordando de tendas e encimado por guindastes. As pessoas que não tinham tendas estavam enroladas em cobertores, sentadas no chão. Aves vasculhavam o lixo entre elas, e o cheiro de esgoto era forte.

Estávamos à sombra de uma construção retangular, excessivamente grafitada para mostrar um porto acidentado com imensas ondas brancas e um navio antigo com velas enfunadas. Nas pedras do porto pintado havia uma pintura de uma garça, e sob ela pessoas de um tempo distante. Sami teria amado essa pintura. Teria inventado histórias sobre as pessoas; provavelmente, o navio teria sido um instrumento para viajar no tempo ou, conhecendo o senso de humor de Sami, a garça teria sido o instrumento para viajar no tempo, teria levado as pessoas pela gola, e as deixado em outra época.

Gostaria de não ter que me mudar daqui, de poder me tornar parte da pintura e ficar para sempre nas rochas do porto, observando o mar.

Afra e eu encontramos um espaço em um dos cobertores no chão. Uma mulher em frente a mim tinha três crianças penduradas nela: uma num *sling* na frente, outra amarrada às costas e uma criança no começo dos primeiros passos segurando seu braço. Seu solhos eram amendoados, e um *hijab* caía solto sobre seu cabelo. Ou os bebês eram gêmeos, ou um deles não era dela. Agora ela falava, dizendo algo em farsi para o menino, que sacudia a cabeça, apertando o nariz na sua manga. Por perto, havia uma menina com marcas de queimadura no rosto. Notei que lhe faltavam três dedos. Ela me flagrou olhando, e desviei o olhar. Em vez disto, observei Afra, sentada ali tão silenciosa, a salvo em suas trevas.

De repente, houve um clarão, e por um momento minha mente ficou tomada pela luz.

Quando minha visão ajustou-se, vi um objeto redondo e preto apontado diretamente para mim. Uma arma. Uma arma? Minha respiração ficou presa na garganta, lutei para inspirar, minha visão ficou turva, meu pescoço e meu rosto esquentaram, meus dedos ficaram entorpecidos. Uma câmera.

– O senhor está bem? – escuto o homem dizer. A câmera caiu ao seu lado, e ele pareceu repentinamente constrangido, como se não lhe tivesse ocorrido que estava fotografando um ser humano real. Desviou os olhos, pediu desculpas rapidamente e seguiu em frente.

Pessoas vieram verificar nossa documentação, e fomos levados naquela noite, de ônibus, para o centro da cidade, a parte comercial de Atenas, para uma construção caindo aos pedaços, uma antiga escola onde longas janelas abriam-se para um pátio. O pátio estava cheio de gente, algumas sentadas numa plataforma elevada, outras em carteiras escolares, ou em pé, debaixo de varais. Misturados a todas elas estavam os funcionários da ONG. Um deles, um homem branco com cabelos estilo rastafári, veio nos receber e nos levou para dentro do prédio, dois lances de escada acima, até uma sala de aula abandonada. Afra subiu devagar, tomando cuidado com cada degrau.

– É bom poder falar em inglês com o senhor – o homem disse –, mas estou tentando aprender árabe, e também um pouco de farsi. Um absurdo de difícil. – Ele sacudiu a cabeça, sem perder Afra de vista. – As salas de aula lá de baixo são usadas para atividades. Sua esposa também fala inglês?

– Não muito.

– Tudo bem ela subir as escadas?

– Ela ficará bem – eu disse – Já passamos por coisas piores.

– Vocês têm sorte. Se tivessem vindo dois meses atrás, teriam ficado pelas ruas semanas a fio, e no meio do inverno. Mas os militares vieram e retiraram muitas pessoas, então foram montados estes acampamentos. Tem um enorme em Ellinikon – o antigo aeroporto – e no parque... – Sua voz foi sumindo, como se ele tivesse se distraído de repente, e tive a impressão de que ele não queria se estender no assunto.

Ele nos levou para uma das salas de aula, apresentando-a com um estender do braço, a palma da mão aberta, e um toque de ironia. Dentro da sala havia três tendas feitas com lençóis. Já gostei dele. Havia um brilho em seus olhos, e ele não parecia cansado ou com medo, como os outros em Leros.

– A propósito, meu nome é Neil. – Ele mostrou a etiqueta com seu nome. – Escolha uma das tendas. O jantar é no pátio, mais tarde. Veja o cronograma na parede da direita assim que entrar. À tarde, tem aulas e programação para crianças. Onde está seu filho?

Estas últimas palavras atingiram-me rápida e abruptamente, como balas.

– Onde está meu filho?
Neil confirmou com a cabeça e sorriu. – Este lugar é só para famílias... Deduzi... Seu visto de saída... Esta escola é para famílias *com* filhos.
– Eu perdi meu filho – eu disse.
Neil pairou à minha frente sem se mexer, e sua testa enrugou-se em vincos profundos. Depois, ele olhou para o chão, inflou as bochechas e disse: – Escute. O que eu posso fazer é o seguinte: vocês podem ficar aqui esta noite, e eu vejo o que posso fazer também em relação a amanhã à noite, assim sua esposa pode descansar bastante. – E com isto ele nos deixou naquela antiga sala de aula, com outra família, marido, esposa e duas crianças pequenas.
Eu não queria olhar para aquelas crianças, um menino e uma menina, segurando as mãos dos pais. Não queria admitir sua presença, então não os cumprimentei, como normalmente faria. Em vez disso, virei de costas, e Afra e eu entramos numa das tendas, pousamos nossas malas, e sem dizer nada deitamo-nos nos cobertores, um de frente para o outro. Antes de adormecermos, ela disse:
– Nuri, amanhã você me arruma mais lápis e papel?
– Claro – respondi.

A outra família também logo se acomodou, e a sala de aula caiu num silêncio bem-vindo. Eu quase podia acreditar que estava hospedado em um hotel magnífico, e que os leves estalidos e barulhos acima de mim eram os sons dos outros hóspedes. Lembrei-me da antiga casa dos meus pais, em Alepo, de como, quando criança, eu tinha tido medo de dormir até escutar os sons tranquilizadores dos passos da minha mãe parando em frente à minha porta. Ela dava uma espiada, e quando eu via a réstia de luz entrando no quarto escuro, sentia-me seguro e adormecia. Pela manhã, minha mãe ajudava meu pai na loja de tecidos, e passava as tardes lendo os jornais, segurando o leque vermelho que sua avó havia lhe dado. Era feito de seda e tinha a imagem de uma cerejeira e um passarinho, trazendo uma palavra chinesa que minha mãe pensava significar *destino*. Ela dizia que era uma palavra difícil de traduzir; *Yuanfen* era uma força misteriosa que faz com que duas vidas se cruzem de uma maneira significativa.

Isto sempre me lembrou de como conheci Mustafá. Depois que sua mãe, minha tia, morreu, as famílias perderam o contato e passaram-se, no mínimo, quinze anos sem comunicação. O pai de Mustafá levava uma vida solitária nas montanhas, enquanto meus pais eram pessoas urbanas, trabalhando no calor e no caos dos mercados, onde se agitava o comércio de todo o mundo. Na verdade, um velho mercador chinês é que tinha dado o leque vermelho para a minha bisavó. Ele era um produtor de tecido, de Beijing, tendo feito ele mesmo a seda e pintado-a à mão.

Um dia, meu pai tinha me mandado comprar algumas frutas, e eu peguei um desvio, parando junto ao rio para descansar debaixo de uma árvore. Estava cansado de viver fechado na loja, e meu pai vivia ansioso para que eu aprendesse o máximo possível: atender os fregueses, aprender bem o inglês, de modo que mesmo quando a loja estava sossegada, eu ficava ali sentado com um livro de gramática inglesa no colo porque, segundo ele, era esta a maneira de progredir.

Eu sentia calor e estava exausto, e como fossem meados de agosto, era como estar respirando no deserto. Foi um alívio sentar-me junto ao rio, sob a sombra fresca da árvore de *narenj*. Devia estar lá havia uns quinze minutos, quando um rapaz aproximou-se, com cerca de uns dez anos a mais do que eu e muito mais moreno, como se vivesse e trabalhasse debaixo do sol.

– Você sabe como chego a esta loja? – Ele mostrou um papel que tinha na mão, onde havia o desenho de uma rua e uma loja com uma flecha e as palavras: *Mel de Alepo*.

– A loja Mel de Alepo? – perguntei.

Ele assentiu, depois sacudiu a cabeça bem rápido, tique com o qual eu acabaria ficando muito acostumado.

– Não? – perguntei.

– Sim – ele disse, sorrindo, tornando a sacudir a cabeça.

– Estou indo para lá. Por que você não me acompanha? Eu te mostro o caminho.

E enquanto caminhávamos, começamos a conversar. Imediatamente, ele me contou sobre os apiários nas montanhas, e que seu avô o tinha mandado para a cidade para fazer uma amostragem de diferentes tipos de mel. Contou-me que recentemente tinha se inscrito na Universidade de Damasco para estudar agricultura, e queria aprender mais sobre a composição do mel. Contei-lhe um pouco sobre a loja do meu pai, mas não demais, porque eu não era tão tagarela quanto ele, e também porque o trabalho não tinha tanto interesse para mim. Mostrei-lhe a loja, quando passamos por ela, e levei-o até a loja de mel, onde nos despedimos.

Uma semana depois, ele veio me encontrar na loja do meu pai. Trouxe um pote imenso de mel. Tinha acabado de descobrir que fora aceito na universidade, então iria com mais frequência a Alepo, e queria me agradecer por tê-lo levado àquela loja naquele dia. Assim que minha mãe o viu, parado à porta da loja com o pote de mel na mão, deixou cair o leque e se levantou. Foi até lá e olhou para ele por um tempinho, depois começou a soluçar.

– Mustafá – ela disse. É você, não é? Quantos anos você tinha na última vez que te vi? Não passava de um garotinho. Mas o rosto não mudou!

Mais tarde, ela disse que foi como se tivesse visto a reencarnação da irmã. E ali começou nossa amizade, junto ao rio e mais tarde com um pote de mel. Uma força misteriosa, que nunca entendi, tinha trazido meu primo para a minha vida, feito com que me encontrasse sentado junto ao rio, sem qualquer esperança no coração em relação a minha futura carreira, e a partir daquele momento minha vida mudou para sempre. *Yuanfen. Yuanfen* cintilando no calor vermelho, debaixo dos olhos da minha mãe.

Percorri a lembrança três vezes na minha mente, repetindo-a como se estivesse voltando e acionando mais uma vez um videotape, até que caí no sono.

Mas acordei no meio da noite ao som de gritos e um assobio no céu, uma bomba cortando a escuridão. Sentei-me reto, com a cabeça latejando e a escuridão pulsando a minha volta. Vi o leve contorno de uma janela através de um lençol, a luz da lua invadindo a sala. Vi o rosto de Afra difuso na escuridão e, aos poucos, me lembrei de onde estava. Estendi a mão para pegar na mão dela. Não havia bombas. Não estávamos em Alepo. Estávamos seguros em Atenas, numa velha escola. A pulsação amainou na minha cabeça, mas a gritaria continuou, e quando, alguns minutos depois, parou abruptamente, havia outros sons, ecos de outras salas em outros andares, choros desesperados de adulto, estalos de assoalho, passos, sussurros e risadas.

A risada parecia vir de fora, do pátio abaixo, a risada de uma mulher.

Saí da tenda, da sala de aula, e fui para o longo corredor. Na extremidade, junto à janela, uma mulher ia de um lado a outro, suas sandálias de dedo batendo contra o mármore, os olhos voltados para o chão. Seu corpo parou, estremeceu, recomeçou como um brinquedo mecânico. Aproximei-me dela, hesitante por um momento, e pus a mão em seu braço esperando acalmar seus movimentos, perguntar se estava precisando de ajuda, mas quando ela voltou os olhos para mim, vi que estava dormindo. Olhou diretamente através de mim, com olhos arregalados e temerosos, cintilando de lágrimas.

– Quando você voltou? – ela perguntou.

Não respondi. Sabia que nunca se deve acordar um sonâmbulo, porque poderiam morrer com o choque. Deixei-a ali dando voltas em seu pesadelo.

Escutei novamente a risada, aguda e abrupta, atravessando os sons de sono. Em uma das salas de aula acima, alguém roncava; em outra, uma criança chorava. Segui a risada escada abaixo, e saí para o pátio, surpreendendo-me ao ver tantas pessoas ainda acordadas. Deviam ser duas da manhã. A primeira coisa que vi foi um amontoado de meninos e meninas em um canto, em cadeiras de madeira debaixo de uma parede de escalada. Passavam um saco de papel entre eles, inalando alguma substância lá de dentro.

Uma das meninas me deu uma olhada e sustentou meu olhar por um momento. Havia algo errado com ela, suas pupilas estavam tão dilatadas que os olhos estavam quase pretos. Ali perto, dois homens fumavam sentados no chão, com as costas apoiadas no muro. Na plataforma, que devia ter sido um palco, dois meninos chutavam bola sob o único refletor. À entrada do pátio, três homens achavam-se numa discussão acalorada; falavam um tipo diferente de árabe, e sua pele era muito mais escura. Um deles empurrou o ombro do outro, e outro homem apareceu separando-os, ergueu a voz e depois deslizou os ferrolhos da entrada, abrindo a porta pesada, e os três saíram.

Quando a porta foi novamente fechada – seu barulho metálico que reverberava pelo pátio tinha passado –, vi-me defronte a um enorme coração azul pintado em um painel duplo, contornado dos dois lados com asas vermelhas. A parte superior do coração era achatada, e havia uma ilha, uma palmeira e um sol amarelo nascendo dali. No calmo fundo verde das paredes da velha escola, o coração quase pulsava à luz tremeluzente do refletor.

E detrás de mim, novamente, o som de risada. Virei-me de costas para o coração. No outro lado do pátio, na única espreguiçadeira, debaixo de um varal, estava a mulher que ria. Era uma jovem negra com rastafáris presos num rabo de cavalo alto. Quando me encaminhei para ela, notei que seus seios vazavam leite em seu top branco. Ela flagrou meu olhar e constrangida cruzou os braços sobre o peito.

– É porque eles levaram ela embora – ela disse em inglês.
– Levaram quem?

De início, ela não respondeu. Seus olhos dispararam a sua volta.

– Eu não mora aqui. Venho aqui à noite, às vezes, ficar segura.

Eu me sentei no chão, ao seu lado. Ela se virou para mim e me mostrou seu braço. Havia dúzias de minúsculas feridas redondas.

– É o meu sangue – ela disse. – Eles envenenaram ele.
– Quem envenenou?

— Eu ficava num quarto e aí ele tentou me matar. Ele pegou a minha cabeça e bateu ela no chão. E eu fiquei sem fôlego. Minha respiração parou e não voltou. Não tenho respiração em mim, agora. Estou morta.

E, no entanto, seus olhos eram cheios de vida.

— Eu quero, principalmente, ir para a Alemanha. Ou Dinamarca – ela continuou. – Preciso sair daqui. Não é fácil porque Macedônia fechou fronteira. Atenas é o coração. Todo mundo vem aqui de passagem para onde for. As pessoas ficam empacadas aqui. – Agora, ela parecia mais perturbada, com um vinco profundo entre as sobrancelhas. – Aqui é o lugar onde as pessoas morrem devagar, por dentro. Uma a uma, as pessoas morrem.

Eu estava começando a me sentir nauseado. Desejei que nunca tivesse me aproximado daquela mulher com os seios que vazavam e o sangue envenenado.

Os meninos que estavam jogando futebol tinham ido embora, então o lugar estava mais tranquilo e o holofote brilhava sobre um palco vazio. Os dois homens continuavam fumando, mas as crianças nas cadeiras tinham se dispersado. Restavam apenas dois meninos, e ambos olhavam para seus celulares, seus rostos iluminados.

— Eles me dizem que eu preciso tomar muita água para o meu sangue, mas sou uma morta. – Ela beliscou sua pele. – Sou como carne. Sabe como é? Carne crua. Como uma carne morta. Estou sendo comida. – Ela beliscou o braço e tornou a me mostrar as cicatrizes. Eu não fazia ideia do que dizer para nada daquilo. Estava feliz que sua risada tivesse parado, pelo menos por um tempo. Mas logo o silêncio foi pior.

— Onde você mora? – perguntei.

— No parque. Mas às vezes eu venho aqui, mais seguro aqui, e tem menos vento, porque no parque a gente está mais alto, perto dos deuses.

– Como é que você sabe inglês tão bem?
– Minha mãe me ensinou.
– De onde você é?
Em vez de responder, ela se levantou de repente, dizendo:
– Está na hora de ir. Preciso ir agora.
E fiquei olhando enquanto ela destrancava a porta e abria-a, partindo o coração azul. E quando a porta se fechou, o silêncio ficou demais. Os dois meninos tinham ido embora, só restavam os dois homens encostados na parede, ainda fumando, e pelas janelas das salas de aula eu podia escutar os sons de crianças chorando, um bebê e uma criança mais velha.
Fiz meu caminho de volta pelas escadas e ao longo do corredor; a sonâmbula tinha ido embora e agora todo o lugar estava numa quietude que tranquilizou a minha mente.

Acordei com lençóis brancos resplandecentes, e os sons confusos de motores e pessoas gritando em árabe, grego ou farsi, ou nas três línguas em uma frase. Afra ainda dormia.
Quando desci, o pátio estava cheio de engradados de bananas quase pretas e caixas de fraldas. Dois homens seguravam sacos de batatas, e outros três traziam caixas etiquetadas: *lâminas de barbear, escovas de dente, blocos, canetas*. Além do coração partido pela porta aberta, havia duas vans brancas com logos assistenciais nas laterais. Entrei na área infantil, onde uma mulher punha para fora brinquedos, jogos de tabuleiro, cadernos e lápis de cor.
– Com licença – eu disse.
– Pois não? – a mulher disse. Falava inglês com um sotaque diferente.
– A senhora tem papel e lápis de cor?

– Na verdade, eles são para as crianças – ela disse.

– Meu filho está lá em cima. Ele não está bem. Pensei que ele pudesse gostar de desenhar.

A mulher enfiou a mão numa sacola e tirou um caderno e uma caixa de lápis. Entregou-os para mim, relutante, mas com um sorriso.

– Espero que ele possa se juntar a nós quando melhorar – ela disse.

Afra continuava dormindo, mas enfiei-os sob sua mão, para que ela pudesse senti-los ao acordar. Depois, me sentei por um bom tempo ao lado dela, contemplando a brancura do lençol cheio de sol da tenda, e por um momento minha mente ficou vazia. Depois, começaram a surgir imagens. Ali, a minha esquerda, estava o Rio Queiq, à direita uma rua cinza com uma árvore de *narenj*; à frente o famoso Baron Hotel; mais além, a mesquita Umayyad de Alepo, no distrito Al-Jalloum da cidade antiga, com o sol se pondo, pintando as cúpulas de laranja; naquela direção estavam os muros da cidadela, e aqui as construções desmoronando; ali, um arco arrebentado no al-Madina Souq, e para lá uma rua na região oeste, a torre de relógio Bab al-Faraj, os terraços e balcões abandonados, os minaretes. Então, o vento soprou pela janela, o lençol se mexeu e as imagens se esgarçaram. Esfreguei os olhos, virei-me para Afra. Parecia amedrontada em seu sono, estava inquieta, a respiração rápida e dizia alguma coisa, mas não entendi as palavras. Coloquei a mão em sua cabeça, alisei seu cabelo, e sua respiração foi se acalmando aos poucos, os balbucios pararam.

Uma hora depois, ela acordou, mas seus olhos permaneceram fechados. Ela estava se mexendo, seus dedos correndo sobre o caderno, e depois sobre os lápis.

– Nuri? – ela disse.

– Sim.
– Você arrumou isto para mim?
– Sim.
Houve um pequeno sorriso em seu rosto.
Ela se sentou e colocou o material no colo, correndo as mãos pelo cabelo, os olhos ainda fechados. Sua pele estava muito clara, e quando ela abriu os olhos, eles eram de um cinza metálico, as íris muito pequenas, como se tentassem impedir a luz.
– O que devo desenhar?
– O que você quiser.
– Me diga. Quero que seja para você.
– A vista da nossa casa.
Observei-a enquanto desenhava, seus dedos tracejando as marcas do lápis, seguindo cada linha como se fosse um caminho. Seus olhos cintilaram sobre o papel, e novamente se afastaram, piscando muito, então, como se houvesse uma luz reluzindo perto demais.
– Você consegue ver alguma coisa, Afra?
– Não – ela disse. – Fique quieto. Estou pensando.
Vi o desenho tomar forma, as cúpulas emergirem e os telhados em forma de terraço. No primeiro plano do desenho, ela começou a acrescentar folhas e flores que espiralavam no parapeito da sacada. Depois, matizou o céu com roxo, marrom e verde – ela não fazia ideia de que cores estava usando, só parecia saber que queria três para o céu. Contemplei-a seguindo as linhas da paisagem com a ponta dos dedos, de modo que a cor não vazasse para as construções.
– Como você faz isso? – perguntei.
– Não sei – ela disse, seus olhos sorrindo por um momento. – Está bom?
– Está muito lindo.

Por algum motivo, quando eu disse isto ela parou de desenhar, de modo que o lado direito do desenho foi deixado sem cor. Curiosamente, isto me lembrou as ruas brancas e em ruínas, com a chegada da guerra. A maneira como a cor foi descorada de tudo. A maneira como as flores morreram. Ela o entregou para mim.

– Não está acabado – eu disse.

– Está. – Ela o empurrou para mim. Depois, deitou-se de volta e, recostando a cabeça nas mãos, ficou em silêncio. Por um longo tempo, fiquei imóvel, só ali, olhando o desenho, até Neil enfiar a cabeça pela porta para dizer que tínhamos que ir embora.

9

Estou cercado de tecidos, o que parecem ser casacos, e há sapatos no chão e um aspirador de pó enfiado no canto. Está quente aqui, e acima de mim há um aquecedor. O marroquino está parado à minha esquerda, no final do corredor, olhando para mim. Caminha em minha direção e me oferece a mão, em silêncio. Não diz nada, mas tem uma expressão sombria no rosto, e me leva para o meu quarto. Afra não está ali, a cama foi arrumada e seu *abaya* não está no cabide. Mas na mesa de cabeceira do meu lado da cama há um lindo desenho dos apiários, o campo estendendo-se para longe, e amplo, as colmeias espalhadas ao redor, o sol nascendo. Ela até desenhou a cozinha e a tenda onde todos nos sentávamos para almoçar. As cores estão erradas, as linhas são grosseiras e quebradas, mas a imagem comove. Respira. Quase posso escutar o zumbido das abelhas. No campo ao longe há rosas pretas, suas cores vazando para o céu.

O marroquino coloca-me sentado na cama, desamarra meus cadarços, tira meus sapatos e ergue as minhas pernas. Seguro o desenho junto ao peito.

– Onde está a Afra? – pergunto.

— Não se preocupe, ela está bem, lá embaixo. Farida está lhe fazendo companhia.

— Quem é Farida? – pergunto.

— A mulher do Afeganistão.

Ele sai por um momento, e volta com um copo de água. Leva-o à minha boca e bebo tudo. Depois, ele ajeita os travesseiros atrás da minha cabeça, fecha as cortinas e me diz para descansar um pouco. Fecha a porta e me deixa aqui, no escuro.

Lembro-me das vielas e do som de passos correndo, da camiseta vermelha de Mohammed, mas meu corpo está pesado, minhas pernas e meus braços parecem pedras, sinto os olhos ardendo e fecho-os.

Está ainda mais escuro quando acordo. Ouço som de risada. Ele se espalha pela escuridão como toque de sinos. Desço para a sala de visitas, onde alguns moradores jogam dominó. Afra está entre eles, inclinada sobre a mesa de jantar; à sua frente há seis peças de dominós equilibradas em fileira, e com dedos firmes e uma expressão de pura concentração, ela tenta colocar a sétima na sequência. Todos em volta da mesa prendem a respiração e assistem. Ela para, sacode as mãos e ri novamente.

— OK, eu consigo! Eu consigo! Vocês vão ver!

É a primeira vez, em semanas, que a escuto falar com alguém, a primeira vez em meses que há luz e risada em sua voz.

O marroquino me vê parado à entrada da sala.

— *Geezer*! – ele diz em inglês, seus olhos animados. – Venha se sentar, jogue. Te faço um chá. – Ele puxa uma cadeira para mim e me leva até ela com a mão no meu ombro. Depois sai para a cozinha.

Os outros moradores olham para mim por um segundo, e me cumprimentam com a cabeça ou dizem oi, mas sua atenção volta-se para Afra e o dominó. Ela está endireitando as costas, as mãos um pouco trêmulas, agora, e vejo que virou a cabeça levemente em minha direção. Coloca o dominó perto demais da peça anterior, e todas desmoronam.

Todos riem, comemoram e lamentam; a afegã recolhe as peças e puxa-as para ela. É boa neste jogo. Quando o marroquino volta com o chá, ela já tem quinze peças enfileiradas, está fazendo a contagem para Afra, sentada ao seu lado.

Tomo meu chá, que está doce demais, e depois ligo para a clínica médica para informá-los que agora tenho a informação correta e quero marcar uma hora para Afra por causa da sua visão.

Quando a noite chega, faço questão de ir para a cama com Afra. Sigo-a pela escada, tentando não olhar para a porta no final do corredor. A porta do quarto de Diomande está novamente aberta, e ele está em pé de costas para nós, olhando pela janela, a forma das asas visível através da camiseta. Como se soubesse que estou olhando, ele se vira para mim.

– Boa noite – diz e sorri, e vejo que segura uma fotografia. Vem até mim e me mostra. – Esta minha mãe, estas minhas irmãs. – São todas mulheres sorridentes com dentes grandes.

No quarto, ajudo Afra a se despir e deito-me ao seu lado.

– Você teve um bom dia? – pergunto.

– Teria sido melhor com você.

– Eu sei.

Posso ouvir a voz de um menino gritando algo em árabe. Parece vir de um dos outros quartos, mas sei que aqui não há crianças, a não ser que hoje tenha chegado gente nova. Mas a voz parece estar vindo do jardim lá em baixo.

– O que você está fazendo? – Afra pergunta.

Estou parado junto da janela, olhando o pátio escuro lá em baixo.

– Você ouviu isso? – pergunto.
– É só a TV no térreo – ela diz. – Alguém está vendo TV.
– Não isso. Alguém está chamando em árabe.
– O que dizem?
– Aqui! Aqui!

Pressiono o rosto na janela. Pelo que posso ver, o pátio está vazio; exceto pela cerejeira, as latas de lixo, a escada móvel, não há ninguém e nada mais ali.

– Venha e deite-se – Afra diz. – Deite-se, feche os olhos e tente não pensar em nada.

Então, faço o que ela diz. Deito-me ao seu lado e sinto o calor do seu corpo, o cheiro das rosas. Fecho os olhos junto a ela, no escuro, mas escuto novamente a voz de uma criança, a voz de Mohammed, conheço-a, ele começa a cantar uma canção de ninar. Reconheço-a, lembra-me Sami. Ponho as mãos nos ouvidos, mas isto não bloqueia

...o canto...

dos grilos recebeu-nos quando chegamos ao parque Pedion tou Areos. Amuradas de ferro forjado estendiam-se ao longo da extensão da avenida principal que levava ao centro de Atenas.
Não conseguia parar de pensar em Mohammed. Achei que podia ouvi-lo me chamando, mas percebi que eram apenas os sons da cidade. Neil ia à frente. Tinha insistido, talvez por culpa, em segurar toda a bagagem, então tinha minha mochila em um ombro e a de Afra no outro. Antes de deixarmos a escola, tinha jogado fora todas as nossas velhas malas, e nos dado mochilas e cobertores térmicos.
– Eles construíram este lugar para comemorar a revolta contra o regime otomano em 1821! – gritou para nós.
No caminho, passamos por algumas caixas de madeira abertas, mas ele continuou avançando no bosque. Então, além das samambaias e palmeiras, vimos uma pequena aldeia de tendas e pessoas esparramadas sobre cobertores. Era um lugar sujo; até a céu aberto os cheiros eram horríveis: podridão e urina. Mas Neil seguiu em frente. Conforme adentramos mais o parque, grandes crateras marcavam as trilhas, e as ervas daninhas cresciam à solta e frágeis. Algumas

pessoas passeavam com seus cachorros, aposentados conversavam sentados em bancos, e mais para dentro ainda, viciados preparavam suas doses.

Por fim, chegamos a outra área de tendas, e Neil arrumou-nos um espaço sobre dois cobertores, entre duas palmeiras. Em frente havia uma estátua de um antigo guerreiro, e ao pé da estátua estava um homem emaciado. Seus olhos lembraram-me as crianças na escola na noite passada.

Foi muito mais tarde, depois que Neil tinha ido embora e a escuridão fechara-se à nossa volta, que comecei a notar o que havia de errado com aquele lugar. Em primeiro lugar, os homens juntavam-se em gangues, como lobos: búlgaros, gregos e albaneses. Observavam e aguardavam alguma coisa. Eu percebia isto nos seus olhos. Eram os olhos de predadores inteligentes.

A noite estava fria. Afra tremia sem dizer nada. Estava com medo ali. Envolvi-a com tantos cobertores quando pude. Não tínhamos uma tenda, apenas um guarda-sol grande que bloqueava o vento que vinha do norte. Uma fogueira próxima nos fornecia um pouco de calor, mas não o bastante para ser confortável.

Por toda volta havia barulho e risadas. Algumas crianças jogavam futebol num espaço aberto entre as árvores, meninos e meninas chutando a terra. Outros jogavam cartas ou conversavam em frente a suas tendas. Um grupo de adolescentes estava sentado em círculo sobre um cobertor. Contavam histórias uns para os outros, contos que lembravam da infância. Uma menina falava, o resto escutava com atenção, pernas dobradas, olhos captando a luz do fogo que morria.

Enquanto eu olhava, um funcionário da ONG aproximou-se deles, um homenzinho loiro com duas sacolas brancas de plástico, uma em cada mão. A menina parou de falar e todos se viraram para ele, o grupo todo tomado por animação, todos falando ao mesmo tempo. O funcionário da ONG colocou as sacolas no chão, e todos esperaram ansiosos enquanto ele tirava latas de Coca-Cola, que os adolescentes agarraram um a um. Depois que cada um tinha a sua lata, abriram-nas, rindo de excitação com os *tssss* e *pshhhh*.

Então, todos beberam ao mesmo tempo.

– Este é meu primeiro gole de Coca em três anos – disse um deles.

Eu sabia que o Estado Islâmico tinha banido a Coca-Cola por ser uma marca americana multinacional.

– É melhor ainda do que eu me lembrava – disse outro.

O funcionário da ONG me viu observando-os. Tirou uma última lata da sacola e veio até mim. Era mais novo do que eu pensava, cabelo loiro espetado e pequenos olhos escuros. Com ele veio a risada e a alegria, enquanto ele me estendia a lata, com um sorriso aberto no rosto.

– Incrível, não é? – disse.

– Obrigado. – Abri a lata e dei um pequeno gole, saboreando a doçura. Depois, estendi-a para Afra, que ainda tremia embrulhada no cobertor. Ela deu um grande gole.

– Uau, Coca-Cola? – disse. Aquilo pareceu trazer um pouco de cor ao seu rosto. Então, passamos a lata entre nós e escutamos as histórias contadas pelos jovens.

Mais tarde, depois da meia-noite, quando Afra finalmente adormeceu e seu corpo parou de tremer, notei alguns homens mais velhos andando por lá, observando os meninos e meninas. Um deles apoiava-se em muletas, o toco da sua perna nu e visível até no escuro. Agora, o homem emaciado ao pé da estátua tocava violão. Uma canção linda e triste, tão doce quanto uma canção de ninar.

— Eles também trazem você aqui?

Olhei para cima e vi a mulher negra da noite anterior. Tinha um cobertor ao redor dos ombros, e um pedaço de pão na mão.

— Não deixe de pegar comida de manhã — ela disse. — Eles trazem comida da igreja, mas acaba logo. Também trazem remédios.

Ela abriu o cobertor no chão e se sentou ao meu lado. Usava um turbante cor de esmeralda na cabeça.

De repente, do nada, um vento violento passou pelo acampamento, como se os deuses do lugar tivessem acordado. Folhas e terra seca passaram por nós, mas ela apenas esperou que tudo se acalmasse, o que me sugeriu que estivesse acostumada a esses rompantes inesperados e de curta duração do clima. Depois, enfiou a mão numa sacolinha de linho e tirou um tubo de talco, sacudiu na palma da mão uma nuvem perfumada, e espalhou-a por todo o rosto e nas mãos. Isto teve o estranho efeito de fazê-la parecer cinza, extinguindo, subitamente, a vida e a luz das suas faces. O tempo todo ela me olhava.

— Eles roubam crianças aqui — disse. — Agarram elas.

Por entre a folhagem, olhos masculinos brilhavam ao luar.

— Por que eles fariam isso?

— Para vender seus órgãos. Ou por sexo. — Mais uma vez, ela disse isto casualmente, como se tivesse ficado imune a essas coisas. Eu não queria escutar aquela mulher, e desejei não poder ver as sombras movendo-se na mata. Notei, novamente, que seus seios vazavam, nódoas recentes e úmidas em seu top branco.

— Minha mente está doente — ela disse, batendo na testa. Depois, beliscando a pele do interior do braço: — Sou uma morta. Fiquei escura por dentro. Sabe o que isto significa?

Seus olhos escuros cintilavam à luz do fogo, os brancos levemente amarelos. Seus traços tinham um arredondado, uma plenitude, uma maciez, uma transparência; transpareciam em suas expressões e nos gestos das suas mãos, contudo, eu queria me afastar dela porque não queria saber. Minha cabeça tinha coisas demais agora; não havia espaço para mais nada. As manchas úmidas no seu top ficavam atraindo o meu olho, era pior do lado esquerdo, como se seu coração estivesse vazando, e tentei não olhar.

– Você não pode sair daqui. Sabe disto? – ela disse.

Não respondi. Estava pensando em Mohammed. Ver aqueles homens no bosque trouxe-me novas questões. Será que alguém o teria levado? Teriam atraído-o ou o agarrado à noite, enquanto dormia?

– As fronteiras foram fechadas, sabia? – ela continuou. – Todo mundo está vindo e não muitos estão indo, e não posso voltar. Sou uma morta. Quero sair daqui. Quero arrumar trabalho. Mas ninguém me quer.

Debaixo de uma árvore, um dos homens mais velhos conversava com uma menina. Ela tinha, provavelmente, onze ou doze anos, mas sua atitude fazia com que parecesse muito mais velha; havia algo notoriamente sexual na maneira com que se recostava na árvore.

– Sabe por que Ulisses fez sua viagem? – a mulher disse, então, me cutucando, e desejei que ficasse quieta. Virei-me para ela por um segundo, e quando olhei de volta o homem e a menina tinham desaparecido. Senti-me nauseado.

– Ele foi de Ítaca para Calipso para sabe deus onde, toda essa viagem para achar o quê?

Havia uma intensidade nela, na maneira como se inclinava para mim, na maneira como empurrava minha perna se eu tirasse os olhos dela.

— Não sei — respondi.
— Para reencontrar sua casa — ela disse.

E então, ficou quieta por um longo tempo. Talvez tivesse sentido que eu realmente não queria falar, e ficou ali sentada com as mãos entrelaçadas no colo. Tinha uma presença forte, os olhos grandes, totalmente alertas. Por mais que eu tentasse ignorá-la e fingir que ela não estava ali, não conseguia.

— Como você se chama? — perguntei.
— Angeliki.
— É um nome grego.
— É. Significa anjo.
— De onde você vem?

E mais uma vez esta pergunta pareceu perturbá-la. Recolheu seu cobertor, passou-o ao redor dos ombros, e saiu pela noite, pegando algo no chão ao longo do caminho.

Deitei-me ao lado de Afra, mas não consegui dormir. Escutava gritos estranhos vindos do fundo do bosque, de raposas, gatos ou pessoas. O homem sentado ao pé da estátua continuava ali. À luz do fogo que morria, notei que ele tinha arranhões nos braços. Feridas vermelhas e em carne viva, como se tivesse sido atacado por um animal.

E embora minha mente estivesse inquieta, fechei os olhos com força. Não queria ver nem saber mais nada.

Pela manhã, havia reza e mais tarde Pedion tou Areos era como um playground. O sol brilhava por entre as folhas das árvores, um dossel de esmeralda, de modo que me lembrei de Angeliki ali sentada na noite anterior, com seu turbante verde. Entre os refugiados havia habitantes locais, velhas com sacolas de comida; caminhavam por ali entregando pacotes.

Notei uma jovem mãe sentada sobre um cobertor, um *hijab* azul-celeste enrolado frouxo sobre sua cabeça. Segurava um bebê minúsculo, provavelmente com apenas semanas de vida, as mãos e pernas como gravetos apontando fora do cobertor. Era como se ela segurasse algo morto, embalasse algo morto nos braços, como se seus olhos soubessem, mas o corpo não. Uma velha grega ajoelhou-se no chão ao lado deles, ajudando a mãe a amamentar o bebê na mamadeira, mas o bebê não aceitou. A velha desistiu, e em vez disso encheu um grande copo de leite condensado e encheu um prato de papel com biscoitos de chocolate, e deu-os para a mãe, incentivando-a a comer e beber, levando o copo até sua boca, sempre que ela parava.

— *Pies to olo*, beba tudo — disse a velha em grego e em inglês, e a jovem mãe pareceu entender uma das línguas e engoliu tudo, estendendo o copo para receber mais. A velha deu-lhe mais um copo e então, depois que ela terminou, pegou as mãos da mãe nas dela, e limpou-as com toalhinhas de bebê, massageando-as com creme. Os olhos da mãe estavam tristes, azuis como o mar, e distantes.

— Linda Mahsa — disse a velha senhora, e beijou a testa do bebê.

Mahsa. O bebê era uma menina. Observei a facilidade entre as mulheres, a maneira como interagiam com tão poucas palavras. Elas se conheciam; provavelmente, a velha senhora tinha estado ali muitas vezes.

— *Den echies gala?* — a velha disse, e em resposta a mãe pressionou o seio com a palma da mão e sacudiu a cabeça.
— *Ochi* — disse.

Notei novamente o homem ao pé da estátua. Seu violão estava em seu colo, um belo instrumento, quase um alaúde, mas não exatamente. Ele dedilhou as cordas e então tocou uma melodia curta. O instrumento produziu um aluvião de sons, uma harmonia súbita, como uma chuvarada num dia ensolarado, ecoando suavemente de sua caixa de madeira.

O rosto do homem ficou contraído, quando ele parou abruptamente de tocar e continuou a afinar. Depois de um tempo, pousou o instrumento junto aos pés e enrolou um cigarro. Levantei-me e sentei-me ao seu lado, à sombra da estátua. Havia algo de caloroso no rosto daquele homem, convidativo, mesmo em seu silêncio.

– Bom dia – ele disse em farsi, numa voz tão grave e melódica quanto sua música, e me ofereceu o cigarro que tinha acabado de enrolar.

– Não, obrigado – eu disse em árabe. – Não fumo. – E naquele momento nós dois começamos a rir perante a estranheza da nossa situação. Ali estávamos nós, na Grécia, um homem falando em árabe, o outro em farsi.

– Você fala inglês?

Os olhos do homem iluminaram-se. – Falo! Não muito, muito bem, mas falo! Graças aos deuses, encontramos a mesma língua. – Havia um humor real naquele homem; ele cantava enquanto falava.

– De onde você é? – perguntei.

– Do Afeganistão, perto de Cabul. Você é da Síria?

– Sou.

Suas unhas eram longas, e embora ele não fosse um homem encorpado, havia uma sugestão de força em seus movimentos.

– Gosto do seu violão – eu disse.

– Este instrumento é um *rebab*. Significa "porta da alma". – Então, ele me disse que seu nome era Nadim.

Permaneci sentado no degrau ao seu lado, enquanto ele pegava o *rebab* e recomeçava a tocar, uma melodia lenta e tranquila que gotejava pelo espaço em ondas profundas.

Observei Afra, que acordava e se estendia do cobertor, apalpando à volta para ver se eu estava lá. Quando não me encontrou, suas feições se contraíram e ela me chamou. Fui até ela imediatamente, e toquei sua mão, vendo como seu rosto se suavizava. Em parte fiquei satisfeito ao ver esse medo nela ao pensar que tinha me perdido, porque significava que ainda me amava, que mesmo trancada em si mesma, ainda precisava de mim. Desembrulhei os sanduíches que haviam deixado para nós, e passei um para ela.

Depois de um tempo, ela disse: – Nuri, quem está tocando a música?

– Um homem chamado Nadim.

– É linda.

Com o passar das horas, a música envolveu-nos, e quando Nadim parou de tocar e tirou um cochilo, a ausência da música subitamente abriu uma porta para outros sons: gravetos estalando e quebrando na mata, murmúrios, cochichos e crianças brincando. Quis acordá-lo e dizer para ele tocar sua música para sempre, assim até eu morrer não ouviria mais nada, a não ser a melodia comovente do *rebab*. E se Angeliki estivesse certa, se jamais pudéssemos deixar aquele lugar, então Afra e eu morreríamos ali com os predadores da noite e os heróis de uma batalha que nos era desconhecida.

Quando o sol se pôs, a fogueira foi acesa e o lugar encheu-se de fumaça e do cheiro de lenha queimada. Pessoas reuniram-se em volta do seu calor e me lembrei de Farmakonisi. Mas naquela ilha as pessoas eram diferentes. Aqui era como se estivéssemos vivendo à sombra mais escura de um eclipse solar.

Afra andava ainda mais quieta do que o normal. Eu achava que ela estava escutando os sons do bosque, que podia perceber o perigo ali, mas ela não fez nenhuma pergunta. Na maior parte do tempo, ficava enrolada num cobertor grosso.

Nadim foi-se por um tempo e voltou um pouco mais tarde, tomando seu lugar costumeiro ao pé da estátua. Mas não pegou seu *rebab*, embora eu esperasse pela música; precisava dela como água. Minha mente estava muito cheia de fissuras.

A mãe com o *hijab* azul tentava amamentar seu bebê ao seio; a pequena Mahsa tinha a boca ao redor do mamilo e sugava um pouco, mas parecia não haver leite e a mulher apertava seu seio com a mão, frustrada, o rosto afogueado de irritação. E então, Mahsa desistiu e voltou a ficar apática. A mulher começou a chorar, enxugando as lágrimas com as costas da mão.

Vendo as lágrimas da mulher e a facilidade com que caíam, dei-me conta de que Afra não tinha chorado por Sami. A não ser naquele dia em Alepo, quando estávamos escondidos no buraco do jardim, ela não tinha derramado uma lágrima. Não chorou quando Sami morreu. Em vez disto, seu rosto petrificou-se.

Nadim saiu e sentou-se ao meu lado no cobertor, olhando Afra por um tempo. Eu me perguntei se ele percebia que seus olhos estavam fixos nela, ou se estava apenas perdido em seus próprios pensamentos. De qualquer modo, quebrei seu olhar.

– Então, de onde você disse que veio?

O rosto de Nadim mudou de repente e ganhou vida. – Cabul!

– Você gostava de lá?

– Claro. Era minha casa. Cabul é muito agradável.

– Por que você foi embora?

— Porque o Talibã não gosta que a gente toque música ali. Eles não gostam de música.

Mas havia mais coisa, dava para eu sentir pela maneira com que ele parou abruptamente e pegou uma pinha sem qualquer motivo, examinando-a antes de atirá-la na mata.

— Foi por isso que você foi embora? — perguntei.

Houve alguma hesitação, como se ele refletisse se diria mais, e ao mesmo tempo me analisando. Depois de um tempo não tão longo, e com uma voz deliberadamente mais baixa, ele disse:

— Eu trabalhava no Ministério da Defesa. Então, o Talibã me ameaçou. Eu lhes disse que não consigo matar pessoas. Não consigo nem matar formiga. Como vocês esperam que eu mate pessoa?

E então, ele tornou a se calar, e isto foi tudo. Tinha me jogado fragmentos minúsculos de uma história muito mais ampla e mais longa. Nadim ficou quieto, mas havia algo desconfortável no silêncio daquele homem, então fiquei satisfeito quando ele voltou a falar com aquela voz melodiosa que agora parecia distrair de algo mais.

— Você sabe o nome deste parque? — ele perguntou.

— Sim, Pedion tou Areos...

— Pedion significa "praça". Areos era o deus da guerra. Amava assassinato e sangue. Você sabia disto? A velha que traz comida me contou.

— Eu não sabia.

— Ele amava assassinato e sangue — Nadim repetiu essas palavras devagar, enfatizando cada uma delas. — E veja, eles fizeram um parque para ele! — disse. Abriu os braços, com as palmas da mão abertas, da maneira como Neil havia feito quando apresentou a mim e a Afra nosso quarto temporário na escola, e as feridas em carne viva e sangrentas na pele fina do seu antebraço cintilaram como fitas vermelhas à luz da fogueira. Um vento soprou, nuvens juntaram-se, e a escuridão à nossa volta ficou mais aparente, ameaçando sufocar a luz do fogo. Eu tinha uma estranha sensação de que precisava ser simpático com aquele homem.

– Quando você aprendeu a tocar *rebab*? – perguntei.

Minha pergunta fez abrir um amplo sorriso no rosto de Nadim, e ele se inclinou para a frente com olhos brilhantes. Tive uma sensação esquisita de assistir a alguém afiando uma faca.

– Ouça história – ele disse. – Meu pai, em Cabul, era músico. Muito bom, famoso. Tocava *tabla*[15]. – Nadim bateu as mãos em tambores invisíveis. – Então eu sento e olho ele. Todo dia eu olho ele tocar *tabla*, olho e escuto – ele tocou o ouvido intencionalmente, seguido pelo canto do olho. – Um dia, quando eu tinha oito ou nove anos, meu tio pediu ajuda dele lá fora e eu sento à *tabla* e começo a tocar. Meu pai entra com olhos e boca abertos. Estava muito surpreso! Ele diz para mim: "Nadim! Como você aprende a tocar, meu filho?" Como aprendo a tocar? Porque eu olho ele. Eu olho ele e ouço todos esses anos. Como eu não aprendo a tocar? Me diga!".

Vi-me perdido na história, cativado pela voz melódica de Nadim, aumentada pelas imagens do menino em uma casa em Cabul, tocando a *tabla*, e por um momento esqueci a pergunta que tinha feito, que ficou sem resposta. Mas Nadim batia o pé num ritmo silencioso, satisfeito consigo mesmo. Enrolou um cigarro, acendeu-o, e embora reclinasse para trás, parecendo estar com o corpo relaxado, seus olhos

---

[15] Instrumento de percussão originário do norte da Índia, com dois tambores, lembrando um bongô. [N.T.]

permaneceram aguçados. Percorriam as pessoas, penetravam nas sombras, olhando e aguardando, exatamente como os homens na mata.

Os grilos cantavam em uníssono, depois se aquietaram por um breve momento, um intervalo, como se fossem um corpo que respirasse e parasse subitamente, antes de o som recomeçar, um zumbido encorpado e sincopado que se estendia muito além e escavava as profundezas da mata e do desconhecido.

Grupos de homens rondavam, novamente, junto às árvores, alguns sentados em bancos, fumando. Nessa noite havia brincadeiras e risadas. Nadim segurava um cigarro aceso, sem fumar, seu braço pousado casualmente sobre a perna, e não pude deixar de notar aqueles machucados, as profundas linhas vermelhas na pele fina dos antebraços, como marcas de arranhões violentos de animais selvagens. Ele tirou o celular do bolso e estava digitando uma mensagem. Esperei que terminasse e perguntei se ele tinha uma conexão com a internet.

– Tenho – ele disse.

– Você se importaria se eu verificasse meus emails?

Sem hesitação, Nadim destravou seu celular e passou-o para mim. Depois, ficou ali sentado, em sossego, e acendeu seu cigarro.

Mais uma vez, havia emails de Mustafá:

15/03/2016

Caríssimo Nuri,
Não tenho notícias suas há um tempo, e espero que tenha chegado bem em Atenas.

Demorei a pôr os pés no chão. Estou esperando para ver se consegui asilo, e enquanto isto, me ofereci em uma associação de apicultores na cidade onde vivo. Fiz alguns amigos aqui, mas sou um apicultor sem abelhas. Só preciso de uma colmeia para começar, então coloquei um anúncio no Facebook, perguntando se alguém tem uma colmeia para doar. Estou ansioso para ver se chega alguma resposta.

Espero receber notícias suas logo. Não se passa um dia sem que eu pense em você e Afra.

Mustafá

25/03/2016

Caro Nuri,

Uma mulher de uma cidade não muito longe daqui respondeu ao meu anúncio. Não me ofereceu apenas uma colmeia, mas uma colônia de abelhas pretas britânicas, que até recentemente acreditavam estarem extintas. Isto é como um tesouro. Planejo dividir sete vezes a colmeia. Meu objetivo é cooperar com a comunidade para melhorar a linhagem. Normalmente, os apicultores da Grã-Bretanha têm abelhas italianas exportadas da Nova Zelândia, mas estas abelhas nativas são muito mais aptas a enfrentar o clima louco daqui. Houve um grande colapso de colônias; a abelha europeia não está sobrevivendo bem. Acho que estas abelhas pretas poderiam ser a resposta, e já sei que outras pessoas concordam. E, Nuri, neste país há campos de colza e bancos de urze e lavanda! Como chove demais, ele está cheio de flores. E muito verde. Mais do que você pode imaginar. Onde há abelhas, há flores, e onde há flores há vida nova e esperança.

Você se lembra dos campos que cercavam os apiários? Eram lindos, não eram, Nuri? Às vezes, eu me lembro do dia do fogo, mas tento não pensar nessas coisas. Não quero me perder naquela escuridão.

Espero logo receber notícias suas; temos coisas a fazer juntos! Estou esperando você. As abelhas estão esperando você!

Mustafá

— A mensagem te fez sorrir — Nadim disse.
Por um minuto, eu tinha me esquecido de onde estava. Olhei para cima e vi o sol ateniense sorrindo em meio às árvores.
— Meu primo está na Inglaterra — eu disse. — Está me animando a ir para lá.
— É uma viagem difícil — Nadim disse, rindo. — Ele é um homem de sorte por ter chegado lá.
Por um tempo, fez-se um silêncio entre nós e não consegui pensar em mais nada a não ser nos campos de colza, e nas ribanceiras de urze e lavanda. Podia ver tudo aquilo na minha mente tão claro e vibrante quanto uma das pinturas de Afra. Mas os sons dos grilos invadiram meus pensamentos.
— É como se a mata não terminasse nunca — eu disse.
— Não, não é assim. A cidade está por toda volta. Civilização. — Nadim sorriu, então, com uma espécie de alegria, e houve um lampejo súbito de uma personalidade diferente, um tipo de gozação ou malícia vinda de alguém que sabe mais do que dá a perceber.
— Faz muito tempo que você está aqui? — perguntei.
— Faz. — Mas esta palavra pareceu definitiva, e eu nem sabia mais o que significava "muito tempo". Seriam semanas, meses, anos ou séculos, como aqueles heróis da antiguidade moldados aqui em pedra?
Naquele momento, notei algo muito estranho. Foi tão rápido que se eu tivesse desviado o olhar por um momento, teria perdido aquilo. Um dos homens num banco próximo,

sentado de costas para nós, virou a cabeça sobre o ombro e encarou Nadim. Houve um reconhecimento familiar, um rápido aceno de cabeça, seguido por uma mudança súbita nos movimentos de Nadim, um nervosismo, uma contração dos dedos e da pele ao redor dos olhos. Isto fez com que eu prestasse mais atenção. Nadim esperou um pouco, batendo o pé no chão em seu ritmo secreto, e por fim levantou-se, pegou uma garrafa de água de onde estivera sentado mais cedo, despejou um pouco nas mãos e passou-as pelo cabelo. Isto não era muito incomum, mas o que aconteceu depois disto foi que pareceu o mais estranho de tudo.

Ainda passando as mãos pelo cabelo molhado, Nadim aproximou-se de dois meninos adolescentes, gêmeos, que haviam chegado um dia antes. Estavam sentados em um cobertor debaixo de uma árvore, as roupas esfarrapadas, a pele suja; eram novos ali e estavam amedrontados, mas havia uma descontração de menino entre eles, um dizia uma coisa, o outro ria, e eles se cutucavam. Vi Nadim sentar-se ao lado deles em seu cobertor, apresentar-se apertando suas mãos.

A essa altura, o homem debaixo da árvore, o que tinha acenado com a cabeça para Nadim, tinha ido embora.

Então, Nadim enfiou a mão no bolso do jeans e tirou um pouco de dinheiro. Pelo que pude ver, deu cerca de quarenta euros para cada um dos gêmeos. Era uma quantia enorme para dois meninos que, provavelmente, tinham vivido de catar comida em latas de lixo.

– Nuri – Afra disse, desviando a minha atenção –, o que você está fazendo?

– Só olhando.

– Olhando quem?

– Não gosto daqui – eu disse.

– Nem eu.
– Tem alguma coisa errada.
– Eu sei.

E apenas essas palavras, saindo da boca e da mente da minha esposa acalmaram-me. Peguei sua mão, apertei-a, beijei-a. A cada beijo, eu dizia: – Eu te amo. Eu te amo, Afra, eu te amo, eu te amo.

Contei-lhe sobre Mustafá na Inglaterra, o que ele havia escrito sobre sua colmeia e as abelhas pretas britânicas, e ela se deitou de costas e me escutou. Pela primeira vez vi um pequeno sorriso surgir em seus lábios.

– Que tipo de flores tem lá?
– Tem campos de lavandas e urzes.

Então, ela ficou calada por um tempo. – Acho que as abelhas são como nós – ela disse. – São vulneráveis como nós. Mas então existem pessoas como Mustafá. Existem pessoas como ele no mundo, e essas pessoas trazem vida, e não morte. – Ela se calou novamente, pensativa, e depois cochichou: – Nós vamos chegar lá, não vamos, Nuri?

– Claro que vamos – eu disse, embora, na verdade, não acreditasse nisto àquela altura.

Naquela noite, tentei imaginar que os grilos eram abelhas. Podia ouvi-los a toda minha volta. O ar, o céu e as árvores estavam cheios de abelhas da cor do sol. Percebi que não havia respondido a Mustafá; algo em Nadim tinha me distraído, alguma coisa que eu não conseguia explicar havia me afastado do que eu precisava fazer. E os grilos cantavam, e afastei o som e imaginei as abelhas. Voltei a pensar na minha mãe e em seu leque de seda vermelha. *Yuanfen. Destino. Uma força que junta duas pessoas.*

Foi minha mãe quem me apoiou quando quis me tornar apicultor. A decepção do meu pai havia feito com que ele se encolhesse. Nas semanas depois que comuniquei que não trabalharia na loja, que não assumiria os negócios da família, ele pareceu ficar muito menor. Estávamos sentados na cozinha, depois de uma refeição vespertina. Era junho, já fazia muito calor, e ele tomava *ayran*[16], com sal e hortelã. Os cubos de gelo tilintavam no copo. Minha mãe estava jogando as sobras na lata de lixo. Era como se ele soubesse que eu tinha algo a dizer de que ele não gostaria, porque ficou olhando para mim por cima da borda do copo, um vinco no rosto, a aliança de ouro reluzindo à luz do sol que se punha. Ele já era um homem pequeno, mal possuía alguma gordura em seu corpo, tinha nós dos dedos destacados e um pomo de Adão proeminente que se movia visivelmente quando ele falava, mas sua presença era grande, seu silêncio e contemplação frequentemente enchiam a sala.

— Bom? — ele disse.

— Bom? — respondi.

— Quero que amanhã você vá ao atacadista de manhã. Precisamos de mais seda amarela com a estampa de diamante.

Concordei com a cabeça.

— Depois, você vem para a loja e eu te mostro como fazer as cortinas. Você pode me observar na primeira vez.

Voltei a concordar com a cabeça. Ele bebeu seu *ayran* de uma só vez, e levantou o copo para minha mãe voltar a servir. Mas minha mãe estava de costas para nós.

---

[16] Bebida refrescante feita com iogurte, água, hortelã e sal, geralmente a partir do leite de ovelha, muito popular na Armênia, no Irã, na Turquia e outros países, sob diferentes nomes. [N.T.]

– Vou fazer o que você quer por mais um mês – eu disse.
Ele pousou o copo na mesa, ainda vazio.
– E o que vai acontecer depois desse mês? – Sua voz estava densa de uma raiva ameaçadora.
– Vou me tornar apicultor – disse naturalmente, colocando as mãos na mesa.
– Então você está me dando um aviso prévio?
Concordei com a cabeça.
– Como se eu não fosse seu pai.
Dessa vez, eu não balancei a cabeça.
Ele olhou pela janela, o sol ardendo em seus olhos, deixando-os cor de mel.
– E o que você entende de apicultura? Onde vai trabalhar? Como vai ganhar a vida?
– Mustafá me ensinou...
– Ah! – ele disse. – Mustafá. Aquele menino é maluco. Eu sabia que ele te levaria para o mau caminho.
– Ele não me levou para lugar nenhum. Ele me ensinou.
Ele resmungou.
– Vamos construir colmeias juntos.
Outro resmungo.
– Vamos criar um negócio.
Dessa vez houve um silêncio, um longo silêncio e seus olhos abaixaram-se; pela primeira vez senti seu desapontamento silencioso e uma culpa profunda no meu coração que me assombraria anos a fio. Enquanto minha mãe lavava a louça, virava-se de vez em quando para olhar para mim, concordar com a cabeça, incentivar-me, mas não consegui dizer mais nada depois disso, e passaram-se cerca de quinze minutos até meu pai voltar a falar.
– Então, a loja morrerá comigo.
E esta foi a última coisa que ele falou a respeito. Segundo ele, eu tinha tomado minha decisão e não havia nada mais

a discutir. Mas nos dias e semanas que se seguiram, vi-o diminuindo, ficando menos urgente, menos decidido em suas ações, enquanto cortava, costurava ou media, como se tivesse perdido o fogo que o havia impelido.

E naquele momento pensei, ali deitado, olhando para o céu ateniense, que se eu tinha sacrificado a felicidade do meu pai para me tornar um apicultor, então tinha que descobrir uma maneira de chegar até Mustafá. Ele havia me encontrado todos aqueles anos atrás, tinha me tirado da loja escura e me levado para os campos agrestes à beira do deserto, e agora eu precisava manter a promessa que fizera a ele. Descobriria uma maneira de chegar à Inglaterra.

Acordei no adiantado da noite. Agora, o fogo não passava de uma centelha. As crianças dormiam. Um bebê chorava; era como se o som estivesse vindo de dentro do bosque, mas não poderia ser. Angeliki estava envolta em um cobertor, recostada numa árvore ao nosso lado. Seus lábios estavam bem abertos, as mãos no colo, os seios ainda vazando. Perguntei-me de onde ela teria vindo, onde estava sua família, quem ela havia deixado para trás. Queria lhe perguntar mais uma vez: Angeliki, por que você partiu? Qual é o seu verdadeiro nome? Onde está sua bebê?

Refleti sobre essas questões ali, na floresta iluminada pelo luar, cercado pelo zumbido dos grilos. Agora havia uma suavidade na escuridão, como no período noturno das histórias de *As mil e uma noites*, o tipo que minha mãe costumava me contar nos dias em que olhava pela janela para um país que fervilhava de poder, corrupção e opressão, e eu via sua frustração, sua raiva e, às vezes, seu medo, enquanto lia.

Havia algo relacionado ao movimento do tempo nessas histórias, que eu amava e temia ao mesmo tempo. Noite após noite, monstros saíam do mar. Noite após noite, eram contadas histórias para adiar uma decapitação. Vidas eram destruídas em noites. O período noturno era cheio de gritos dos abatidos pela dor.

Angeliki mexeu as mãos no colo. O bebê continuava chorando, mas eu não conseguia perceber de onde vinha o choro. Não queria voltar a dormir porque aquele lugar não era seguro. Havia algo muito errado ali. Lembrei-me de como os seios de Afra costumavam vazar quando Sami chorava. Escutar Sami, cheirá-lo, sentar na cadeira onde costumava alimentá-lo fazia os seios de Afra soltarem leite, como se sempre houvesse um cordão invisível entre eles. Eles se comunicavam sem palavras pela parte mais primitiva da alma. Lembro-me dela rindo sobre isto, dizendo que se sentia como um animal, e como ela percebia que éramos menos humanos em nossos momentos de maior amor e maior medo. Naqueles primeiros dias como mãe, ela não pintou; estava exausta e totalmente preocupada com Sami. Mais tarde, quando retomou a tela nas horas em que ele dormia, as paisagens foram as mais belas, as mais vivas, com mais profundidade na escuridão e um cintilar luminoso na luz.

Quando o choro parou, os olhos de Angeliki fecharam-se totalmente. Agora eu pensava em Nadim e na maneira como ele enfiou o dinheiro nas mãos daqueles meninos. Meus pensamentos foram para Mohammed, e mais do que nunca passei a temer mais por ele. E então, o pior de tudo, pensei em Sami. Primeiro em seu sorriso. Depois, no momento em que a luz deixou os seus olhos e eles viraram vidro. Não queria pensar em Sami. Nunca queria pensar em Sami. Olhei para o vasto céu e para as estrelas e eles se metamorfosearam em imagens que não consegui afastar da minha mente.

Noite após noite, os predadores saíam da mata. Nadim foi ficando cada vez mais amigo dos dois meninos, e conforme as noites passavam os meninos desapareciam e reapareciam no mesmo lugar, cada vez parecendo mais perturbados do que antes. Mas tinham sapatos novos, e até um celular novo, e brincavam um com o outro, lutavam e riam, e se agarravam, principalmente nas primeiras horas da manhã, quando voltavam de onde quer que tivessem estado. Então, dormiam até o final da tarde, mesmo quando o sol brilhava sobre eles, seus corpos imóveis, as mentes desligadas.

Noite após noite, Angeliki dormia encostada na árvore, ao nosso lado. Acho que se sentia segura junto a nós. Eu me perguntava se ela ainda ia até a velha escola. Parecia tão distante, agora, tanto tempo atrás, embora provavelmente fizesse apenas uma semana, talvez duas, que tínhamos vindo a este lugar.

Eu tinha dado os lápis e o caderno para Afra, mas desta vez ela não os pegou; empurrava-os para longe, até dormindo. Sua mente estava exausta e preocupada. Escutava os sons a sua volta, reagia às brincadeiras e aos choros das crianças com expressões faciais. Tinha medo por elas. Às vezes, me perguntava quem se escondia na mata. Eu dizia que não sabia.

Em alguns dias, pessoas embalavam seus pertences e partiam, embora eu não fizesse ideia de para onde estavam indo. Em Leros, as pessoas eram escolhidas pelo país de origem.

Havia um ranking. Os refugiados da Síria tinham prioridade; foi isto que nos disseram. Os refugiados do Afeganistão e do continente africano tinham que esperar mais tempo, ou talvez para sempre. Mas ali no parque parecia que todos tinham sido esquecidos. Em alguns dias chegavam novas pessoas, trazidas por um funcionário da ONG, segurando novos cobertores. Adultos e crianças com olhos assustados e cabelo lambido pelo mar.

10

Levo Afra à clínica médica para sua consulta. É uma clínica grande e aqui tem um médico que fala árabe. O dr. Faruk é um homem baixo e rechonchudo, provavelmente em torno dos cinquenta anos. Seus óculos estão na mesa a sua frente, ao lado de uma placa de bronze com o seu nome. Seus olhos são iluminados pela tela do computador. Ele diz que quer registrar certos detalhes, inteirar-se da história de Afra antes de examiná-la. Faz perguntas sobre o tipo de dor em seus olhos. É uma dor intensa ou fraca? É nos dois olhos? A senhora tem dores de cabeça? Vê luzes que piscam? Afra responde suas perguntas, e depois ele puxa uma cadeira e senta-se ao lado dela. Tira sua pressão, e escuta seu coração com um estetoscópio. Por fim, ilumina cada olho com uma minilanterna. Primeiro o olho direito, parando ali por um momento; depois o esquerdo, parando novamente, depois de volta ao direito. Repete o processo mais algumas vezes, e depois fica ali, observando-a por um tempo, como que refletindo, ou confuso.

– A senhora diz que não consegue ver nada?
– Sim – ela responde.

Ele torna a iluminar seus olhos com a lanterna. – A senhora consegue ver alguma coisa agora?

– Não – ela diz, mantendo-se imóvel.

– Não consegue perceber nenhuma mudança? Uma sombra ou algum movimento ou luz?

– Não – ela diz. – Absolutamente nada.

Percebo um tremor na sua voz, ela está ficando nervosa, e o doutor também deve ter notado, porque larga a lanterna e não faz mais perguntas. Ele senta novamente à sua mesa, coçando o lado do rosto.

– Sra. Ibrahim – ele diz –, a senhora pode me explicar como ficou cega?

– Foi uma bomba – ela responde.

– Pode me contar um pouco mais sobre isso?

Afra mexe-se na cadeira, rodando a bolinha de gude nos dedos.

– Sami, meu filho, estava brincando no jardim. Eu deixei ele brincar debaixo da árvore, mas fiquei observando-o da janela. Não tinha havido bombas por dois dias, e pensei que não teria problema. Ele era uma criança, queria brincar no jardim com os amigos, mas não tinha sobrado nenhuma criança. Não podia ficar dentro de casa o tempo todo, era como uma prisão para ele. Vestiu sua camiseta vermelha preferida, o short jeans, e me perguntou se podia brincar no jardim, e quando olhei nos seus olhos não consegui dizer não, porque ele era um menino, dr. Faruk, um menino que queria brincar. – A voz de Afra estava forte e firme.

– Eu entendo – ele disse. – Por favor, continue.

– Primeiro, escutei um assobio no céu, e corri para fora para chamar ele. – Ela para de falar e inspira abruptamente, como se tivesse acabado de vir à tona. Gostaria que ela parasse de falar agora. – Ao chegar à porta, houve uma forte explosão, uma luz forte no fundo do jardim, tenho certeza, não foi logo perto do Sami, mas foi muito forte, foi tão alta que o céu se abriu.

Notei o som de cadeiras mexendo-se nas outras salas, a risada de uma criança.

– E aí, o que aconteceu?

– Não sei. Eu estava segurando o Sami nos braços, meu marido estava do meu lado e eu podia escutar a voz dele, mas não conseguia ver nada.

– Qual foi a última coisa que a senhora viu?

– Os olhos do Sami. Estavam olhando o céu.

Afra começa a chorar de uma maneira que eu nunca tinha visto. Ela se dobra, e o choro vem do peito. O médico levanta-se e se senta ao lado dela e eu sinto que estou distante, que há um deserto crescente entre mim e eles. Posso ver o médico oferecendo-lhe um lenço de papel, depois lhe dando um pouco de água, e posso ver o corpo de Afra dobrado, mas não consigo escutá-la, e ele está dizendo alguma coisa, palavras gentis, palavras de condolências, mas meu coração bate forte demais para que eu escute qualquer coisa do lado de fora, e estou muito longe deles. Agora, a voz do médico está mais alta e tento focar. Ele está se sentando a sua mesa, com os óculos no nariz, olhando direto para mim. Percebo que ele disse algo que não escutei. Então, ele olha para Afra.

– Sra. Ibrahim, suas pupilas estão reagindo à luz, dilatando-se e contraindo-se exatamente da maneira que eu esperaria que fizessem se a senhora pudesse enxergar.

– O que isto quer dizer? – ela pergunta.

– Não tenho certeza, por enquanto. A senhora precisará tirar alguns raios-X. Existe uma possibilidade de que a força da explosão, ou a luz forte, tenha danificado sua retina de algum modo, mas também é possível que a cegueira que a senhora vem vivenciando seja o resultado de um trauma severo.

Às vezes, nosso corpo encontra maneiras de enfrentar quando nos deparamos com coisas que vão além do que podemos suportar. A senhora viu seu filho morrer, sra. Ibrahim, e talvez alguma coisa na senhora teve que se desligar. De certa maneira, acontece algo semelhante quando desmaiamos ao levar um choque. Não posso garantir que foi isto. Só teremos a resposta quando a senhora fizer mais exames. – Por aquele breve momento, assim que termina de falar, ele parece muito menor, as mãos entrelaçadas, os olhos indo de quando em quando para o lado esquerdo da sala, para uma fotografia em um armário de uma linda moça nos seus vinte anos, com capelo e toga de formatura. Ele me flagra olhando e desvia o olhar.

Depois, ele rabisca em um papel e diz: – Como vai o senhor, sr. Ibrahim?

– Está tudo bem comigo.

Noto, pelo canto do olho, que Afra endireitou as costas.

– Na verdade, dr. Faruk – ela diz –, não acho que meu marido esteja bem.

– Qual é o problema? – ele olha de Afra para mim.

– Só estou tendo um pouco de dificuldade para dormir – eu digo. – Estou achando difícil pegar no sono.

Posso ver Afra sacudindo a cabeça. – Não – ela diz. – É mais do que isto...

– Não, eu estou bem.

– Pode me contar mais, sra. Ibrahim?

– Ninguém consegue me escutar?

Ela pensa por um tempo, buscando na mente e diz: – Não consigo dizer o que é, dr. Faruk, mas sei que tem alguma coisa errada. Esse não é meu marido.

Agora, o dr. Faruk olha diretamente para mim. Eu rio.

– Sinceramente, Afra, estou com falta de sono, só isto. Acabo tão cansado que adormeço em todo tipo de lugar ridículo. – Minha risada parece não fazer efeito em nenhum dos dois.

– Como onde, por exemplo?

– No armário de tralhas– Afra diz. – E no jardim.

O médico franze a testa, e posso ver que está refletindo atentamente sobre isso.

– Mais alguma coisa incomum?

Os dois estão me ignorando. Olho do médico para Afra. Rapidamente, ela desvia o olhar.

– Ele mudou em Istambul. Ele... – Afra hesita.

– Ele...?

– Ele fala alto consigo mesmo, ou melhor, com alguém que não está ali.

– Dr. Faruk, eu realmente gostaria de alguns comprimidos para dormir que me ajudassem a descansar, e depois que isto acontecer, eu não vou voltar a dormir acidentalmente no armário de tralhas. – Estou com um sorriso amplo demais.

– Estou preocupado com o que sua esposa está dizendo, sr. Ibrahim.

Eu rio. – O quê? Não! Sou só eu revendo coisas na minha cabeça. Só memórias. Listas de afazeres. Esse tipo de coisa. Não é nada!

– O senhor teve alguns flashbacks, sr. Ibrahim?

– A que o senhor se refere?

– Algumas imagens repetitivas ou perturbadoras?

– De jeito nenhum.

– Tremor, náusea ou suor?

– Não.

– Como está sua concentração?

– Boa.

– O senhor se sente entorpecido, como se tivesse perdido a capacidade de sentir emoções, como dor ou alegria?

— Não, doutor. Agradeço sua preocupação, mas estou bem.

O doutor, então, recosta-se na cadeira, mais desconfiado do que antes. O rosto de Afra abateu-se, seus olhos escureceram, e sinto uma grande tristeza vendo-a ali sentada, parecendo tão sobrecarregada.

O médico não está convencido. Ainda assim, nosso tempo esgotou-se e ele escreve uma receita de pílulas para dormir, fortes, e me pede para vir vê-lo dali a três semanas.

Naquela tarde, Afra não vai para a sala. Senta-se na beirada da cama por um longo tempo.

— Não foi a bomba que me cegou — ela sussurra. — Eu vi Sami morrer. E foi então que tudo ficou preto.

Não sei o que dizer a ela, mas me sento a seu lado por talvez uma hora ou mais, e não falamos um com o outro.

Pela janela, vejo o céu mudar de cor, as nuvens e os passarinhos movendo-se por ele.

Nós nem mesmo nos mexemos de onde estamos para buscar algo para comer. Normalmente, a proprietária traz uma tigela de cozido ou sopa da sua casa, carregando-a com luvas térmicas pela passagem, batendo à porta com o cotovelo, e colocando-a no meio da mesa de jantar para que nos sirvamos. Tenho certeza de que todos já comeram, de que tudo isto aconteceu sem eu reparar. Posso ouvir passos e vozes, e o murmúrio da TV na sala de visitas, portas abrem-se e fecham-se, a chaleira ferve, a descarga é acionada, a água corre. O céu fica mais escuro e vejo a lua, uma lua crescente atrás de um nevoeiro. Às vezes espero Mohammed, mas ele não vem. Vou até a poltrona e espero pela

...manhã...

do 15º dia, a mãe com o *hijab* azul levantou-se de repente, com Mahsa nos braços, e correu para onde a velha senhora cuidava de outra criança pequena. Agarrou a velha pelos ombros. De início, pensei que tinha acontecido algo ruim e fiquei em pé de um pulo. Mas depois vi que a mãe tinha um sorriso no rosto, e depois de soltar os ombros da velha, começou a pressionar seus próprios seios com as mãos.

– *Echeis gala!* – a velha disse. – *Eftichos! Echeis gala!* – e se persignou beijando as mãos da mãe.

A mãe, então, se acomodou em um cobertor, fazendo sinal para a velha senhora continuar olhando, enquanto segurava Mahsa nos braços, dava-lhe o mamilo e a bebezinha começava a mamar. Sorri com esta reviravolta nos acontecimentos. Um sorriso verdadeiro, vindo do meu coração. A velha senhora viu isto e ergueu a mão para mim, num cumprimento.

Tendo visto tudo isto se desenrolar, convenci-me de que as coisas podem mudar, que a esperança pode prevalecer, mesmo nas circunstâncias mais difíceis. Talvez pudéssemos sair logo dali. Lembrei-me do dinheiro na minha mochila.

Tomava conta dela com o maior cuidado, usando-a como travesseiro à noite para ter certeza de que ninguém conseguiria ter acesso a ela sem me acordar antes. As pessoas falavam abertamente sobre os ladrões, mas mantinham-se em silêncio quanto a outras coisas que espreitavam nas sombras.

Naquela noite, quando vi os meninos sentados em seu cobertor costumeiro debaixo das árvores, pensei em me aproximar deles, e quando o cheiro forte de água de colônia passou por mim, vi que borrifavam loção pós-barba no rosto.

Fui até lá e perguntei se poderia me sentar. Eles ficaram desconfiados, seus olhos precipitando-se para a mata, mas eram jovens e ingênuos demais para recusar. Apertaram minha mão e se apresentaram como Ryad e Ali, irmãos gêmeos, não idênticos, com cerca de quinze anos de idade. Ryad era o mais alto e mais forte, Ali ainda guardava algo de criança; juntos, eram como cachorrinhos filhotes. Fiz perguntas e eles responderam, às vezes atropelando um ao outro nas respostas.

Contaram-me que fugiram do Afeganistão e dos assassinos do pai. Depois da morte do pai, os próprios gêmeos viraram alvo do Talibã, e a mãe incitou-os a irem embora antes de serem capturados. Não queria perder seus filhos, além do marido. Eles me descreveram como ela tinha chorado e beijado seus rostos cem vezes, por ter medo de nunca mais voltar a vê-los. Contaram-me sua viagem pela Turquia e por Lesbos, e como chegaram naquela cidade estranha sem ajuda e sem saber o que fazer a seguir. Foi então que um homem aconselhou-os a ir até a Praça Victoria, ponto de encontro conhecido de refugiados.

— Achamos que alguém ali ajudaria a gente — Ali disse.

— E não podíamos mais dormir nas ruas.

— E todos os bancos estavam ocupados.

— E havia muitas gangues.
— Ryad ficou com medo.
— Ali ficou com mais medo; ele tremia à noite.
— Então, eles nos disseram para vir para cá.
— Então, vocês conhecem o Nadim? – perguntei. – Ele tem ajudado vocês?
— Quem é Nadim? – Ryad disse.

Os dois olharam para mim sem piscar, esperando uma resposta.

— Vai ver que eu entendi errado o nome dele. – Forcei um sorriso. – O homem com o violão. O homem com as cicatrizes.

Eles se entreolharam rapidamente, e seus olhos ficaram escuros e hostis.

— Acho que você está falando do Ahmed – Ryad disse.
— Ah, é isto! Eu sabia que tinha entendido errado! Conheci muitas pessoas nestas últimas semanas e sou péssimo para nomes.

Os meninos permaneceram calados.

— Ele ajudou vocês? – perguntei. – Ouvi dizer que ele é muito generoso.

— Ele ajudou bastante a gente na primeira noite – Ali disse, e Ryad cutucou-o. Foi de leve, na coxa, mas eu vi.

— Entendo. E depois?

Ali relutou em responder. Abaixou o rosto, sem olhar para mim ou para o irmão.

— Ele quer o dinheiro de volta? – perguntei.

Ali confirmou com a cabeça. Ryad revirou os olhos, olhou para o céu.

— Quanto?

— Estamos pagando em prestações, OK? – Ryad falou então, parecendo na defensiva.

— Como? Onde vocês acham o dinheiro para fazer o acerto? — Devo ter olhado para os sapatos novos de Ryad, porque ele recolheu as pernas debaixo do corpo, mas foi a reação de Ali que mais me perturbou. Notei que seu corpo dobrou-se para dentro, e ele passou os braços ao redor de si mesmo, se protegendo, o rosto bem vermelho. Do nada, houve uma sombra que bloqueou o sol, e vi Nadim parado perto de nós, empunhando o *rebab*, um sorriso enviesado no rosto.

— Estou vendo que vocês se conheceram — ele disse, tomando um lugar ao nosso lado, sobre o cobertor. Começou a tocar, o som suave invadindo a minha mente, levando embora os pensamentos e preocupações, o calor da melodia mergulhando no que havia de mais profundo e mais escuro, tornando-se até mais hipnótico. Depois de uma hora de música, Nadim pousou o instrumento e afastou-se de nós. Vi-o se encaminhar para a mata e decidi segui-lo, passando por um grupo de homens gregos fumando junto a um banco, por duas mulheres vagando pelas sombras. Segui-o até uma clareira com uma árvore caída, e ao se sentar no tronco rachado, ele tirou algo da sua mochila, um canivete pequeno e afiado. Colocou a lâmina no pulso esquerdo, fez uma pausa de um segundo, depois deu uma olhada nos arredores. Recuei para as sombras para garantir que ele não me visse. Então, sem maior hesitação, ele correu a lâmina pelo antebraço. Pude ver os vincos de dor em seu rosto, os olhos revirando para trás, de modo que por um breve momento havia apenas o branco. Seu braço sangrava e ele tirou alguns lenços de papel da mochila e segurou-os sobre os novos ferimentos. Mas o que eu mais me lembro é da expressão do seu rosto; ele parecia bravo. Aquilo era um castigo?

Mexi-me de leve, um galho quebrou, e Nadim ergueu os olhos e me viu, estreitando-os. Recuei mais para dentro do escuro, e sem saber o que fazer, comecei a correr pela mata, de volta ao acampamento.

– O que aconteceu? – Afra perguntou, quando me sentei a seu lado.

– Nada. Por quê?

– Porque você está respirando como um cachorro.

– Não, não estou. Estou totalmente calmo.

Ela sacudiu a cabeça de leve, resignada, e naquele momento Nadim saiu das árvores e se sentou ao pé da estátua. Subitamente, parecia de novo emaciado, exatamente como estava no primeiro dia em que o vi; sua força havia sido drenada. Esperei para ver se ele iria se aproximar de mim, mas ele nem ao menos olhou em minha direção. Simplesmente, enrolou um cigarro depois do outro, e ficou ali sentado por uma hora, ou mais, fumando.

Os meninos estavam sobre o cobertor, jogando em seu celular e rindo. Às vezes, Ali socava o braço de Ryad até Ryad ficar farto e pegar o celular, sentando-se de costas para Ali, de maneira que ele não pudesse ver a tela.

Embora Nadim parecesse relaxado e preocupado com seus próprios pensamentos, pude ver que sua mente estava de fato nos meninos, seus olhos constantemente movendo-se na direção deles.

Deitei-me ao lado de Afra e fingi fechar os olhos, mas observei Nadim e os meninos. Às dez em ponto, Nadim levantou-se e foi para a mata. Três minutos depois, os meninos foram atrás. Levantei-me e também os segui, tentando manter distância suficiente entre nós, para que eles não me vissem, mas, ao mesmo tempo, ficando próximo o bastante para não perdê-los de vista.

Eles fizeram voltas bruscas e acentuadas, como se seguissem uma trilha invisível, e acabaram chegando a uma clareira da mata diferente da anterior. Ali, havia lixo por toda parte, pilhas e pilhas; um tanque seco tinha se tornado um depósito de lixo. No meio de um poço de concreto havia uma fonte estagnada cercada de canos de um antigo sistema de irrigação. Pouco depois disto, todos os arbustos em um jardim de rosas estavam mortos. Drogados e traficantes perambulavam ao redor do poço, o chão estava coberto de seringas. Pessoas estavam sentadas sobre o telhado de um posto de manutenção, e ao redor havia colchões e caixas espalhados, resquícios de uma vida passada.

Os meninos ficaram junto ao poço e logo um homem aproximou-se deles e enfiou algum dinheiro na mão de Ryad. Então, os meninos se separaram. Ali pegou o caminho à direita da fonte, e Ryad esperou até outro homem chegar logo em seguida para buscá-lo, e os dois saíram na direção oposta. Fiquei ali por um tempo, e as pessoas começaram a me notar. Nadim não estava à vista, devia ter escapulido. Eu não podia ficar ali por muito tempo, tinha que deixar aquele lugar, voltar para o acampamento.

Então, comecei a me encaminhar para lá, dando voltas erradas e refazendo meus passos. Quando escutei o som de crianças chutando bola, soube que estava perto, e logo depois vi a luz do acampamento. Encontrei Angeliki novamente sentada junto à árvore, ao lado de Afra. O caderno e os lápis de cor estavam em seu colo, a cabeça encostada na cortiça da árvore, dormindo profundamente. Afra também dormia, enrodilhada de lado numa posição fetal, a cabeça pousada nas duas mãos. Senti que alguém me observava, e quando me virei, vi que Nadim estava de volta ao pé da estátua, fumando e me encarando.

Ele levantou a mão, me chamando, e eu fui e me sentei ao seu lado.

– Tenho uma coisa pra te dar – ele disse.

– Não preciso de nada.

– Todo mundo precisa de alguma coisa – ele disse. – Principalmente aqui.

– Eu não.

– Só estenda a mão – ele disse.

Olhei para ele sem piscar.

– Vamos lá! – ele disse. – Estenda a mão. Não tenha medo. Não é coisa ruim, juro.

Ele pegou a minha mão e abriu minha palma.

– Agora, feche os olhos.

A coisa tinha ido longe demais, então. Tentei puxar a mão, mas Nadim segurou com mais força. – Vamos lá. Feche os olhos – disse com um sorriso, seus olhos cintilando à luz do fogo.

– Nem pensar – eu disse, e tentei puxar minha mão de volta, com força, sem fazer uma cena. Mas o que aconteceu a seguir foi tão repentino e inesperado que fez minha mente e meu corpo congelar. Senti uma dor intensa no pulso. Ele tinha me cortado com seu canivete. Levantei o braço como um pássaro ferido, o sangue saindo rápido, pingando na minha calça.

Corri para longe dele, tropeçando até Afra, pedindo-lhe que acordasse. Ela abriu os olhos, assustada, e levei a mão dela até meu pulso. Ela se sentou de imediato, o sangue agora correndo pelos seus dedos. Ela começou a sentir o ferimento com as mãos, e pressionou-o, tentando, em vão, estancar o sangue. Então, pude sentir outro par de mãos. Angeliki tinha tirado seu turbante verde e enrolava-o ao redor do meu pulso.

– O que aconteceu? – Afra perguntou. Olhei para trás em direção à estátua, mas Nadim tinha desaparecido.

Angeliki expirou o ar e se sentou debaixo da árvore, com o rosto cheio de ansiedade. O sangue vazava pelas camadas de tecido do turbante, meu braço latejava. Deitei-me, exausto, mas Angeliki ficou sentada, tensa. A última coisa que vi antes de fechar os olhos foi seu longo pescoço, suas maçãs do rosto lustrosas nítidas na luz enfraquecida do fogo.

Quando acordei, horas depois, no meio da noite, vi que ela continuava na mesma posição, seus olhos percorrendo a escuridão e as sombras.

– Angeliki – cochichei, e ela se virou para mim, totalmente acordada. – Deite-se aqui, ao lado de Afra. Eu assumo por um tempo.

– Você não vai dormir de novo? – ela perguntou.

– Não.

Por um momento, ela hesitou, mas em seguida deitou-se no cobertor ao lado de Afra, e fechou os olhos.

– Ulisses – ela disse do nada – passa pela ilha das Sereias. Você sabe quem eram as Sereias? – Aquela não era uma pergunta retórica, ela esperava que eu respondesse e abriu uma pálpebra até a metade para ter certeza de que eu estava escutando. Mas eu sentia dor e achei difícil me concentrar no que ela dizia.

– Não – eu disse –, não sei.

– Elas tentarão atrair os homens para a morte com sua música. Se você escutar a música das sereias, elas te levam. Então, quando os homens vão passar pela ilha, enfiam cera nos ouvidos para não escutar, mas Ulisses quer escutar porque soube que a música é maravilhosa. Então, sabe o que eles fazem?

– Não.

– Isto é muito importante. Os homens amarram Ulisses no mastro do navio, amarram bem apertado. Ele diz para eles deixarem-no ali amarrado, por mais que ele implore, até eles estarem a salvo, longe das sereias e de sua música.

Não respondi. Segurei meu braço enfaixado, tentando ignorar o calor da dor, e olhei para a mata, para as coisas invisíveis à espreita ali.

Angeliki continuou: – Atenas, aqui é o lugar onde as pessoas se deixam apanhar em coisas perigosas; elas são atraídas para essas coisas e não conseguem resistir, então elas vão.

Notei que Ryad e Ali não estavam em seus cobertores. Eles ainda não tinham voltado, e eu não queria pensar em aonde eles tinham ido, e o que poderiam estar fazendo. Olhei para o envoltório verde de Angeliki, ensopado de sangue no meu braço, para seus tufos rebeldes de cabelo crespo, cheios de vida, para o cabelo de Afra espalhado a sua volta sem seu *hijab*. Angeliki adormecera rapidamente, e agora as duas mulheres dormiam. Lembrei-me do que Angeliki havia dito sobre Ulisses assim que chegamos ali, como ele tinha viajado para todos aqueles lugares, feito tal viagem para terras distantes, a fim de encontrar seu caminho para casa. Mas não havia casa para nós.

Toquei na carta que Mustafá tinha escrito para mim e que continuava no meu bolso. Tirei a fotografia de nós dois e olhei para ela à luz do fogo.

Onde era a minha casa, agora? E o que era ela? Na minha mente, ela tinha se tornado uma imagem infundida de luz dourada, um paraíso que jamais seria alcançado. Lembrei-me de uma noite, dez anos atrás, era Eid[17], e para celebrar o

---

[17] Celebração muçulmana do fim do jejum do Ramadã, prática religiosa que impõe um jejum do nascer até o pôr do sol, no período de um mês, e um recolhimento espiritual, além do exercício da caridade e da tolerância.

fim do Ramadã, Mustafá e eu organizamos uma festa para todos os nossos empregados no Martini Dar Zamaria Hotel, em Alepo. Ela foi comemorada no pátio interno; havia palmeiras, lanternas e plantas pendendo dos terraços sobre nós. No alto, um quadrado de céu noturno cheio de estrelas.

O hotel tinha preparado um banquete de pratos com carne e peixe, acompanhados de arroz, grãos e vegetais. Rezamos juntos e comemos com nossos empregados, nossos amigos e nossas famílias. Crianças corriam por lá, em meio aos adultos. Afra estava linda, num *abaya* vermelho e dourado, caminhando pela sala, segurando Sami pela mão, cumprimentando quem chegava com um sorriso que continha todo o afeto do mundo.

Firas, Aya e Dahab estavam lá, e até o pai de Mustafá desceu das montanhas; homem calado, discreto, nada parecido com seu próprio pai, mas orgulhoso das conquistas do filho. Saboreou a comida e a companhia, conversando comigo abertamente sobre seus apiários. A cena era mágica; as folhas das árvores reluziam, a fumaça do narguilé subia pela noite em faixas de seda, as plantas nos cestos pendurados subitamente abriram-se em flores resplandecentes, infundindo no pátio seu doce perfume. Aquele se tornou um lugar de um livro de histórias, do tipo que minha mãe costumava ler para mim no quarto com os ladrilhos azuis.

Acordei de manhã e percebi que não tinha mantido minha promessa, adormeci de fato junto à árvore e Angeliki tinha saído. O turbante verde estava saturado de sangue e a dor do meu braço se agravara. As velhas estavam entregando pacotes de comida, e notei alguns funcionários de ONG andando por lá. Ergui o braço e chamei um deles, uma mulher com vinte e poucos anos. Estendi o braço e ela parou perto de mim e estremeceu. Ficou ali por um instante, sem saber o que fazer, e então me disse para esperar, para não ir a lugar nenhum, que chamaria alguém para me ajudar, que só trabalhava com crianças e não tinha experiência médica, mas poderia achar alguém que saberia o que fazer.

Agradeci, e ela saiu. O dia passou, mas a jovem funcionária da ONG não voltou. Então, tirei o turbante verde e vi que o ferimento era profundo e continuava sangrando. Limpei-o com um pouco de água potável, e depois voltei a enfaixá-lo com o mesmo turbante.

Mais para o fim da tarde vi a funcionária da ONG vindo pela mata em minha direção. Atrás dela estava uma mulher mais velha com uma mochila nos ombros. Elas pararam ao meu lado e falaram entre si numa linguagem que não reconheci. Talvez fosse holandês, suíço ou alemão, não soube dizer. A mulher mais velha, então, ajoelhou-se ao meu lado e abriu a mochila, calçando umas luvas de látex, desenrolando o turbante e contraindo os lábios ao ver o machucado.

– Como você fez isto?

– Foi alguém que me fez – respondi.

Ela me olhou com ar preocupado, mas não disse nada. Passou um bom tempo limpando o ferimento com lenços antissépticos, e depois o suturando com adesivos, colocando cada um deles sobre o corte com o uso de pinças.

– Preciso sair daqui – eu disse.

Ela não disse nada.

– Como as pessoas saem?

Ela me deu uma longa olhada, parando com a pinça na mão, mas depois continuou sua tarefa, com os lábios cerrados. Quando começou a cobrir o corte com uma atadura limpa, seus ombros relaxaram e ela voltou a falar.

— Eu diria a você para ir para Escópia — ela disse, soprando o cabelo para longe do rosto —, mas as pessoas estão enfrentando a polícia ali, para atravessar para a Macedônia. Eles fecharam as fronteiras. Agora, ninguém passa. Você ficaria empacado lá.

— O que mais eu posso fazer?

— Pode pegar o ônibus para as aldeias. As pessoas da Síria têm prioridade. Ele vem uma vez por semana.

— E então, o que acontece?

— Você fica lá.

— Por quanto tempo?

Não houve resposta. Ela empurrou o cabelo para trás, torcendo-o num coque e soltando-o. Notei que usava um crachá ao redor do pescoço. Chamava-se Emily. Debaixo do seu nome escrito à mão, havia um pequeno logo.

Ela começou a embalar suas coisas.

— E a mulher da África, e tem dois adolescentes encrencados. Eles podem ir para as aldeias?

— Não sei — ela disse. Depois: — Não, acho que não. Nossa, na verdade, você não deveria perguntar para mim. Não posso assumir responsabilidade. Existem orientadores.

— Onde eles estão?

Notei que ela lutava consigo mesma, seus olhos cintilando de ressentimento, o rosto afogueado de raiva.

— Se você for até a Praça Victoria...

— Me falaram sobre a Praça Victoria.

— Se você for até lá, existe um centro na Rua Elpidos — o Centro da Esperança. Eles ajudam mães e crianças, e meninos desacompanhados. Eles te orientarão. — Ela disse isto num fôlego, e depois forçou um sorriso.

Naquela noite, Angeliki voltou. Ela se sentou ao lado da árvore, e cobriu o rosto com talco. Usava um turbante preto com lantejoulas prateadas que brilhavam à luz do fogo. Tomava pequenos goles intencionais de água de uma garrafa, e examinava os machucados nos seus braços. Quando Afra sentiu sua presença, sentou-se, mais alerta, movendo-se mais para perto dela.

– O que você está fazendo? – Afra perguntou.

– Eles me disseram para tomar bastante água – Angeliki respondeu. – Por causa do meu sangue envenenado.

Afra sacudiu a cabeça.

– Ele está, estou te dizendo. Conto tudo isto pra você ontem! Eu te digo, minha respiração para e não volta. Minha respiração para e eles levaram ela. Algumas pessoas, elas querem levar sua respiração. E então, elas puseram alguma coisa no meu sangue. Envenenaram ele, e agora minha mente está doente.

Embora Afra não entendesse tudo o que Angeliki estava dizendo, percebi que ficou comovida com as palavras e o tom de voz, e quando Angeliki parou de falar, Afra estendeu a mão para tocar no braço dela.

Então, Angeliki respirou mais devagar e disse: – Estou feliz que você está aqui comigo, Afra.

Do fundo da mata veio o som do *rebab*, lindo e cheio de luz, mesmo na escuridão. As notas pareciam tocar as chamas da fogueira, fazendo-as tremeluzir, e a música foi levada pelo vento, mais para dentro da mata. O som acalmou minha mente, mas assim que ele parou de tocar, lembrei-me imediatamente das longas unhas de Nadim, da borda afiada do canivete, e do calor atravessando meu pulso. Os gêmeos não haviam voltado desde a noite anterior e quis ir atrás deles. Pensei em voltar para o poço vazio para ver se eles estavam lá, ou perguntar se alguém os tinha visto, mas o medo me impediu de me aventurar novamente pela mata. Eu precisava permanecer vivo por Afra. Em vez disto, aguardei, esperando que os meninos surgissem das sombras e voltassem para seu cobertor debaixo da árvore.

Naquela noite, vi Mohammed nos meus pesadelos, no barco, seu rosto sério e determinado, entre clarões da luz de lanterna. Exatamente como naquela noite, houve um momento de escuridão, e quando a luz voltou, ele tinha sumido.

Foi quase igual ao que tinha acontecido naquela noite. Eu estava esquadrinhando a água, as ondas negras, até onde minha vista alcançava em todas as direções, e então pulei e as ondas eram altas, e eu chamava seu nome e podia ouvir a voz de Afra vinda do barco. Mergulhei no silêncio escuro e fiquei ali o máximo que pude, sentindo com as mãos, para o caso de poder agarrar alguma coisa, um braço ou uma perna. Quando já não restava ar nos meus pulmões, quando a pressão da morte me empurrava para baixo, voltei para cima, arfando no escuro e ao vento. Mas no meu sonho havia um detalhe diferente: Mohammed não foi salvo pelo homem, ele não estava no barco; em seu lugar, envolvida pelos braços e lenços das mulheres, estava uma garotinha com olhos iguais à noite.

Acordei ao som de gritos. Um garotinho berrava algo em farsi; havia movimento e barulho na escuridão, pessoas acordando e correndo até o menino. Eu também me levantei, fui em direção ao tumulto. O menino chorava e se esforçava para respirar, apontando para a mata. Um grupo de homens subiu com bastões de beisebol, como se tivessem esperado por aquele momento, e começaram a correr na direção em que o menino apontava. Corri com eles, e logo percebi que caçavam alguém. Atacaram-no como se fossem um animal enorme, derrubando-o no chão.

Foi então que alguém me passou um bastão. Olhei para aquele homem se contorcendo, tentando se soltar, e vi que era Nadim. Parecia muito diferente ali no chão, com o rosto tomado pelo medo. Os homens seguraram-no deitado, e outros se revezaram batendo nele. Fiquei imóvel e assisti enquanto ele era espancado até seus olhos revirarem no crânio e seu rosto estar quebrado, até suas pernas e braços estremecerem.

– Por que você está aí parado? – perguntou um homem, me cutucando. – Você não sabe que este homem é o demônio?

Então, me aproximei para assumir a minha vez, ouvi os aplausos dos homens, e tudo e todos à minha volta pareceram sumir e só consegui ver o rosto de Nadim olhando para mim. Por um momento, seu foco clareou, seus olhos fixaram-se nos meus, e ele me disse algo que não consegui ouvir, enquanto uma voz atrás me incitava a prosseguir; senti o latejar do meu machucado e me lembrei dos rostos inocentes dos gêmeos, alguma outra raiva cresceu dentro de mim, uma que não reconheci, e desci o bastão em seu crânio.

Então, ele ficou imóvel. Larguei o bastão e recuei. Um homem chutou-o e outro cuspiu nele; depois, todos saíram correndo em todas as direções, para dentro da mata ou de volta ao acampamento.

Arrastei o corpo mais para dentro do bosque, onde as árvores estavam mais juntas, onde os ruídos da cidade e do acampamento ficavam distantes, e sentei-me ao lado dele até o sol começar a nascer.

À tênue luz do amanhecer, voltei para o acampamento. Dei com dois homens numa discussão acalorada. Reconheci-os de imediato, e rapidamente refugiei-me nas sombras. Um deles estava sentado no tronco partido onde Nadim se sentara certa vez. O outro estava agitado, andando de um lado a outro, passando por cima de um bastão de beisebol.

— De que raios você está sentindo culpa?
— A gente matou alguém.
— Ele estava levando aqueles meninos. Você sabe o que ele estava fazendo, certo?
— Eu sei, eu sei disso.
— E se fosse seu filho?

O homem no tronco não respondeu.

— Dá pra você imaginar?
— Não quero.
— Ele era mau. O pior tipo de mal que existe.
— Você soube o que aconteceu com o filho do Sadik?

Aquilo não era de fato uma pergunta, e o homem sentado abaixou os olhos, passando a mão pelo rosto.

Por um tempo, fez-se silêncio, e não ousei me mexer, nem mesmo respirar. O vento aumentou e as folhas nas árvores farfalharam acima de nós, e pude ouvir passos na mata, som de risada e uma música à distância.

O homem sentado no tronco levantou-se, então, para encarar o outro homem. — O que leva um homem a fazer essas coisas?

Não escutei a resposta porque um grupo de meninos passou entre nós, cerca de cinco ou seis. Um deles tinha uma bola de futebol nas mãos, outro tinha uma música árabe tocando em seu celular, e alguns dos meninos cantavam junto com o coro. Os dois homens pegaram isto como deixa e se puseram a caminho, de volta para o acampamento. Tomei o lugar deles no tronco, e senti suas protuberâncias e ranhuras como os dedos. Imaginei Nadim; pude vê-lo, como se estivesse ali sentado ao meu lado, canivete na mão, cortando sua pele, aquela expressão nos olhos, cheios de raiva.

– O que houve com você, Nadim? – eu disse em voz alta. – O que o levou a fazer tais coisas?

E o vento respondeu, levantou as folhas caídas, jogou-as a minha volta e depois as largou, e a risada e a música esmoreceram completamente, os meninos perdidos nas profundezas do bosque.

Então voltei ao acampamento. Angeliki tinha saído agora, e me deitei ao lado de Afra.

– Aonde você foi? – ela cochichou.
– Houve um problema.
– Que tipo de problema?
– Você não vai querer saber, acredite em mim. Agora acabou.

Lembrei-me de um verso do Alcorão:

Tenha compaixão dos outros e receberá compaixão. Perdoe os outros e Alá o perdoará.

Então, lembrei-me de algumas palavras do Hadith[18]:

O profeta não reagiria a um mal feito com um mal feito, e sim perdoaria e deixaria passar.

---

[18] Obra que narra a vida de Maomé, seus dizeres e tradições. Para muitos islamitas, é o livro mais importante depois do Alcorão [N.T.]

Olhei para minhas mãos, virei-as como se as estivesse vendo pela primeira vez: uma delas enfaixada, a outra que havia segurado o bastão. Recomecei a sentir aquele medo, o tipo que me consumira em Alepo, alerta a cada movimento e som, imaginando perigo por toda parte, esperando que a qualquer momento acontecesse o pior, que a morte estivesse próxima. Senti-me exposto, como se estivessem me observando lá da mata, e quando o vento soprou, trouxe com ele sussurros: assassino, Nadim está morto, assassino.

Coloquei a palma da minha mão no peito de Afra, sentindo-o subir e descer, igualando minha respiração à dela, mais lenta, mais regular. Lembrei-me das abelhas pretas britânicas de Mustafá, e mantive os olhos bem fechados até poder ver os campos roxos e as colinas onduladas de lavanda e urze, derramando-se pela beirada do mundo.

Quando acordei, era de tarde. Olhei para a base onde Nadim deveria estar sentado, enrolando um cigarro. Olhei para a estátua branca – a cabeça e os ombros de um homem barbudo, a inscrição em grego e a data: 1788-1825, e imaginei que tipo de homem ele era. Na minha ansiedade, lembrei-me vagamente das histórias que minha mãe costumava me contar. Nelas, as estátuas não eram objeto de arte ou reverência, eram talismãs para afastar o mal, guardiãs de tesouro ou seres humanos ou animais que haviam virado pedra. Em algumas histórias, demônios entravam nas estátuas e falavam através delas.

Afra sentou-se ao meu lado, e desejei que ela pudesse ver, desejei que pudesse ser a mulher que costumava ser, porque ela sempre teve uma profunda compreensão do mundo, um modo de ver as coisas. Afra sempre soube demais, sobrecarregada com a capacidade de despir pessoas e lugares de suas máscaras, de descobrir os resquícios do passado no presente. Notei que Nadim havia deixado seu *rebab* ao pé da estátua. Fui até lá e peguei-o. Dedilhei as cordas e lembrei-me da bela melodia que tinha passado por mim, me invadido como água, extinguindo as fendas chamuscadas da minha mente, como a sensação da primeira gota d'água na minha língua, quando o sol se põe durante o mês do Ramadá. Era esta a sensação provocada pela música de Nadim e só este pensamento retorceu a minha mente, distorceu meus pensamentos. Fechei os olhos e, em vez disso, concentrei-me no som de crianças brincando, rindo, chutando bola.

11

É o dia da nossa entrevista. Afra está sentada ao meu lado no trem, e sei que está nervosa. Diomande está em pé, segurando a barra; há um lugar livre para ele, mas ele não quer se sentar. Seu corpo alto e distorcido destaca-se ainda mais neste espaço público. Ele parece um personagem de conto de fadas, e acho esquisito que de todas as pessoas no vagão, eu seja o único que saiba seu segredo. Diomande está lendo a orientação no seu caderno, murmurando baixinho.
– Isto não é uma lição de história – ele diz em inglês – e eles não precisam saber demais sobre o último presidente, a não ser que perguntem.
Por fim, chegamos a um lugar chamado Croydon. Lucy Fisher recebe-nos na estação e nos leva até o centro. É um prédio alto numa rua marrom. Dentro, passamos por postos de controle, barreiras, segurança, onde nos fazem uma varredura, nos revistam e nos registram. Depois, sentamo-nos numa área de espera com pessoas que parecem tão assustadas quanto nós. E então esperamos. Diomande entra primeiro. Em seguida, é a vez de Afra, e alguns minutos depois sou levado para uma sala no final de um longo corredor.

Duas pessoas estão sentadas nesta sala, um homem e uma mulher. O homem tem, provavelmente, quarenta e poucos anos; tem a cabeça raspada porque está ficando careca no alto. Não olha nos meus olhos nem uma vez. Pede-me para sentar, diz meu nome como se me conhecesse, mas seus olhos vagueiam. E, no entanto, ele tem uma arrogância, um sorriso sutil nos lábios. A mulher ao seu lado é um pouco mais velha com cabelo cacheado. Está sentada com as costas bem retas e tenta parecer receptiva. Os dois são agentes da imigração. Ele me oferece chá ou café e eu recuso.

Ele descreve o procedimento e diz que a entrevista está sendo gravada. Lembra-me que haverá uma segunda entrevista. Em primeiro lugar, pede-me para confirmar meu nome, data e local de nascimento, e onde eu vivia quando a guerra começou. Depois, as perguntas começam a ficar estranhas.

— Existem marcos históricos em Alepo? — ele pergunta.

— É claro.

— Pode me citar alguns?

— Bom, tem a cidadela, a mesquita Umayyad, Khan al-Jumruk, al-Firdaws Madrasa, que significa "a escola do paraíso", a mesquita al-Otrush, a Torre do Relógio Bab al-Faraj... Quer mais?

— Obrigado, já é suficiente. O velho *souq* fica ao norte ou a leste da cidade?

— Fica no centro.

— O que eles vendem no *souq*?

— Milhares de coisas!

— Como o quê?

— Tecidos, sedas e linho. Tapetes, candeeiros, prata, ouro e bronze, condimentos, chás e ervas, e minha mulher costumava vender pinturas lá.

— Qual é o nome do seu país?

— Síria. O senhor não quer saber como eu cheguei aqui?
— Logo chegaremos a isso. Estas são apenas perguntas padrão, parte do processo.

Ele para por um momento e consulta seus papéis. Então, coça sua cabeça brilhante.

— O senhor conheceu o Estado Islâmico?
— Não, pessoalmente não.
— Então, nunca entrou em contato com ninguém desse grupo?
— Não. Claro que vi eles nas ruas ou em alguns lugares, mas nunca tive qualquer contato pessoal com eles.
— Alguma vez o senhor foi feito prisioneiro do Estado Islâmico?
— Não.
— Trabalhou com o Estado Islâmico?
— Não.
— O senhor é casado?
— Sou.
— Como se chama a sua esposa?
— Afra Ibrahim.
— Vocês têm filhos?
— Temos.
— Quantos?
— Um, um menino.
— Onde ele nasceu?
— Em Alepo.
— Onde ele está, agora?
— Ele morreu na Síria.

Ele faz uma pequena pausa e olha para a mesa. A mulher ao seu lado parece triste. Estou começando a me sentir agitado.

— O senhor pode dizer algo especial em relação a ele? Algo de que o senhor se lembre?

— Quem?

— Seu filho. Sei que é difícil, sr. Ibrahim, mas poderia, por favor, tentar responder à pergunta? É importante que o senhor faça isto.

— Tudo bem. Uma vez, ele estava descendo a colina de bicicleta. Eu tinha dito para ele não fazer isto, porque havia uma colina muito íngreme que saía da nossa casa e ia até a cidade. Bom, ele caiu e quebrou o dedo, e não ficou bem consertado, então ele tinha uma curvinha no dedo.

— Em que mão?

— Em que mão?

— Em que mão foi o machucado? Direita ou esquerda.

Olhei para as minhas mãos e me lembrei da mão de Sami na minha.

— Foi na esquerda. Sei porque sua mão esquerda se encaixava na minha mão direita, e eu podia sentir seu dedinho curvo.

— Qual foi a data do nascimento dele?

— Cinco de janeiro de 2009.

— O senhor já matou alguém?

— Não.

— Qual é o hino nacional do seu país?

— Está brincando?

— Esta é a sua resposta?

— Não! Ele se chama "Guardiães da Terra Natal".

— O senhor pode cantá-lo sem a letra?

Murmurei algumas linhas por entre dentes cerrados.

— O senhor gosta de ler?

— Não especialmente.

— Qual foi o último livro que o senhor leu?

— Um livro sobre o processo de cristalização do mel.

— O senhor lê livros políticos?

– Não.
– E sua esposa?
– Não que eu saiba.
– Qual é a profissão da sua esposa?
– Ela é pintora. Era.
– Qual é a situação atual no seu país?
– É o paraíso na terra.
– Sr. Ibrahim, sei que estas perguntas podem parecer um pouco desnecessárias para o senhor, mas elas são parte importante da sua triagem.
– A situação no meu país é de caos completo e destruição total.
– Quem é seu presidente?
– Bashar al-Assad.
– Quando ele se tornou presidente?

E as perguntas continuaram dessa maneira. Eu tenho alguma ligação com o presidente? Onde fica a Síria? Com que países ela faz fronteira? Tem algum rio em Alepo? Como ele se chama? Finalmente, ele começa a perguntar sobre a minha viagem para cá, e eu conto tudo o que consigo me lembrar de maneira direta, linear e coerente, exatamente como Lucy Fisher sugeriu. Só que é mais difícil do que eu pensava, porque quando tento responder a suas perguntas, ele frequentemente reage com uma pergunta que eu não estava esperando, algo que me derruba e me leva para outra parte da viagem. Conto a ele da melhor maneira possível como conseguimos chegar à Turquia, sobre o apartamento do atravessador, sobre Mohammed, e a viagem a Leros, sobre Atenas e todas aquelas noites que passamos em Pedion tou Areos. Não elaboro. Não conto sobre Nadim. Não quero que ele saiba que ajudei a matar um homem, que sou capaz de ser um assassino. E, por fim, conto como chegamos à Inglaterra. Mas não conto o que aconteceu com Afra antes de chegarmos; eu não conseguiria nem dizer as palavras em voz alta.

Ele me diz que a entrevista acabou. O gravador é desligado e as pastas são fechadas. Um feixe de luz vindo de uma janela retangular perto do teto incide sobre seu sorriso.

Ao me levantar, minhas pernas estão entorpecidas, e sinto-me como se, de certo modo, tivessem me roubado a vida.

Lucy Fisher está a minha espera. Afra e Diomande ainda não terminaram. Vendo meu rosto, ela vai até a máquina de venda automática e volta com uma xícara de chá quente.

– Como foi? – ela pergunta.

Não respondo. Não consigo falar.

– Por favor, não perca a esperança. Este é o ponto – ela diz. Há um tom de resignação em sua voz, e ela puxa a mecha do cabelo. – É isto que eu sempre digo pras pessoas, entende? Nunca, nunca, nunca perca a

...esperança...

estava se apagando, diminuindo como o fogo à noite. Eu precisava encontrar uma saída. Assim, no dia seguinte, me aventurei para fora do parque. Perguntei aos transeuntes como chegar à Praça Victoria. A praça estava apinhada de gente e de lixo; os que não tinham aonde ir estavam sentados em bancos debaixo das árvores e em volta das estátuas. Reconheci alguns rostos do parque, alguns traficantes fazendo hora perto da estação ou em frente aos cafés sob as tendas da praça. Havia gatos de rua por toda parte, revirando as latas de lixo. Um cachorro estava deitado de lado, no cimento, com as patas esticadas; era difícil saber se estava vivo ou morto. Lembrei-me dos cães selvagens de Istambul, e de estar na Praça Taksim com alguma esperança no coração. Existia esperança, então, no desconhecimento do futuro. Istambul parecia um lugar de espera, mas Atenas era um lugar de resignação estagnada, e as palavras de Angeliki passaram pela minha mente: "Aqui é o lugar onde as pessoas morrem devagar por dentro. Uma a uma, as pessoas morrem".

Aquela era a cidade de sonhos recorrentes, sem possibilidade de despertar, uma corrente de pesadelos.

Um homem ergueu um punhado de *kombolóis*[19]. – Vinte euros – disse –, pedra muito bonita. – Sua voz estava cheia de desespero e rancor, a frase soando como um pedido, mas havia um sorriso maníaco em seu rosto.

– Eu pareço ter vinte euros? – perguntei, e me afastei dele.

Olhei para os prédios que ladeavam a praça e para as ruas que saíam dela. Havia terraços com toldos e uma sensação de que ali a vida já tinha sido melhor; em seu mau estado e sua beleza fanada, contavam uma história de abandono. Havia grafites nas paredes, slogans raivosos que não consegui entender, cafeterias, uma barraca de flores e uma barraca de livros, além de pessoas tentando vender lenços de papel, canetas ou chips para celular. Aquelas pessoas eram como moscas zumbindo em volta da entrada do metrô, seguindo quem saía das escadas rolantes.

O homem com os *kombolóis* continuava parado ao meu lado, com o mesmo sorriso enfurecido no rosto.

– Quinze euros – ele tentou de novo. – Pedra muito bonita. – As cores captaram a luz. Mármore, âmbar, madeira, coral e madrepérola. Lembrei-me das contas de oração no *souq* em Alepo. O homem empurrou-os para mais perto do meu rosto.

– Doze euros, muito bonito! – ele disse.

Afastei-os violentamente com as costas da mão, e vi que o homem tinha se assustado. Ele se afastou, abaixando as contas.

Mostrei-lhe ambas as palmas das minhas mãos. – Sinto muito – disse. – Sinto muito.

---

[19] Cordão grego feito com contas, arrematado por um pendão, usado para aliviar o estresse e passar o tempo, sem finalidade religiosa. [N.T.]

O homem acenou com a cabeça e virou-se para ir embora, e eu o impedi.

— Pode me dizer onde fica a Rua Elpida?

— Elpida?

Concordei com a cabeça.

— Zitas Elpida? — O homem abaixou a cabeça e murmurou algo em grego. Depois, disse: — Está pedindo esperança? Elpida significa esperança. Nenhuma esperança aqui. — Agora, havia tristeza em seus olhos, mas então ele riu consigo mesmo. — El-pi-do — disse devagar, enfatizando meu erro. — Rua Elpidos. — Ele indicou à direita uma rua que saía da praça, e seguiu seu caminho, segurando os *kombolóis* no alto, como um prêmio, um sorriso no rosto.

Atravessei a praça e entrei numa rua ladeada por árvores. No final dessa rua havia uma longa fila de refugiados em frente a um prédio com portas de vidro. Havia carrinhos de bebê, cadeiras de roda e crianças, além de nativos trançando pelo caos com seus cachorros. As portas abriram-se e alguns refugiados saíram carregando sacolas, enquanto outros entravam. Na esquina havia uma multidão, alguns em pé, outros sentados nos degraus do lado de fora de outro conjunto com portas de vidro. Pessoas cumprimentavam-se e conversavam entre elas. Assim que viam os amigos, as crianças corriam para a rua para brincar. A placa na entrada dizia: *O Centro da Esperança*. E havia algo em tudo aquilo que me deixou mais determinado a ir embora.

Reparei que as mulheres e crianças entravam, enquanto os homens esperavam do lado de fora, alguns se sentavam nos degraus, outros olhavam pelos vidros, outros voltavam para a praça. Esperei, dando um tempo, e um homem veio até a porta. Trazia óculos escuros espelhados na cabeça, que abaixou para o nariz ao sair. Os óculos lembraram-me os agentes de polícia do acampamento de Leros, e eu estava prestes a ir embora quando o homem me cumprimentou calorosamente em árabe. Explicou que ali era um centro apenas para mulheres e crianças, onde elas podiam tomar um banho quente e uma xícara de chá, onde as crianças podiam brincar e as mães recentes podiam amamentar seus bebês.

Voltei para o parque, peguei Afra, e juntos caminhamos até a Praça Victoria. Ela estava calada, farejando o ar como um cachorro, provavelmente criando imagens em sua cabeça: o café, o lixo, a urina, as árvores, as flores.

No Centro da Esperança, fomos acolhidos pelo homem com óculos espelhados, e Afra recebeu um número para poder entrar na fila e tomar uma ducha. Disseram-me para voltar dali a algumas horas. Espiei pelo vidro; à direita, atrás de uma estrutura de madeira, crianças brincavam. Havia pinturas na parede, Legos, bolas e jogos de tabuleiro no chão. Afra foi levada até uma cadeira, recebeu uma xícara de chá e um prato de biscoitos. Estava sorrindo, então fui embora.

Primeiro, voltei para a praça e achei um café com internet. Fazia um tempo que não checava meus emails, e esperava ter notícias de Mustafá.

12/04/2016

Caro Nuri,

Na semana passada, fui a um jantar oferecido aos refugiados, e lá conheci um homem e uma mulher. A mulher trabalha com refugiados num distrito próximo, ajudando recém-chegados a se adaptar. O homem é um apicultor local. Contei aos dois que eu tinha uma ideia de ensinar apicultura a refugiados e desempregados. Ambos ficaram muito impressionados! Estão me ajudando a montar isto com algum investimento local. Espero que logo eu esteja dando workshops para voluntários.

As colmeias estão se desenvolvendo, Nuri! Estas abelhas pretas britânicas são muito diferentes das abelhas sírias. Pensei que elas jamais fossem trabalhar abaixo de 15°, mas elas trabalham em temperaturas muito mais baixas e até continuam a trabalhar na chuva. As abelhas captam néctar de flores ao longo da via férrea, de jardins particulares e parques.

Meu caro Nuri, não sei onde você está. À noite, abro o mapa no chão e tento imaginar onde você estaria. Espero você.

Mustafá.

Até no email eu podia escutar a volta do entusiasmo na voz de Mustafá, aquela infantilidade inocente que o havia acompanhado e conduzido pela vida.

Caro Mustafá,
Lamento não ter estado em contato e ter te deixado tão preocupado. Prometo que vou achar uma maneira de chegar à Inglaterra. Tem sido um período difícil. Afra e eu estamos em Pedion tou Areos, um grande parque na cidade de Atenas. Estou me esforçando para achar, ou mesmo imaginar uma saída, mas sairemos daqui e estaremos na Inglaterra antes que você se dê conta. A maioria das pessoas está presa aqui. Assim, muitos chegam, e não são muitos os que saem. Mas tenho dinheiro e os passaportes. Preciso fazer alguma coisa logo, porque tenho medo de não conseguir sobreviver aqui por muito mais tempo.

Penso em você e na sua família. Penso nos campos de lavanda e urze, nas abelhas pretas da Inglaterra. Você está fazendo um trabalho incrível. Quando eu chegar aí, trabalharemos juntos nesses projetos.

Arrumarei um jeito.

Nuri.

Saí do café e me sentei em um banco ao lado do cachorro semimorto, que levantou uma pálpebra pesada, muito de leve, e depois voltou a contemplar os pés dos transeuntes. Um homem sentou-se ao meu lado. Tinha um celular e um bloco no colo. Batucou os dedos nesse bloco e depois olhou para mim. Em seguida, seus olhos percorreram a praça e ele olhou sobre o ombro. Reparei que suava muito.

— Está esperando alguém? — perguntei.

O homem confirmou com um gesto de cabeça, ainda distraído.

— De onde você é? — perguntei.

— Síria.

— Da parte curda?

Ele olhou para mim e assentiu em silêncio. Sorriu de volta, mas sua mente estava em outro lugar. Por fim, surgiram um homem e uma mulher.

— Pensei que vocês não viriam — ele disse. — Trouxeram tudo?

— Tudo o que você mandou a gente trazer — o homem disse.

— Vamos embora. Faz um tempo que ele está esperando. Não vai estar de bom humor.

Quis perguntar com quem eles iriam se encontrar, mas o homem enfiou o celular e o bloco na mochila, e olhou para mim direto nos olhos, agora com confiança.

— Prazer em conhecê-lo. Desejo-lhe um dia de luz matinal. — E antes que eu pudesse dizer qualquer coisa, os três partiram em direção à estação do metrô.

Afra saiu do Centro da Esperança cheirando a sabonete, o rosto macio e reluzente de creme, e usando um novo lenço de cabeça. Percebi, de repente, o quanto eu cheirava mal.
— Afra — eu disse, enquanto voltávamos para o parque. — Estou fedendo.
— É — ela disse, tentando não sorrir.
— Preciso achar um lugar para tomar uma ducha.
— Com certeza.
— Está ruim.
— Muito.
— Você ao menos poderia tentar mentir!
Cheirei minhas axilas, surpreso em como tinha me acostumado com o cheiro. — Estou com o cheiro das ruas — eu disse.
— Você está cheirando a esgoto — ela disse, e me inclinei tentando beijá-la; ela contraiu o rosto e me empurrou, rindo, e naquele instante éramos os dois as pessoas que costumávamos ser.

Ao entrarmos no parque e caminharmos por entre as sombras das árvores, meus membros ficaram muito pesados e minha boca ficou seca de ansiedade, lembrando-me de tudo que havia acontecido naquele lugar.
— Este é o maior céu que eu já vi — um menino disse para a menina ao seu lado.
Os dois olharam para cima e eu também. Não havia nuvens naquele dia, nem vento, o sol estava forte e o lugar reluzia de verde e amarelo, uma amostra dos meses de verão que viriam. Por entre as folhas, bem longe, o céu era grande, azul e luminoso, quase tão grande quanto o céu sobre o deserto, e para aquele menino ele continha promessas.

– Quando a noite chegar, ele vai estar cheio de estrelas – ele disse para a menina. – Vamos poder fazer uma porção de desejos.

E como o menino, fiz um desejo ao céu azul. Desejei chegar à Inglaterra. Olhei para cima e deixei o desejo preencher a minha mente. Imaginei as abelhas pretas e as colmeias. Pensei no email de Mustafá. Lembrei-me da minha resposta. Arrumarei um jeito.

Fomos até nosso lugar no cobertor. Agora, os grilos estavam mais barulhentos. Os gêmeos ainda não tinham voltado. O cobertor deles continuava onde eles o haviam deixado, o guarda-sol continuava aberto e apoiado de lado, um par de tênis novo debaixo dele.

Ao cair da noite, Angeliki chegou, enrolada em um cobertor, tomando um lugar junto à árvore, ao lado de Afra. Cutucava as crostas de ferida nos braços; os minúsculos ferimentos tinham começado a sarar. Conforme ela ajustava o cobertor, abrindo-o para enrolá-lo com mais firmeza ao redor dos ombros, notei que seus seios tinham parado de vazar, restando apenas manchas secas em seu top branco. Ela começou a conversar comigo sobre Atenas, histórias que havia escutado sobre a antiga civilização. Contou-me como tinha visto uma equipe de jovens estudantes de arqueologia escavando à procura de tesouros junto à estação Monastiraki, e contou-me sobre o mundo oculto sob as igrejas. Mais tarde, ficou calada. Tirou o talco da sua sacola e espalhou-o sobre o rosto e os braços; depois, bebeu sua água lentamente, e observou as crianças brincando, mantendo as mãos no colo.

O cheiro do talco e os ritmos de Angeliki tinham passado a ser familiares para mim. Afra ficava diferente quando Angeliki estava lá. Sentava-se e escutava tudo o que ela dizia, ainda que não entendesse tudo o que ela dizia, e de vez em quando Angeliki colocava a mão no braço de Afra, ou cutucava-a para ter certeza de que ela estava prestando atenção.

– Você nunca vai me contar de onde veio? – perguntei, depois que Afra tinha adormecido.

– Da Somália, caso precise saber.

– Por que você não queria me contar?

Ela desamarrou o turbante, rearranjou-o e ajustou-o novamente.

– Não gosto de falar nisso porque machuca meu coração.

Fiquei calado. Talvez ela não quisesse conversar comigo por eu ser homem, talvez fosse um homem quem tinha feito alguma coisa contra ela. Não quis forçar sua história, mas talvez ela tenha percebido minha aceitação, e isso a ajudou a relaxar, porque ela disse:

– Tinha pouquíssima comida. Uma miséria terrível. Tive que ir embora, então fui para o Quênia. Eu estava grávida, não queria que meu bebê nascesse na minha terra, para sofrer como eu. – Ela fez uma pausa e continuei calado. – No Quênia, fiquei num grande acampamento chamado Dadaab, mas eles diziam que aquele acampamento iria fechar. Achavam que combatentes do al-Shabaab da Somália estavam usando o acampamento para contrabandear armas. E éramos muitos. Queriam se livrar de nós, despejar a gente, então saí de lá e fiz uma longa viagem até aqui.

Ela parou de falar e vi que procurava algo na sacola. Por fim, tirou uma bolsinha.

— Eles levaram minha bebê quando cheguei a Atenas. Aqui dentro tem um cacho do cabelo ela. Uma noite, enquanto eu dormia no parque, alguém tira ela dos meus braços. Sei que puseram drogas na minha água, envenenaram ela para eu não acordar, porque em geral eu acordo com o mínimo movimento e o mínimo som que ela faz. Como foi que pegaram ela sem eu perceber? Eles me envenenam, eu sei.

Sua voz falhou e não fiz mais perguntas, mas percebi que ela pensava nisso agora, que as lembranças da Somália e da sua bebê estavam preenchendo sua mente e seus sentidos, da maneira como a lembrança do calor e da areia do deserto sírio voltava, me envolvia e enchia meu coração. Agora, o fogo estava forte, e o rosto dela estava belo e escultórico sob sua luz, mas o talco lhe dava um aspecto pálido.

— Sabe, às vezes eu me lembro que meu país é muito lindo, tem o oceano Índico e ele cintila azul e parece o paraíso. Tem areia dourada e praia, pedras e algumas casas como palácios brancos. A cidade é agitada com cafés e lojas. Mas a situação ali é muito ruim. — Ela, então, olhou para mim pela primeira vez. — Não posso voltar porque quando estou na Somália não tem nada à frente, nada avança. Agora, aqui neste lugar, tem adiante.

— Tem? Pensei que você tivesse dito que não tinha!

Ela refletiu por alguns momentos e depois disse: — Era nisto que eu acreditava.

Ficou quieta por um tempo, e disse, a seguir: — Eu quero encontrar trabalho, mas ninguém me quer. Inglês não é bom aqui. Pessoas daqui não gostam de mim. Nem os gregos conseguem trabalho. Eles vendem lenços de papel na rua. Quantos lenços de papel as pessoas precisam comprar? Será que esta é uma cidade de choro? — Ela riu, e me lembrei, de repente, da risada que eu tinha escutado pela janela, lá na escola.

Na manhã seguinte, Angeliki tinha saído e Afra desenhava. Estava sentada sobre o cobertor, de pernas cruzadas, usando as duas mãos para criar uma imagem. Na mão direita ela segurava o lápis e com as pontas dos dedos da mão esquerda acompanhava os sulcos das marcas na página. Estava surgindo uma imagem e parecia um lugar de um sonho, um deserto encontrando uma cidade, as linhas e dimensões distorcidas, as cores misturadas, mas eu podia ver a alma de Afra nas linhas do papel, a maneira como pareciam se mover com luz e vida.

– Este é para Angeliki – ela disse, e quando terminou, me pediu para pô-lo debaixo do cobertor para não voar para longe.

Fomos até o Centro da Esperança. Deixei Afra ali e fui até a praça, esperando ver o homem do dia anterior. Sentei no mesmo banco e esperei. A certa altura, o homem com os *kombolóis* passou, indo em direção ao metrô. Cumprimentou-me levantando as contas.

– Encontrou Elpidos? – exclamou.

– Encontrei, obrigado.

– Elpida significa esperança – repetiu, como tinha feito da outra vez, jogando um pedaço de pão amanhecido no chão, para o cachorro, mas o cachorro não se mexeu.

Cerca de uma hora depois, avistei o homem que estava procurando, parado junto à estátua da praça com um grupo de outros jovens, homens e mulheres. Fumavam e riam, e havia duas funcionárias da ONG entre eles, usando camisetas verdes e carregando mochilas. Esperei até a maior parte do grupo ter se dispersado, e o rapaz estar sentado num muro baixo. Estava com o bloco aberto e escrevia. Parecia mais relaxado do que no dia anterior.

Levantei-me e me sentei ao seu lado. Ele ficou um bom tempo entretido com sua escrita, mas acabou levantando os olhos para ver quem estava sentado ao seu lado.

– Posso perguntar uma coisa? – eu disse.

– Claro – ele respondeu, continuando a escrever.

– Quero achar um atravessador. Fiquei pensando se você poderia me ajudar. Tive a impressão de que era para lá que aquele casal estava indo ontem.

O homem, então, fechou o bloco e mudou sua posição no muro, de modo a ficar de frente para mim. Sorriu. – Você é muito observador.

– Então, tenho razão? Você pode me ajudar?

– A maioria dos bons mora na escola – ele disse. – Posso apresentar você. Aonde você quer ir?

– Inglaterra.

Ele riu, como faziam todos. – Está maluco? Ou vai ver que é muito rico. É o lugar mais caro e mais difícil de chegar.

– Por que é tão caro? – perguntei.

– Porque é mais difícil chegar lá. Além disto, as pessoas acham que estarão mais seguras ali, e há uma boa chance de receberem ajuda, desde que te concedam asilo.

Tomei consciência do dinheiro na minha mochila. Se alguém soubesse disso, me matariam para consegui-lo.

– Meu nome é Baram – ele disse, estendendo a mão. – Você está falando sério?

– Estou.

– Gostaria que eu acertasse alguma coisa para você?

– Com certeza.

Ele tirou um celular da mochila e se afastou vários metros, falando com alguém por alguns minutos, antes de voltar.

– Quantos são?
– Dois.
– Dá para vocês estarem amanhã, à uma da tarde, em um café, em Acharnon?

Concordei, mas estava começando a me sentir enjoado, e minha camiseta estava ensopada de suor.

Baram enfiou o celular de volta na mochila e tornou a se sentar ao meu lado. – Encontro vocês aqui às 12h45 amanhã e levo vocês até o café. Não se esqueçam de trazer os passaportes e, por favor, não se atrasem. Ele não gostará disto.

– Devo trazer dinheiro?
– Ainda não.

Naquela noite, duas mulheres carregando muitas sacolas pegaram os cobertores dos gêmeos e os guarda-sóis para si. Eu estava prestes a impedir essas novas refugiadas de se sentar, de fazer daqueles cobertores sua nova casa, quando me ocorreu que, provavelmente, os gêmeos não voltariam. Tinha esperado que eles reaparecessem, voltassem a se sentar, rindo, lutando e jogando nos seus celulares. Para minha surpresa, as mulheres não pareciam nervosas por estar ali, olhavam em volta com certa satisfação, como se tivessem acabado de chegar de algum lugar muito pior. Tiraram os sapatos antes de pisarem no cobertor, e depois de cerca de meia hora, depois de fazerem algumas chamadas por celular e comer algumas maçãs, começaram a fazer algo com linhas coloridas. Sentaram-se uma em frente à outra, e uma das duas começou a tecer, enquanto a outra segurava as pontas.

Em outro lugar, alguns homens jogavam baralho, e riam. Depois, começaram a cantar músicas em urdu, com algumas palavras árabes misturadas. O vento soprou e trouxe com ele o cheiro de condimentos e calor, o fogo crepitava e alguém estava cozinhando. Pedion tou Areos estava se tornando uma nova casa para as pessoas: sapatos enfileirados ao lado de cobertores e tendas, roupas penduradas em árvores, jogos de baralho, música e cantoria, e embora eu pudesse ter encontrado algum conforto nisso, senti-me sufocado por aqueles resquícios vagos de uma antiga vida.

Puxei a mochila para junto do peito. Aquele dinheiro era nossa única saída, e no dia seguinte nos encontraríamos com o atravessador. Por causa disto, não consegui dormir. Fiquei sentado a noite toda, ao lado de Afra, ouvindo os sons na mata, esperando o sol nascer e dourar as folhas.

No dia seguinte, Afra e eu fomos até a Praça Victoria, e embora tivéssemos chegado meia hora antes, Baram já estava lá, sentado no banco com o bloco no colo, escrevendo. Ao nos ver, ele se levantou e disse que deveríamos esperar ali por um tempo, para não chegarmos cedo demais ao café; o atravessador também não gostaria disto. Ele tornou a se sentar e continuou escrevendo. Tentei ler, mas sua letra era muito pequena. Enfiada na capa do caderno havia uma fotografia de uma moça com uniforme do exército.

– Quem é a mulher na foto? – perguntei.

– Minha namorada. Ela morreu. Estou reescrevendo o meu diário.

– Reescrevendo?

Ele ficou um bom tempo sem falar, e eu olhei para o cachorro semimorto, que agora olhava para mim e abanava o rabo.

— Quando cheguei na Turquia, o exército me pegou — Baram disse, por fim, soltando as palavras num único fôlego. — Éramos 31 ao todo. Eles nos capturaram e nos revistaram. Pegaram três de nós e deixaram o restante seguir viagem.

— Por quê?

— Porque somos curdos. Eu estava escrevendo um diário. Fazia dois anos que estava escrevendo, e eles o encontraram na minha mochila e viram uma palavra, apenas uma palavra: *Curdistão*. Levaram-me para a cadeia e disseram: "O que é aquela palavra?", e eu respondi: "Curdistão". Tive que dizer, porque eles já sabiam. Então, eles me deixaram preso por um mês e três dias. Depois, me deixaram ir. Mas ficaram com meu passaporte e novecentos euros, e queimaram meu caderno. O dinheiro e o passaporte não tinham importância para mim, mas o caderno continha a minha vida, e chorei quando o queimaram. Eles tiraram minhas impressões digitais e escanearam meus olhos, e paguei duzentos euros para o guarda me deixar ir. Corri para uma cidade curda e de lá liguei para o meu pai. — Ele fechou o caderno, com uma mão pousada sobre ele.

— Como é que você continua aqui? — perguntei.

— Estou tentando juntar bastante dinheiro para ir embora. Meu irmão está na Alemanha. Quero chegar lá antes que ele se case.

À entrada do metrô, o homem com os *kombolóis* aproximava-se das pessoas que saíam das escadas rolantes.

— Espero que você vá ao casamento do seu irmão — Afra disse.

Nós três caminhamos juntos até Acharnon. Ao chegarmos ao café, Baram apontou discretamente para um homem sentado sozinho, no canto esquerdo mais distante. Usava gola alta preta e paletó de couro preto, e bebia café gelado de um copo de plástico com canudo. Havia algo imediatamente ridículo em relação àquele homem, mas quando olhei para trás, para perguntar a Baram se aquela era a pessoa certa, ele já não estava ali, e aquela seria a última vez que eu o via.

Com relutância, levei Afra até a mesa onde o homem agora sorvia, ruidosamente, o que restava do seu café.

– Boa tarde – eu disse em árabe.

O homem levantou os olhos, como se não estivesse esperando ninguém. Depois, sem dizer nada, tirou a tampa do café e enfiou os dedos no copo de plástico, tentando pegar um cubo de gelo.

– Sou Nuri e esta é a Afra. O senhor deve estar nos esperando.

O homem conseguiu pegar o gelo e jogou-o na boca, mordendo-o.

– O senhor fala árabe? – perguntei.

– Sentem-se – ele disse em árabe.

Nós dois nos sentamos, e talvez eu estivesse nervoso, ou talvez houvesse algo no silêncio daquele homem, mas comecei a divagar:

– Encontramos Baram na praça, ele disse que o senhor poderia nos ajudar, ele ligou para o senhor ontem e disse para trazermos nossos passaportes, o que eu fiz, estão logo aqui.

– Ainda não – ele disse, abruptamente. Suas palavras detiveram minha mão. Ele sorriu, provavelmente pela minha súbita obediência, depois mordeu com mais força o cubo de gelo, fazendo uma careta que fez seu rosto ficar com a aparência de um menino de nove anos. Era incrível o poder que aquele homem-criança tinha; numa vida normal, possivelmente ele estaria lutando para dar conta das despesas em alguma quitanda de um beco em Damasco. Em seus olhos, havia um brilho de algo sombrio e desesperado, como os homens na mata.

— Esta é sua esposa? — ele perguntou.

— Sou, sou a Afra.

— A senhora é cega?

— Sou — ela disse simplesmente, mas com um toque de sarcasmo na voz que só eu pude perceber, e quase pude escutá-la prosseguindo com um "Homem esperto!".

— Isto é bom — ele disse. — Pobre mulher cega, menos suspeito. A senhora terá que tirar esse *hijab* e tingir o cabelo de loiro. Não há muito que possamos fazer com você – ele me disse –, mas você não é uma causa completamente perdida. Barba bem feita, camisa limpa. Trabalhe a sua expressão.

Sobre a mesa, o celular do homem vibrou e acendeu. Ele olhou para a tela e seu rosto mudou, uma contração na face, maxilar travado. Virou o celular para baixo, sobre a mesa.

— Então, aonde vocês querem ir?

— Inglaterra.

— Hah!

— Todo mundo ri — eu disse.

— Ambicioso. Caro.

Abaixei o rosto. O dinheiro na minha mochila estava me deixando nervoso. Era como se eu estivesse carregando uma sacola cheia de ovos.

— Dois mil euros até a Dinamarca. Três mil até a Alemanha — disse o atravessador. Depois fez uma pausa. — Vocês ganharão muito mais indo para um desses lugares.

— Quanto até a Inglaterra?
— Sete mil para os dois.
— Sete mil! — Afra disse. — Isto é loucura. Quanto custa uma passagem de avião daqui para a Inglaterra?

O homem voltou a rir, ela contraiu o rosto e se virou de costas.

— Isto não é uma viagem para a Inglaterra — ele disse. — Vocês estão pagando pelos nossos serviços. A Inglaterra é um lugar especial, vocês estarão mais seguros e para nós é mais difícil levá-los até lá; este é o custo adicional.

Parecia que Afra queria cuspir nele. Cutuquei o pé dela com o meu.

— É por isto que queremos ir para lá — eu disse. — Estamos cansados, muito cansados, agora. Mas não temos todo esse dinheiro.

— Quanto vocês têm?
— Cinco mil.
— Em dinheiro vivo?

Olhei por cima do ombro.

O homem ergueu as sobrancelhas. — Você está andando com esta quantidade de dinheiro vivo?

— Não — eu disse. — Tenho um pouco em dinheiro e o resto está numa conta particular. Faço qualquer coisa. Arrumo trabalho para conseguir o dinheiro. Recolho lixo, lavo carros ou janelas, qualquer coisa.

— Ah! Onde você pensa que está? Nem os daqui conseguem arrumar trabalho.

— Para mim basta — disse Afra, levantando-se para ir embora.

Agarrei seu braço. Vendo meu desespero, o homem sorriu.

— Você pode trabalhar para mim — ele disse.

– Que tipo de trabalho?
– Só entregas.
– Só?
– Os outros são moleques, ainda não podem dirigir. Preciso de alguém que possa dirigir. Você dirige?

Confirmei com a cabeça.

– Você pode trabalhar para mim durante três semanas. Se se comportar, a gente acerta em cinco mil euros para os dois.

– Tudo bem – eu disse, e estendi a mão para apertar a dele, mas em vez disto, ele deu um grande sorriso e uma risadinha.

Afra estava novamente calada, mas eu percebia sua raiva.

– Vocês terão que vir ficar comigo – o homem disse.

– Por quê?

– Para eu ter certeza de que você não fuja com o carro e os pacotes.

O resto do gelo no copo de plástico tinha derretido, e ele se inclinou para a frente, pondo o canudo na boca e chupando ruidosamente, como tinha feito antes.

– E desse jeito eu saberei que você não vai fugir porque terei Afra, é este seu nome, não é? – Antes que ela pudesse responder, ele ergueu a mão e pediu ao garçom um pedaço de papel e uma caneta para anotar um endereço.

– Encontrem-me aqui amanhã, às dez da noite. Se vocês não vierem, vou deduzir que mudaram de ideia.

Era começo da tarde quando voltamos para o parque. Crianças brincavam com bola no espaço entre as tendas e cobertores. Outras disputavam bolinhas de gude. Duas delas tinham construído uma vila no chão, com pedras e folhas. A ideia de deixar aquele lugar encheu-me de energia, me deu esperança, mas mais tarde vi-me percorrendo os grupos de crianças, esperando avistar Mohammed entre elas. Aqueles olhos negros, a maneira como se enchiam de medo e perguntas, eu quase podia vê-lo a minha frente. Foi Sami quem desapareceu da minha mente, e por mais que eu tentasse trazê-lo à vida, invocar uma imagem sua, não conseguia.

Angeliki já estava sentada debaixo da árvore, esperando por nós. Seu rosto estava novamente coberto de talco, e as mãos estavam pousadas no colo. Havia uma quietude nela quando ficava assim, uma solidão que eu não suportava ver. Em algum lugar distante um bebê chorava, e vi que seus seios estavam novamente vazando; o cheiro forte de leite azedo pairava a sua volta.

Afra pediu-me para pegar o desenho debaixo do cobertor e entregou-o a Angeliki.

– Você desenhou isto?

Afra confirmou. – É pra você.

Angeliki olhou para a pintura e de volta para Afra, um olhar demorado, e pude ver as perguntas em seus olhos, mas ela ficou mais um tempo sem dizer nada, ali sentada com a pintura nas mãos, olhando-a de relance de vez em quando, e depois tornando a erguer os olhos para as crianças que brincavam, ou para algo em sua mente.

– Aqui, eles escondem tudo que não querem que o mundo veja. Mas esta pintura me lembrará de outro mundo, de um mundo melhor. – E talvez ela soubesse que estávamos indo embora, porque começou a chorar e depois passou a noite toda bem ao lado de Afra, deitando-se junto a ela, pousando uma mão no seu braço, e as duas dormiram juntas, como irmãs ou velhas amigas.

12

É a manhã seguinte à entrevista. Diomande e o marroquino estão na sala de visitas tomando sua nova bebida preferida: chá com leite. Devem ter me ouvido levantar, porque uma caneca fumegante sobre a mesa de jantar espera por mim. Junto-me a eles, enquanto Afra continua dormindo.

Com o chá quente nas mãos, vou até as portas de vidro olhar para fora. Hoje, o pátio resplandece com a luz do sol. A cerejeira no meio, com suas raízes retorcidas, está cheia de passarinhos, deve haver cerca de trinta, todos chilreando e tagarelando. Atrás, o jardim da proprietária derrama sobre a cerca de madeira flores vermelhas e roxas, pétalas caídas sobre as lajotas. Acho a chave atrás das cortinas e abro as portas para deixar entrar ar e o cheiro distante do mar.

Diomande está contando ao marroquino sobre a entrevista.

– Acho que ir muito bem – ele diz, com um sorriso tão largo que toma todo o seu rosto.

O marroquino comemora com ele, batendo na palma da sua mão.

— Eu disse pra eles o que você disse. Mãe, irmã, vida difícil. Mas eles me fazem perguntas bem esquisitas.

— Como o quê?

— Qual é o hino nacional. Me pedem para cantar ele.

— E você cantou?

Diomande levanta-se e com a mão no peito começa a cantar, com aquele mesmo sorriso largo no rosto:

— *Nós te saudamos, oh terra da esperança,*
país da hospitalidade;
tuas legiões tão plenas de valentia,
ressaltaram sua dignidade.

Teus filhos, amada Costa do Marfim,
orgulhosos artesãos da tua grandeza,
todos reunidos pela tua glória,
te construiremos com alegria.

Orgulhosos cidadãos da Costa do Marfim, o país convoca
todos nós.
Se restauramos a liberdade pacificamente,
será nosso dever ser um exemplo
da esperança prometida à *humanidade.*
forjando, conjuntamente, na nova fé
a pátria da verdadeira fraternidade.

— Você sabe ele em inglês?

Diomande confirma com a cabeça.

— Você cantou em inglês pra eles?

— Cantei.

— Por quê? Qual é o problema? – perguntei.

— A letra retrata um quadro muito positivo.

Diomande volta a se sentar, abatido.

— Mas eu conta pra eles. Eu conta pra eles vida muito dura. Conta pra eles sobre a Líbia e a prisão, e ser espancado até achar que vou morrer. Conta pra eles da vida da minha irmã e mãe difícil por causa da guerra civil. Não tenho trabalho e minha mãe me manda procurar vida melhor. Conta pra eles tudo isto. Conta pra eles que aqui tem esperança. Aqui pode ser que eu ache trabalho. Posso limpar, posso cozinhar, posso ensinar, tenho muita habilidade.

Agora, os passarinhos silenciaram, e as costas de Diomande estão tão curvas que as asas debaixo da sua camiseta parecem estar se abrindo.

— Também conta pra eles como é lindo lá, meu país, como eu amo estar lá.

O marroquino está pensativo, olhando para o pátio, às vezes me olhando de relance com uma pergunta nos olhos, mas seja o que for, ele não pergunta.

Diomande decide que quer ir ao parque de diversões. — Ouço essa música louca o tempo todo e vejo as luzes sobre o mar. Podemos ir? — ele diz.

O marroquino fica animado com a perspectiva de ter companhia.

— *Geezer*, vamos! Quando virmos as luzes e o mar, e ouvirmos a música, todos os problemas e preocupações serão como um pequeno grão de areia.

Eles insistem para que eu vá com eles. Arrastam-me, uma mão cada um, até a escada, para que eu suba e me apronte.

Quando chego ao nosso quarto, vejo Afra já vestida e novamente sentada na beira da cama, mas desta vez ela está chorando. Ajoelho-me em frente a ela. As lágrimas jorram dos olhos dela como rios escuros.

— Qual é o problema, Afra? — pergunto.

Ela enxuga o rosto com as costas da mão, mas as lágrimas continuam caindo.

— Desde que contei ao médico sobre a bomba, não consigo pensar em outra coisa. Posso ver o rosto do Sami. Posso ver seus olhos olhando para cima, para o céu. Fico me perguntando o que ele sentiu. Estava com dor? O que ele sentiu quando olhou para o céu? Será que ele sabia que eu estava ali?

Pego a mão dela na minha, mas não consigo segurá-la por muito tempo porque sinto um calor subindo pela minha coluna, ao longo do pescoço e entrando na minha cabeça. Solto-a e me afasto dela.

— Vou dar um passeio com o marroquino.

— Mas... eu...

— Vou dar um passeio com ele e Diomande.

— Tudo bem — ela diz baixinho. — Divirta-se.

Ainda consigo escutar suas palavras — havia muita tristeza na sua voz —, mesmo enquanto caminhamos pelo píer de madeira e entramos no parque de diversões, arrebanhados por um tornado de escorregadores, montanhas-russas e carrinhos de bate-bate. "Divirta-se", ecoa em minha mente, mesmo quando Diomande fala sobre a Costa do Marfim.

— O mar é como cristal — ele diz —, não como este aqui. Este parece merda. Não! O mar lá é como o céu. Muito claro! Você podia ver todos os peixes nadando. É como vidro. E quando o sol se põe, tudo fica vermelho, o céu, mar. Vocês deviam ver isso! Tudo vermelho. — Ele abrange o céu com a mão e me lembro das pinturas de Afra. Passeamos pelo quebra-mar, de modo que ficamos perto da água.

Sentamo-nos em um café, na arcada. Ele cheira a vinagre e sorbet. O marroquino tem uns trocados no bolso, então compra para nós uma bebida vermelho-vivo para que possamos pensar no céu da Costa do Marfim. Tem gosto de plástico sabor cereja, e é feita com gelo moído.

– Você estar bem quieto – Diomande me diz, seus olhos escuros iluminados pelo sol, de modo a se tornarem, agora, um marrom ardente.

– Como é o mar na Síria? – o marroquino pergunta.

– Eu vivo perto do deserto – respondo. – O deserto é tão perigoso e lindo quanto o mar.

Então, nós três ficamos ali, sentados em silêncio por um longo tempo, olhando a extensão da água, imaginando nossos próprios países, é o que eu acho, o que perdemos, o que foi deixado para trás.

Quando voltamos, o sol está se pondo, e um vento forte sopra pelo píer, de modo que sua estrutura range e chacoalha.

No B&B, Afra não está na sala de visitas, nem na cozinha. Encontro-a no quarto, deitada na cama desta vez, o rosto ainda molhado de lágrimas. Segura a bola de gude e rola-a nos dedos. Às vezes, rola-a sobre os lábios, ou ao longo do pulso.

Não fala comigo quando entro no quarto, mas quando me deito a seu lado, ela diz: – Nuri, você tem notícia de Mustafá?

– Você não vai parar de me perguntar? – digo.

– Não. É por causa dele que estamos aqui!

Não digo nada.

– Você está perdido nas trevas, Nuri – ela diz. – É um fato. Está completamente perdido em algum lugar na escuridão.

Olho para seus olhos, tão cheios de medo, perguntas e nostalgia, e tinha pensado que era ela que estava perdida, que era Afra quem estava presa nos lugares escuros da sua mente. Mas agora posso ver o quanto ela está presente, o quanto tenta chegar até mim. Fico ali até ver que ela adormeceu, e então desço para o andar de baixo.

A sala está silenciosa esta noite, o marroquino está na cozinha, ao celular, andando de um lado a outro, e de vez em quando altera a voz. Diomande tomou uma ducha depois do parque de diversões, e ficou no seu quarto. Há dois ou três moradores sentados ao redor da mesa de jantar, jogando baralho. Sento-me ao computador. A luz da TV cintila na sala.

Baixo meus emails rapidamente, antes de ter chance de mudar de ideia. Há uma mensagem de Mustafá.

11/05/2016

Caríssimo Nuri,
Eu me pergunto se conseguiu sair de Atenas. É difícil para mim ficar aqui sentado sem saber se você e Afra estão bem. Espero que você esteja vindo para cá. Hoje choveu o dia todo, e sinto falta do deserto e da luz do sol. Mas aqui também tem coisas boas, Nuri, e queria que você estivesse aqui para ver. É um lugar colorido, cheio de flores agora, na primavera. Acabei de dar meu terceiro workshop semanal para voluntários. Um deles era uma síria, que chegou aqui com a mãe e o filho, outro era um refugiado congolês que se lembra de ter colhido mel na selva, e um aluno afegão já está perguntando como conseguir sua primeira rainha!

No momento, tenho seis colmeias para ilustrar a apicultura, e o projeto cresce a cada semana. Estas abelhas são mansas, não como as abelhas sírias. Posso até recolher o mel sem o equipamento de proteção. Sei quando estão prestes a ficar agressivas porque mudam de timbre. É uma experiência maravilhosa ficar no meio delas, assim exposto, e estou começando a conhecê-las. O zumbido delas é lindo; quando você ouvir sua música seu coração se encherá de ternura até a borda. Mas, às vezes, este som me lembra tudo o que perdemos, e sempre penso em você e Afra. Espero ter logo notícias suas.

Mustafá

Digito uma resposta e aperto Enviar.

Caro Mustafá,
Afra e eu chegamos à Grã-Bretanha. Agora, faz duas semanas que estamos aqui. Lamento não ter entrado em contato antes. Foi uma viagem muito difícil. Estamos num B&B no extremo-sul da Inglaterra, perto do mar. Preciso ficar aqui até ter minhas entrevistas, e até descobrir se vão nos conceder asilo. Estou preocupado, Mustafá, estou preocupado que eles nos façam ir embora. Estou muito feliz em saber sobre o seu projeto. Gostaria de poder estar aí com você.

Nuri

Penso no tom frio do meu email, no fato de estar aqui por tanto tempo e não contatar meu primo. Estou aqui por causa de Mustafá. Fugi de Atenas por causa da esperança e da vontade que ele me transmitiu, mas de alguma maneira fui engolido pela escuridão dentro de mim.

Mando outra mensagem:

Mustafá, acho que não estou bem. Desde que cheguei aqui, minha mente está esfacelada. Acho que estou perdido nas trevas.

Estou prestes a desconectar, quando chega um email:

Nuri, fico muito feliz em saber que você, finalmente, está no Reino Unido. É uma notícia incrível! Por favor, mande-me seu endereço.

Acho o endereço em uma carta no quarto, e volto ao computador, onde o copio e aperto o Enviar. Não digo nada mais a Mustafá e não há resposta depois disto.

Adormeço numa poltrona, e quando acordo está escuro e a sala de visitas está vazia. Mas posso escutar a bolinha de gude rolando pelo assoalho de madeira. De início, não consigo ver Mohammed, mas depois percebo que ele está sentado debaixo da mesa, com a mesma camiseta vermelha e o short azul que usava da última vez.

Agacho-me para olhá-lo nos olhos.

– O que está fazendo aí embaixo, Mohammed?

– Aqui é a minha *casa* – ele diz. – É de madeira, como em *Os três porquinhos*. Você se lembra de quando me contou essa história?

– Eu te contei essa história? Só te contei uma história, a da cidade de bronze. A única pessoa para quem eu li aquela história foi o Sami, porque achei o livro um dia numa barraca do *souq*.

Ele não me escuta. Está ocupado, rolando a bolinha de gude pelas frestas da madeira. Depois, ele a enfia debaixo do tapete.

– Você gosta da minha casa? Ela não quebra como as casas lá do meu país. Não é bonita, tio Nuri?

Sinto uma dor aguda na cabeça, tão repentina e intensa que preciso me levantar, fechar os olhos e apertar com força a testa com os dedos.

Mohammed puxa o meu pulôver. – Tio Nuri, você vem comigo?

– Aonde?

Ele enfia a mão na minha e me leva para a porta de entrada. Assim que a abro, percebo que tem alguma coisa errada;

à frente, além dos prédios, o céu brilha branco e vermelho; de algum lugar não muito longe, há um guincho selvagem, metal com metal, como uma criatura sendo arrastada para a morte, e quando o vento sopra, traz com ele o cheiro de fogo, de coisas queimando e cinzas. Atravesso a rua de mãos dadas com Mohammed. As casas estão bombardeadas e parecem carcaças com a luz do céu lampejando atrás delas. Seguimos pela rua. Mohammed arrasta os pés na poeira. É muito densa, como se estivéssemos andando na neve. Há carros queimados, varais com roupas pendurados em sacadas abandonadas, fios elétricos balançando baixo sobre a rua, pilhas de lixo nas calçadas. Tudo cheira a morte e borracha queimada. À distância, sobe uma fumaça, espiralando no horizonte. Mohammed puxa-me pela mão o tempo todo que descemos a colina, até chegarmos ao Queiq. O rio tem ondas e está mais escuro do que o normal.

– É aqui que os meninos estavam – diz Mohammed –, mas eu estava vestido de preto, então eles não me viram, não me afogaram no rio. Alá cuidou de mim. – Ele olha para mim com aqueles grandes olhos negros.

– É, deve ter cuidado – eu digo.

– É aqui que estão *todas* as crianças, todas que morreram. Estão no rio e não podem sair – ele diz.

Quando olho mais de perto, noto que há pernas, braços e rostos na água. Posso discernir contornos desfocados na escuridão, mas sei o que são. Recuo um passo.

– Não – Mohammed diz. – Não tenha medo. Você precisa entrar lá.

– Por quê?

– Porque é a única maneira de achar a gente.

Dou um passo à frente. A água está quase opaca, e mesmo assim posso ver aquelas sombras deslizando sob a superfície.

– Não, Mohammed. Não vou entrar lá.
– Por quê? Está com medo?
– Claro que estou com medo!

Ele ri. – Normalmente sou eu que tenho medo de água! Como trocamos de lugar?

Ele chuta os sapatos para longe e começa a entrar na água.

– Mohammed, não!

Ele me ignora, seguindo adiante, a água subindo acima dos seus joelhos e do quadril, até o peito.

– Mohammed! Se você não voltar agora, vou ficar muito bravo!

Mas Mohammed continua andando. Dou um passo à frente, depois outro e outro, até a água atingir as minhas coxas. Algo desliza por mim, como um peixe ou uma cobra. Logo à frente, um pequeno objeto reluz na superfície escura da água. Pego-o com as mãos em concha. É

...uma chave...

foi colocada na palma da minha mão. – Sintam-se em casa – disse o atravessador, sorrindo, e vi que ele tinha um dente prateado no fundo da boca. Seu apartamento ficava um pouco fora do centro de Atenas, não muito longe do mar. Subimos três lances de escada porque o elevador estava quebrado. Era um lugar minúsculo, cheirando a condimentos mofados.

No fim de um corredor estreito havia uma sala de visitas de formato estranho, assimétrica, com três quartos saindo dela. Todas as janelas davam para as paredes de tijolo e os sistemas de ventilação dos prédios vizinhos. O atravessador apresentou-se devidamente como Constantinos Fotakis. Fiquei surpreso por seu nome ser grego, já que falava árabe como um nativo, mas olhando para seus traços e para a cor da sua pele, era difícil saber sua origem.

A chave que ele me deu era para o quarto. Ali tinha um colchão de casal no chão e um velho tapete de pele para ser usado como cobertor. Cheirava a umidade, e um bolor verde cobria as paredes. Podíamos ouvir o zunido dos respiradouros. A parede do prédio em frente ficava a um braço de distância, e o calor e o vapor dos outros apartamentos juntavam-se no espaço entre os prédios, instalando-se no quarto.

Não era um lugar confortável para dormir, mas era melhor do que o parque. No entanto, não tinha certeza de que fosse mais seguro; algo no sr. Fotakis deixava-me desconfortável. Talvez fosse sua risada grave e rascante, o anel de ouro com sinete no dedo mindinho. Agora, ele estava ainda mais confiante do que no café, mas também mais simpático. Recebeu-nos em seu apartamento como se fôssemos da família, chegando a insistir para carregar nossa bagagem e levando-a para o quarto. Mostrou-nos onde ficava o chuveiro, como usar as torneiras, porque a água quente, às vezes, ficava fria, descreveu o conteúdo da geladeira e nos disse para pegar o que quiséssemos. Fomos tratados como hóspedes especiais. Numa mesinha de centro verde e bronze havia pontas apagadas de cigarros de maconha, e notas de vinte libras enroladas, o que me confirmou que tipo de entregas eu faria.

Mais tarde, naquela noite, o sr. Fotakis recebeu a visita de amigos. Eram dois, e ambos se afundaram no sofá e discutiram por um tempo por causa do controle remoto, como se fossem crianças. Para mim, pareciam irmãos, um deles um pouco gordinho, o outro muito mais alto, mas os traços eram os mesmos, ambos com vincos profundos e nariz grande, olhos um pouco juntos demais, de modo que sempre pareciam um pouco assustados.

Por volta das dez da noite, o sr. Fotakis me deu instruções para a minha primeira entrega. Eram quatro caixas brancas e precisavam ser levadas para diferentes partes de Atenas. Ele me deu os endereços, a ordem em que as entregas precisavam ser feitas, e os nomes ou apelidos das pessoas que receberiam os pacotes. Também me deu um iPhone novinho, que eu só deveria usar para o trabalho; se eu ligasse para qualquer outro número, ele saberia. Deu-me um carregador para a van, e se certificou de que o roaming de dados estava funcionando, para que eu pudesse usar o Google Maps.

– Dirija com cuidado. Não mate ninguém – ele disse, com um sorriso irônico no rosto. – Você não tem seguro, nem licença.

Enquanto eu me aprontava para sair, Afra estava deitada na cama, segurando a chave do quarto na mão, junto ao peito. Quando fui beijá-la na testa, e dizer para se cuidar, ela me entregou a chave.

– Por que você está me dando isto? – perguntei.

– Quero que você me tranque aqui dentro – ela disse.

– Por que você não tranca por dentro? Assim você pode sair, se precisar.

Mas Afra estava sacudindo a cabeça. – Não – ela disse. – Quero que você me tranque aqui.

– Sei que é uma gente duvidosa, mas não acho que tentarão alguma coisa – eu disse.

– Por favor. Não quero a chave. Quero que você a guarde. Preciso saber que ela está com você.

– Tem certeza? – perguntei.

– Tenho.

Não a entendi realmente, mas concordei. Pus a chave no meu bolso traseiro, e passei a noite toda verificando para ter certeza de que continuava ali. A chave me fazia pensar em Afra, lembrando-me de que ela estava naquele quarto úmido, sozinha, à minha espera. Ela me lembrava das paredes de tijolos e dos respiradouros, dos homens na sala de visitas. A chave me dava uma determinação para seguir em frente, principalmente durante aquelas longas horas do início da manhã, antes mesmo que o sol começasse a nascer, quando eu dirigia quilômetros por faixas de rodagem, passando pelas sombras de aldeias e cidades distantes. Agora eu me pergunto se ela me deu a chave para garantir que eu me lembrasse dela, para ter certeza de que eu não iria embora, deixando-a ali para sempre.

Era uma noite clara, o céu estava cheio de estrelas, Minha primeira entrega foi perto do porto de Pireu, não muito longe de onde a balsa havia nos deixado quando viemos de Leros. A navegação por satélite tirou-me da estrada principal para uma rua secundária, residencial, onde os apartamentos estavam bem cuidados e todos tinham toldos. Já havia um homem a minha espera, debaixo de uma oliveira, fumando um cigarro. Desci, abri as portas da van branca, e entreguei-lhe a caixa. Ele me disse para esperar ali. Entrou em um dos prédios de apartamentos, ficou ali por cerca de dez minutos, e saiu, desta vez carregando uma sacola branca com outro pacote dentro. Disse que não era para eu tocar, nem abrir nada. O sr. Fotakis saberia se faltasse alguma coisa.

Eram cinco da manhã quando comecei a voltar para o centro de Atenas, o sol surgia sobre o mar, à distância as montanhas nas ilhas eram de um cinza azulado. Estava com a janela aberta para poder escutar o sussurro do vento e da água, mas logo me afastei da costa cintilante, entrando na cidade, com seus grafites, prédios de apartamentos, e a sombra escura das montanhas do continente.

Quando voltei ao apartamento do atravessador, todos dormiam. Eu podia ouvir roncos do quarto principal, e os dois irmãos estavam adormecidos no sofá, com os braços abertos um sobre o outro. Destranquei a porta e entrei no quarto. Afra estava sentada na cama, com as costas retas, esperando por mim.

– Você ainda não dormiu? – perguntei.
– Não. – Ela segurava os joelhos.
Sentei-me na cama ao lado dela. – Agora estou aqui – eu disse. – Por que você não se deita?

Ela se deitou e vi que tremia, ainda que estivesse quente e úmido naquele quarto. Não me dei ao trabalho de me despir. Estiquei-me ao lado dela, com a mão pousada em seu peito, e escutando as batidas do seu coração, adormeci.

Nós dois dormimos até o começo da tarde. Acordei algumas vezes ao som de pratos e talheres na cozinha, mas me obriguei a voltar a dormir. Não queria estar acordado naquele mundo. Meus sonhos eram melhores do que a realidade, e acho que Afra sentia a mesma coisa, porque ela não se mexeu para se levantar até eu fazer isto.

A noite seguinte foi quase exatamente a mesma coisa, só que um dos pacotes foi recebido por um homem em um barco, que depois partiu pelo mar escuro em direção a uma das ilhas.

Os dias passaram-se assim, dormindo ao lado de Afra durante o dia, com uma janela que dava para as paredes de tijolos e o som dos sistemas de ventilação, e depois viajando à noite por Atenas e seus subúrbios, entregando pacotes para desconhecidos.

Três semanas se passaram. Vivemos desse jeito por um mês. Estava demorando muito mais do que o sr. Fotakis havia prometido. Ele disse que estava tentando resolver nossos passaportes e voos. Algumas vezes eu não acreditava nele, quando achava que ele iria nos pôr para fora e acabaríamos presos em Atenas para sempre, de volta a Pedion tou Areos, o que para mim equivalia ao inferno.

Então, um dia, ele bateu na porta do nosso quarto. Era começo da tarde e eu estava cochilando ao lado de Afra.

Quando me levantei e fui para a sala de visitas, ele tinha um saco plástico para mim. Dentro havia tintura de cabelo para Afra, algumas tesouras e cortadores de unha, e uma boa espuma de barbear para mim. – Quero que vocês se arrumem para as fotos do passaporte – ele avisou.

No quarto, tirei o *hijab* de Afra, soltei seu cabelo do coque, e segui as instruções da caixa, dividindo seu cabelo em partes, e cobrindo-o com o preparado de cheiro ruim. Deixamos aquilo agir por 45 minutos, antes de irmos até o banheiro e dar uma boa lavada na pia. Dei-lhe uma toalha e esperei por ela na sala de visitas. O sr. Fotakis tinha feito um chá de hortelã novo para nós todos – ele tinha alguns vasos com ervas no peitoril da janela, que pareciam prosperar no ar úmido –, e nós dois nos sentamos tomando o chá em copinhos.

Quando Afra saiu do banheiro, parecia outra mulher. De algum modo, o cabelo loiro fez com que parecesse mais alta, suas maçãs do rosto mais redondas, e embora o cabelo claro devesse ter feito sua pele parecer mais escura, acabou deixando sua pele mais pálida, tão branca que me lembrou cinzas e neve. O cinza dos seus olhos estava mais intenso, e eles brilhavam quando ela se sentou ao nosso lado.

– Estou sentindo cheiro de hortelã – ela disse. E o sr. Fotakis colocou um copo em sua mão. Ele não conseguia tirar os olhos dela.

– A senhora está diferente – ele disse, rindo. – É curioso como uma coisa pode mudar tanto uma pessoa! – Mas havia algo mais em sua voz, o mesmo tom que havia me deixado desconfortável desde o primeiro dia em que chegamos lá. Era a lascívia e a cobiça que crepitavam por sua fleuma quando ele falava, quase veladas, mas nem tanto.

Cortei meu cabelo e me barbeei com capricho, depois vesti uma camisa branca engomada, pertencente ao sr. Fotakis. O mais alto dos dois irmãos veio tirar as fotos. Ele nos colocou à luz da janela e saiu fotografando até ficar satisfeito.

À noite, eu continuava fazendo entregas. Havia muitos pacotes, e com o passar dos dias eu, com frequência, reencontrava as mesmas pessoas; elas passaram a me conhecer e confiar em mim e, às vezes, me ofereciam cigarros. Eu só ficava acordado à noite, não via mais o sol. Afra e eu existíamos nas trevas.

Cerca de uma semana depois, os passaportes chegaram. Nossos novos nomes eram Glória e Bruno Baresi.

– Vocês são italianos – disse o sr. Fotakis.

– E se eles fizerem perguntas? Não sabemos nada de italiano.

– Tenho esperança de que isto não aconteça. Vocês irão daqui para Madri, e de Madri para o Reino Unido. Ninguém saberá que vocês não falam italiano. Só não falem em árabe! Fiquem de boca fechada o máximo possível.

Assim, a data foi marcada e as passagens reservadas. O sr. Fotakis comprou um vestido vermelho para Afra, feito com o melhor tecido, e uma echarpe cinza, tecida a mão, com minúsculas flores vermelhas da mesma cor do vestido. Era linda, mas casual. Ela também lhe deu uma jaqueta jeans, uma bolsa de mão e um novo par de sapatos. Eu recebi uma calça jeans, um cinto de couro, uma nova camisa branca e um suéter marrom. Ele quis que vestíssemos as roupas para ter certeza de que parecíamos autênticos.

– Vocês são um belo casal – ele disse, sorrindo. – Parecem ter saído de uma revista.

— Como eu estou? — Afra perguntou-me mais tarde, enquanto eu me arrumava para fazer as entregas.

— Você não parece você.

— Estou horrorosa?

— Não — respondi. — Claro que não. Você é sempre linda.

— Nuri, agora o mundo todo pode ver o meu cabelo.

— Na verdade, não pode, porque está com uma cor diferente — respondi.

— E eles podem ver as minhas pernas.

— Mas são as pernas de Glória Baresi, não as suas.

Seus lábios sorriram, mas os olhos não.

Deveríamos partir no dia seguinte, e naquela noite houve mais pacotes do que o normal. Tranquei Afra no quarto e coloquei a chave na mesinha de centro, por um segundo, para contar as caixas e riscá-las da lista. Naquele momento, o sr. Fotakis chegou para me explicar as providências da ida ao aeroporto. Ajudou-me, então, a levar as caixas para baixo, até a van.

Só quando eu estava na metade do meu percurso por Atenas, foi que percebi que tinha esquecido a chave. Não podia voltar para pegá-la. Eu tinha que encontrar dez pessoas, e todas tinham seu respectivo horário. Se eu me atrasasse em uma, me atrasaria em todas elas. Então, continuei em frente, tentando não pensar em Afra. Lembrei-me novamente dela só quando estava voltando para a cidade, nas primeiras horas da manhã.

Ao chegar ao apartamento, subi correndo a escada em espiral e entrei na sala de visitas, mas a chave não estava na mesinha de centro onde eu a havia deixado, e a porta estava trancada. Bati e não houve resposta.

– Afra – cochichei –, você está dormindo? Pode abrir a porta para mim?

Esperei com o ouvido na porta, mas não consegui ouvir nada, nenhuma resposta, nenhum movimento, então me contentei em dormir algumas horas no sofá. Estava justamente me deitando, quando escutei a chave na fechadura e a porta abrir-se. Afra estava lá. Olhei para o rosto da minha esposa e imediatamente soube que havia algo de errado. A luz matinal que se refletia tão friamente das paredes dos outros prédios revelou um arranhão no seu rosto, vermelho e inflamado, indo do olho esquerdo até o queixo. Seu cabelo loiro estava uma confusão embaraçada em volta do rosto. Nesse momento, ela não era minha esposa. Não consegui reconhecê-la. Não consegui encontrá-la. Antes que eu pudesse dizer qualquer coisa, ela me deu as costas e voltou para dentro do quarto. Dei um salto e fui atrás, rapidamente, fechando bem a porta depois que entrei.

– Afra, o que aconteceu? – perguntei. Ela estava enrodilhada na cama, de costas para mim. – Você não vai me dizer o que aconteceu? – Pus a mão nas suas costas, e ela se encolheu, então me deitei ao seu lado, sem tocá-la, nem fazer mais perguntas.

Era começo da tarde quando ela voltou a falar. Eu não tinha dormido nada.

– Você quer mesmo saber? – ela perguntou.

– É claro.

– Porque não tenho certeza de que você queira mesmo saber.

– É claro que eu quero saber.

Houve uma longa pausa, e então ela disse: – Ele entrou aqui, o sr. Fotakis. Achei que fosse você, porque você tinha trancado a porta. Eu não sabia que ele estava com a chave. Ele veio aqui e se deitou do meu lado, exatamente onde você está deitado agora. Percebi que não era você por causa do cheiro da pele dele quando ele chegou mais perto de mim. Eu gritei e ele cobriu a minha boca com a mão, e o anel dele arranhou o lado do meu rosto, e ele me disse para ficar quieta ou quando você chegasse me acharia morta.

Ela não precisou dizer mais nada.

13

O céu está grande, azul e cheio de gaivotas. Elas se movem rapidamente e mergulham no mar, tornam a voar, mais, mais e mais, até o céu. Há um bando de balões multicoloridos acima de mim, subindo e se tornando menores até desaparecerem à distância. Ouço vozes a minha volta, e então alguém pega no meu pulso. Está checando minha pulsação.
– Coração forte – diz o homem.
– O que ele está fazendo aqui? – Uma mulher está parada debaixo do sol.
– Talvez seja um sem-teto.
– Mas por que está na água?
Nenhum deles me pergunta, mas, seja como for, não acho que conseguiria falar. O homem solta meu pulso e me arrasta pelos braços, de modo que fico na areia seca. Depois, ele vai para algum lugar. A mulher fica muito quieta, olhando para mim como se eu fosse uma foca. Ela tira o casaco e coloca-o sobre mim, enfiando-o em volta do meu queixo. Tento sorrir para ela, mas não consigo mexer o rosto.
– Tudo bem – ela diz. A voz dela está embargada, seus olhos brilham, e acho que talvez ela esteja chorando.

O homem logo volta com alguns cobertores. Tira meu suéter molhado e enrola os cobertores secos a minha volta. Depois de um tempinho, vejo luzes azuis piscando e pessoas me erguem para uma maca, e então estou abrigado e quente, e estamos nos movendo rápido pelas ruas, a sirene tocando. Meus olhos fecham-se quando o paramédico ao meu lado começa a tirar a minha pressão.

Quando acordo, estou numa cama de hospital, ligado a um monitor cardíaco. A cama ao meu lado está vazia. Uma médica vem me ver porque quer saber quem sou e o que eu estava fazendo dormindo na praia, com o corpo na água. Diz que quando me trouxeram eu estava com hipotermia.

– Meu nome é Nuri Ibrahim – digo. – Há quanto tempo estou aqui?

– Três dias – ela diz.

– Três dias? – Sento-me de um pulo. – Afra deve estar morrendo de preocupação.

– Quem é Afra?

– Minha esposa – digo. Tento vasculhar meus bolsos, mas não estou mais usando calça.

– Por favor, pode me dizer onde está meu celular?

– Não encontramos um celular – ela diz.

– Preciso entrar em contato com a minha esposa.

– Posso fazer isto em seu lugar, se o senhor me der as coordenadas.

Informo a ela o endereço do B&B e o nome da proprietária, mas não sei o número. A médica me faz várias perguntas. O senhor pensa em se matar, sr. Ibrahim? Como está a sua memória? Acha que está esquecendo acontecimentos importantes? O senhor esquece pequenos fatos cotidianos? Sente-se confuso ou desorientado? Tento responder o melhor possível. Não. Minha memória é boa. Não. Não. Não.

Passo por uma tomografia cerebral. Depois, me trazem um almoço, que consiste em ervilhas, purê de batatas e um pouco de frango seco, grelhado. Como tudo porque agora estou com fome, e depois me sento na cama e cantarolo uma música que minha mãe costumava cantar para mim. Não consigo tirá-la da cabeça. Não me lembro da letra, mas a melodia é uma canção de ninar. Alguns dos outros pacientes olham para mim ao passar pela minha cama. Tem uma senhora com andador que fica indo e vindo. Acho que ela também começou a cantarolar a música. Adormeço e quando acordo tem uma mulher na cama ao lado. Está grávida, com a mão pousada em sua barriga protuberante. Ela também canta a melodia, e sabe a letra.

– Como a senhora sabe a letra? – pergunto.

Ela vira o rosto para mim. Está escuro e claro e iluminado sob as luzes halógenas.

– Aprendi quando era criança – ela diz.

– De onde a senhora é? – pergunto.

Ela não responde. Está deitada de costas, movendo a mão sobre a barriga em movimentos circulares, cantando a música como um sussurro para a criança por nascer.

– Pedi asilo – ela diz – e me negaram. Estou recorrendo. Estou neste país há sete anos.

– De onde a senhora é? – pergunto novamente, mas minha mente obscurece e escuto apenas o som fraco da sua voz, e vejo o brilho suave da luz sobre mim desvanecendo para o preto.

Na manhã seguinte, a enfermaria está silenciosa e a cama ao meu lado está vazia. Uma enfermeira aproxima-se e me diz que tenho visita. Vejo o marroquino caminhando em minha direção.

Ele se senta em uma cadeira ao lado da minha cama, e põe a mão no meu braço. – *Geezer*, andamos preocupados com você.

– Onde está a Afra?

– Está no B&B.

– Ela está bem?

– Por que você não descansa um pouco. Falamos disso depois.

– Quero saber como ela está.

– Como você acha que ela está? Pensou que você estivesse morto.

Nenhum de nós diz nada por um longo tempo. O marroquino demora a ir embora; fica ao meu lado com a mão no meu braço. Não pergunta aonde fui, ou por que dormi na praia, e não conto que entrei no mar à noite. Ele não me pergunta nada, mas também não vai embora, o que no começo me irrita, porque só o que quero é cantarolar a cantiga de ninar, mas depois de um tempo sua presença me acalma. Existe algo em sua solidez e seu silêncio que traz certa paz a minha mente.

Ele tira seu livro do bolso e começa a ler, rindo consigo mesmo de tempos em tempos. Fica ali até o último visitante ir embora, e depois torna a voltar na manhã seguinte para me buscar. Chega com uma sacola de roupas. Tiro a camisola do hospital e visto as coisas que ele me trouxe.

– São pijamas – ele diz. – Diomande chama isto de agasalho esportivo. Disse que você vai se sentir confortável com ele. Não entendo. Agora, você terá que andar pela rua com roupa de dormir.

Pouco antes de deixarmos o hospital, a médica vem me ver novamente. Estou sentado na beirada da cama e ela se senta a minha frente, na cadeira da visita, com uma prancheta nas mãos. O marroquino está perto da janela, olhando o estacionamento lá embaixo.

– Sr. Ibrahim – ela diz, hesitante, enfiando o cabelo castanho atrás da orelha –, a boa notícia é que sua tomografia não apresenta problemas, mas pelo que aconteceu, e pelas informações que tenho a seu respeito, acho que o senhor está sofrendo de estresse pós-traumático. Aconselho fortemente que procure orientação na sua clínica. – Ela diz tudo isto devagar e com clareza, olhando-me direto nos olhos, e depois dá uma olhada na sua prancheta e escuto um leve suspiro, antes de ela consultar seu relógio. – O senhor pode me prometer que fará isto?

– Sim – respondo.

– Porque não gostaria que o senhor se colocasse em risco novamente. – Agora, existe uma preocupação verdadeira em seus olhos.

– Sim, doutora, prometo que seguirei seu conselho.

Pegamos o ônibus de volta para o B&B. Chegamos na metade da manhã e a proprietária está espanando a sala de visitas. Ela vem nos cumprimentar, batendo os sapatos de plataforma no assoalho de madeira. Usa luvas de borracha de um amarelo vivo.

– O senhor aceitaria uma boa xícara de chá, sr. Ibrahim? – Ela quase canta estas palavras, e não respondo porque estou distraído com algo no pátio. Afra e a afegã estão sentadas em espreguiçadeiras, debaixo da cerejeira, perto da abelha. Quando Farida me vê, diz alguma coisa a Afra, depois se levanta para que eu me sente.

Afra fica calada por um longo tempo. Está com o rosto voltado para o sol. – Consigo ver sombras e luz – ela diz.

– Quando tem muita luz, consigo ver a sombra da árvore. Olhe! – ela diz. – Me dê sua mão.

Ponho a mão na dela, e ela se inclina para a frente, para a luz, colocando minha mão em frente a seus olhos. Depois me diz para mexê-la da esquerda para a direita, fazendo uma sombra passar pelo seu rosto.

– Agora tem luz – ela diz, sorrindo –, agora está escuro.

Quero mostrar que o que ela está dizendo está me deixando feliz, mas não consigo.

– E consigo ver um pouco de cor – ela diz. – Ali. – Ela aponta um balde vermelho no canto do jardim. – O que é aquilo? Uma roseira?

– É um balde – respondo.

Ela solta minha mão e seu rosto se abate. Vejo que está rolando a bolinha de gude nos dedos, correndo-a pela palma da mão e pelo pulso. A lâmina vermelha no meio capta a luz e fica translúcida. Há um zumbido suave à distância, que aos poucos se torna mais alto, como se um enxame de abelhas estivesse se dirigindo para este pátio de cimento.

– Senti sua falta – escuto-a dizer. – Fiquei com muito medo. – E o vento sopra e sacode as flores, fazendo-as rodopiar a sua volta. – Estou muito feliz que esteja aqui. – Sua voz está tomada pela tristeza.

Observo a bolinha de gude.

– Você esqueceu Mustafá – ela diz.

– Não, não esqueci.

– Você esqueceu as abelhas e as flores? Acho que você esqueceu tudo aquilo. Mustafá está a nossa espera, e você nem tocou no nome dele. Está perdido num outro mundo. Não está aqui de jeito nenhum. Não te conheço mais.

Não digo nada.

– Feche os olhos – ela diz.

Então, fecho os olhos.

— Consegue ver as abelhas, Nuri? Tente vê-las na sua mente. Centenas e milhares delas à luz do sol, nas flores, nas colmeias e favos. Consegue ver isto?

Em minha mente, visualizo primeiro os campos de Alepo e as abelhas de um amarelo dourado nos apiários; depois vejo os campos de urze e lavanda, as abelhas pretas descritas por Mustafá.

— Consegue ver? — ela pergunta.

Não respondo.

— Você acha que sou eu que não consigo ver — ela diz.

Ficamos em silêncio por um longo tempo.

— Você não vai me contar? — ela pergunta. — Não vai me dizer qual é o problema?

— Por que você está com a bolinha de gude de Mohammed? — pergunto.

Suas mãos, subitamente, ficam paradas.

— Mohammed? — ela diz.

— É. O garotinho que conhecemos em Istambul.

Ela se inclina para a frente, como se estivesse com dor e expira o ar.

— Esta bolinha de gude era do Sami — ela diz.

— Do Sami?

— É.

— Mas Mohammed brincava com ela.

Não olho para ela, agora, mas ouço-a soltar outro suspiro.

— Não sei quem é Mohammed — ela diz. Entrega-me a bolinha.

— O menino que caiu do barco. Você não se lembra?

— Não caiu um menino do barco. Havia uma menina que ficava chorando, e quando o pai dela entrou na água, ela foi atrás dele e eles tiveram que tirá-la e embrulhá-la nos lenços das mulheres. Lembro-me disto muito bem. A mãe dela me contou tudo mais tarde, quando estávamos na ilha, perto do fogo.

Ela empurra a bolinha de gude em minha direção, insistindo para que eu a aceite.

Pego-a com relutância.

– O menino que veio conosco de Istambul para a Grécia – digo. – Mohammed. O menino que caiu do barco.

Ela ignora o que estou dizendo, só me olha. Já respondeu a essas questões.

– Por que você não me disse antes? – pergunto.

– Porque achei que você precisava dele – ela diz. – Peguei esta bolinha de gude no chão da nossa casa um dia antes de virmos embora, no dia em que os homens quebraram tudo e jogaram todos os brinquedos dele no chão. Você se lembra?

Lembro-me das últimas palavras dela, enquanto passo pela sala escura e subo a escada, indo pelo corredor até nosso quarto. Lembro-me das palavras dela ao olhá-la da janela, sentada embaixo das flores da árvore, com o sol no rosto.

– Você se lembra?

Não sei mais do que eu me lembro. Fecho as cortinas. Deito-me na cama. Fecho os olhos e ouço o som das abelhas no alto do céu.

Quando abro os olhos e sento-me na cama, vejo que há uma chave de ouro no tapete. Pego-a e vou até a porta no final do corredor, ponho a chave na fechadura e abro-a. Estou novamente no alto da colina. Agora, o barulho está mais forte, preenche minha mente por completo. Estou na colina com minha casa atrás de mim, e lá embaixo está Alepo, estendendo-se vasta e larga; o muro ao redor da cidade é feito de jaspe dourado, enquanto a cidade é puro vidro, cada um dos prédios cintilando seus contornos: as mesquitas, os mercados, o alto dos prédios, a cidadela à distância. É uma cidade fantasma ao pôr do sol. À esquerda há um lampejo, uma criança correndo colina abaixo, para a beira do rio. Posso vê-la pelo caminho, com seu short azul e a camiseta vermelha.

— Mohammed! — chamo. — Pare de fugir de mim!

Sigo-o por todo o caminho até o rio e mais além, enquanto ele vai em zigue-zague pelas travessas, contornando curvas, atravessando arcos, passando sob as videiras, e depois perco-o por um tempo, mas continuo andando até vê-lo sentado debaixo de uma árvore de *narenj*, perto da água. A árvore está viva e carregada de frutos. Ele está de costas para mim. Aproximo-me e me sento ao seu lado, à beira do rio.

Ponho a mão no seu ombro e ele então se vira para me olhar. Seus olhos, aqueles olhos negros, começam a mudar, tornando-se mais claros, cinza e transparentes, de modo que agora há uma alma neles, e seus traços se suavizam e se transformam como um enxame de abelhas, depois se estabilizam até eu poder ver com mais clareza sua expressão e seu rosto, seus olhos. O menino sentado ao meu lado, olhando-me com medo não é Mohammed.

— Sami — digo.

Quero abraçá-lo, mas sei que ele desaparecerá como tinta na água, então fico o mais imóvel possível. Percebo agora que essas eram as roupas que ele usava no dia em que morreu, sua camiseta vermelha e o short azul. Está segurando a bolinha de gude, e vira-se para encarar a cidade de vidro. Tira algo do bolso e me entrega: uma chave.

— Para que serve isto? — pergunto.

— É a chave que você me deu. Você me disse que ela abria uma casa secreta que não quebrava.

Vejo que na frente dele há peças de Lego.
– O que você está fazendo? – pergunto.
– Estou construindo uma casa – ele responde. – Quando a gente for para a Inglaterra, vamos viver nesta casa. Esta casa não vai se quebrar como as outras.
Agora eu me lembro. Lembro-me dele deitado na cama, com medo das bombas, e em como eu lhe havia dado uma velha chave de bronze que antes abria um galpão nos apiários. Eu a tinha enfiado debaixo do seu travesseiro, para que ele pudesse sentir que em meio a todas aquelas ruínas havia um lugar onde ele podia se sentir seguro.
À frente, a cidade de vidro cintila à luz do sol. Parece uma cidade em um desenho feito por uma criança, um esboço, traços a lápis de mesquitas e apartamentos. Ele coloca a mão no rio, retira uma pedra.
– Nós vamos cair na água? – ele pergunta, e olha para mim com olhos arregalados. Ele me perguntou isto durante meses, antes de morrer.
– Não.
– Como as outras pessoas?
– Não.
– Mas meu amigo disse que pra ir embora daqui vamos ter que atravessar outros rios e mares, e se a gente cruzar outros rios e mares podemos cair na água, como aconteceu com outras pessoas. Sei de histórias sobre elas. O vento vai levar o barco? O barco vai virar na água?
– Não. Mas se isso acontecer, teremos coletes salva-vidas. Vamos ficar bem.
– E Alá – tenha piedade de nós – vai ajudar a gente?
– Vai. Alá vai ajudar a gente.
Era isto que Sami dizia. Meu Sami. Ele olha para mim novamente, com olhos maiores, cheios de medo.

— Mas por que ele não ajudou os meninos quando tiraram as cabeças deles?

— Quem tirou as cabeças deles?

— Quando eles ficaram em fila, esperando. Eles não estavam usando preto. Foi por isto. Você disse que foi porque eles não estavam usando preto. Eu estava usando preto. Você não se lembra?

— No dia em que fomos dar um passeio? – pergunto. – No dia em que vimos os meninos no rio?

— É – ele diz. – Pensei que você não se lembrasse. Mas você disse que se eu segurasse a chave e usasse preto, ficaria invisível, e se eu estivesse invisível, conseguiria achar a casa secreta.

Tenho uma imagem de caminhar com ele junto ao rio, e de como vimos os meninos enfileirados em sua margem.

— Eu me lembro – digo.

Agora, ele fica em silêncio. Seu rosto está triste, como se ele fosse chorar.

— No que você está pensando? – pergunto.

— Antes de a gente ir embora, eu gostaria de brincar com os meus amigos no jardim pela última vez. Tudo bem?

— Tudo bem, claro que sim. E então iremos

...embora...

para a lua, para outro lugar, outro tempo, outro mundo, qualquer lugar, menos aqui. Mas não podemos escapar deste mundo. Estamos presos nele, mesmo mortos. Afra ficou parada junto à janela, enquanto eu a vestia. Parecia uma boneca. Seu rosto tinha perdido toda expressão. Apenas seus dedos tremiam, bem de leve, e eu podia ver suas pálpebras repuxando. Mas ela não disse nada, enquanto eu lhe punha o vestido vermelho, amarrava a echarpe em volta do seu pescoço, e enfiava seus sapatos. Então, ela se levantou como uma outra mulher.

Se eu a tivesse visto na rua, poderia ter passado por ela sem saber quem era. Dentro da pessoa que você conhece existe alguém que você não conhece, mas Afra estava totalmente mudada, por dentro e por fora. Evitei tocar na sua pele, e assim que terminei de vesti-la, afastei-me dela e ela colocou nos pulsos e no pescoço o perfume de rosas, e a familiaridade daquilo me deu náusea. Dessa vez, estávamos de fato indo a algum lugar, estávamos indo embora. Para longe da guerra, longe da Grécia, e mais longe ainda de Sami.

O sr. Fotakis tinha providenciado alguém para nos levar ao aeroporto. Esse homem não era apenas um motorista, ele nos acompanharia e nos apresentaria ao homem que nos daria as passagens e os passaportes. Enquanto esperávamos, o sr. Fotakis preparou café grego para nós em xícaras minúsculas, como se nada tivesse acontecido. Observei-o, enquanto ele o aquecia no fogão, e precisei de todas as minhas forças para não abrir uma das gavetas da cozinha e tirar uma faca. Queria matá-lo bem lentamente. Queria que ele sentisse cada centímetro da faca entrando em sua carne. Mas se eu me vingasse, Afra e eu nunca conseguiríamos partir. Se eu o deixasse viver, ainda teríamos essa chance de escapar, ainda que algo em mim sempre ficaria deixado para trás, preso nas paredes úmidas daquele apartamento. Eu já tinha ajudado a matar um homem, e sabia que conseguiria fazê-lo de novo. Olhei para a gaveta, imaginei-me abrindo-a e tirando uma faca. Seria fácil.

— Então, você acabou se revelando um trabalhador esforçado. Muito obediente.

Meus olhos foram até sua mão, e observei enquanto ele mexia o café. Ele sorriu ao despejá-lo em três xícaras.

— E acho que agora vocês têm o seu sonho. É incrível o que a determinação e a força de vontade podem fazer.

Ele me entregou um dos cafés e levou os outros dois para a sala de visitas, colocando-os na mesa baixa. Seus olhos pousaram em Afra. Ela estava sentada no sofá, e desejei que fizesse alguma coisa, coçasse os braços, pegasse a xícara, até chorasse, mas ela ficou apenas ali, como se estivesse morta por dentro, e apenas seu corpo estivesse vivo. Senti como se sua alma a tivesse deixado.

Houve um zumbido à porta, e o sr. Fotakis ajudou-nos a levar nossa bagagem de mão para baixo; depois, colocou as malas no porta-malas de uma Mercedes prateada. O motorista, um grego alto e musculoso na faixa dos quarenta anos, apresentou-se como Marcos. Apoiou-se no capô e fumou um cigarro.

O dia estava lindo, o sol nascente iluminando os prédios. Atrás havia a sombra enevoada das montanhas continentais, um halo esgarçado de nuvens sobre elas. O ar estava ligeiramente frio, mas as flores nos pátios dos prédios de apartamentos estavam belas.

– Vou sentir falta de ter vocês por perto. – O sr. Fotakis deu uma risadinha.

Nós partiríamos. Ele viveria.

Entramos no banco de trás do carro e partimos, e vi o sr. Fotakis pelo vidro de trás, ali parado, assistindo à nossa partida. Virei-me para a frente e tentei bloquear seu rosto da minha mente. Fomos pelas ruas de Atenas e era estranho ver a cidade com sol; por semanas eu a tinha conhecido principalmente à noite, ou nas primeiras horas da manhã, bem quando o sol derretia a escuridão. Agora, eu podia ver um pouco da sua normalidade, os carros, o trânsito, as pessoas cuidando dos seus afazeres cotidianos. Marcos tocava música grega no rádio; quando começou o noticiário às nove da manhã, ele aumentou o volume e sacudia a cabeça ou concordava, enquanto escutava. Sua janela estava aberta, o cotovelo para fora, os dedos tocando a direção, e fiquei espantado com o quanto ele parecia relaxado, mas quando o noticiário terminou, ele deu uma olhada ansiosa para mim pelo, retrovisor.

– Quando chegarmos ao aeroporto, vou abrir o porta-malas e você tira suas malas – ele disse. – Depois, gostaria que vocês me seguissem, mas prestassem atenção para ficar o tempo todo a dez metros de distância. Não cheguem perto demais e não me percam. Isto é muito importante.

Vou levá-lo ao toalete masculino. Afra esperará do lado de fora. Haverá outra pessoa te esperando lá. Quero que você aguarde dentro do toalete. Quando ele estiver vazio, e só então, bata numa porta três vezes.

Confirmei com a cabeça. Ele não viu, porque estava olhando no espelho para trocar de faixa.

— Está me entendendo? Ou quer que eu repita as instruções?

— Entendi — eu disse.

— Ótimo. Agora, se vocês chegarem ao Heathrow, em Londres, joguem seus passaportes e os cartões de embarque na lixeira mais próxima. Esperem três horas e depois se entreguem para as autoridades. Entendido?

— Sim — eu disse.

— Vocês não podem se esquecer de jogá-los fora. E precisam esperar três horas, talvez mais, mas não menos. Não contem a eles em que voo vocês estavam.

Ele tirou um pacote de goma de mascar do porta-luvas e me ofereceu uma. Recusei.

— Sua esposa? — ele disse.

Mas Afra estava sentada muito quieta, com as mãos no colo, um pouco como Angeliki, os lábios cerrados, e se você não soubesse que ela era cega, pensaria que estava olhando as ruas, pela janela.

— Você tem sorte de ser rico — ele disse. Agora, seus olhos no espelho sorriam. — A maioria das pessoas precisa fazer uma viagem terrível por toda a Europa para chegar à Inglaterra. O dinheiro leva você a todo lugar. Eu sempre digo isto. Sem ele, você passa a vida toda viajando, tentando chegar aonde você pensa que precisa ir.

Eu estava prestes a dizer a ele que não concordava, que já tínhamos feito uma viagem terrível, até muito pior do que ele poderia imaginar, e que nossa viagem tinha roubado a alma de Afra. Mas sob certos aspectos ele estava certo. Sem aquele dinheiro, teríamos uma estrada muito mais comprida à frente.

— Você tem razão, Marcos — eu disse, e ele batucou os dedos na direção, e aspirou o ar ao passarmos pela beira do mar.

No aeroporto, fizemos como Marcos disse. Passamos por muitas pessoas, e o tempo todo mantive os olhos no terno cinza de Marcos. Então, vi-o à distância, parado em frente ao toalete masculino. Ele ficou ali até ter certeza de que eu o tinha visto. Depois, foi embora. Entrei no toalete. Havia um homem mijando, e vi que um dos reservados estava ocupado. Esperei o homem terminar, ele passou um tempo lavando as mãos, verificando o rosto no espelho. Depois, entrou outro homem com o filho pequeno. Eles se demoraram um pouco, e por um momento pensei que haveria um fluxo constante de gente, e que eu ficaria ali parado por horas. Mas logo o banheiro ficou vazio. Bati na porta três vezes, como instruído, e um homem saiu do reservado. Mal tive chance de vê-lo.

— Nuri Ibrahim — ele disse.

— Sim — confirmei.

Então, ele me entregou os cartões de embarque e os passaportes e foi só, ele se foi.

Depois disso, estávamos por conta própria.

Não conversamos um com o outro em momento algum, enquanto seguíamos pelo aeroporto, primeiro até o check-in, depois até a segurança. Passamos pelo detector de metal, e pusemos nossa bagagem na esteira, para que pudesse ser examinada. A essa altura, eu estava com medo, e fiquei intimidado, consciente demais da expressão do meu rosto. Não queria parecer assustado, não queria olhar para nenhum dos seguranças, caso eles desconfiassem de alguma coisa, mas acho que isso me fez parecer culpado. Afra enfiou a mão na minha, mas a sensação da sua pele, e o fato de ela ficar tão próxima de mim deixou-me desconfortável, então me afastei um pouco.

Logo recuperamos nossas malas, e fomos até o *duty free*, onde tínhamos uma hora de espera e mais meia hora de atraso. Comprei um café para nós, e ficamos andando por lá, o mais naturalmente possível, fingindo olhar vitrines até sermos chamados ao portão 27.

No portão, ocupamos um lugar ao lado de um casal com duas crianças, que jogavam em seus celulares. Por um momento, deixei meus ombros relaxarem e pensei que tudo correria bem. Observei o garotinho tão entretido em seu jogo. Era um pouco mais novo do que Sami seria, usando uma mochila colorida que não tirou nem mesmo ao se sentar.

Afra estava tão imóvel e tão calada que quase me esqueci que estava ali. Em parte eu queria que ela simplesmente desaparecesse, que o lugar ao meu lado estivesse vazio. O jogo do menino terminou e ele jogou os braços para cima, e foi então que reparei que havia uma confusão no portão de entrada. Cinco policiais conversavam com uma comissária de bordo, que parecia cada vez mais nervosa. Vi que um dos policiais vistoriava a área. Abaixei os olhos. Cochichei para Afra agir normalmente. Então, dei uma olhada, sem querer, e por um segundo o policial percebeu-me e pensei que tudo estava perdido. Tínhamos sido descobertos. Iríamos voltar. Mas voltar para onde? Para o quê?

Os policiais passaram pela entrada e vieram para o saguão de espera, e eu segurei o fôlego, rezando quando vieram em nossa direção e passaram por nós, indo até os últimos assentos junto às janelas, onde um grupo de quatro rapazes e moças levantou-se subitamente. Estavam atônitos, com medo, agarrando suas malas, parecendo querer fugir, mas não havia para onde ir. Todos nós tentamos não olhar quando os quatro foram levados para fora, e notei, ao passarem por mim, que um dos rapazes chorava, enxugando o rosto com as costas das mãos. Eram tantas as lágrimas que ele mal podia ver aonde estava indo. Ele tropeçou na minha mala e parou para olhar para mim. O policial fez com que fosse em frente. Jamais me esquecerei do olhar de dor e medo em seus olhos.

Afra e eu mostramos nossos cartões de embarque e passaportes no portão de saída. A mulher checou-os, olhou para cada um de nós, e nos desejou uma boa viagem.

Então, entramos no avião e tomamos nossos assentos, e fiquei ali, de olhos fechados, ouvindo os barulhos e conversas das pessoas a minha volta, escutando as instruções de segurança, e esperando o som do motor. Afra agarrou a minha mão e segurou-a com força.

– Estamos indo – ouvi-a cochichar. – Nuri, estamos indo até Mustafá e estaremos seguros.

E antes que eu me desse conta, levantamos voo e entramos no grande céu azul. Estávamos finalmente indo, indo embora.

14

Quando acordo, é noite e estou no armário de tralhas, minha cabeça pressionada contra o aspirador de pó, casacos acima de mim, sapatos e botas entrando nas minhas costas. Levanto-me e sigo pelo corredor. Escuto os sons do sono de outros moradores. O marroquino ronca alto, e quando passo pelo seu quarto, vejo que o relógio de bolso de bronze está pendurado no trinco da porta. Olho mais de perto as flores entalhadas na caixa, e a face de madrepérola, as iniciais gravadas na parte de trás: *AL*. A hora está parada em quatro horas. A porta de Diomande está escancarada. Ele dorme de lado, com as cobertas soltas por cima dele. Entro em silêncio no seu quarto escuro, e coloco a mão nas suas costas, esperando sentir as asas, aquelas bolas bem comprimidas, ondulando para fora da sua pele escura. Mas em vez disso sinto arestas de pele distorcida, cicatrizes grandes e salientes correndo ao longo das omoplatas como marcas de queimadura. Meus olhos enchem-se de lágrimas e engulo-as. Penso nele, tão cheio de sonhos.

Ele suspira e vira de lado. – Mamãe – diz, mal abrindo os olhos.

– É o Nuri – cochicho. – Sua porta estava aberta e as cobertas estavam jogadas. Achei que você poderia estar com frio.

Puxo as cobertas sobre ele, prendo-as bem, como se ele fosse uma criança. Ele resmunga alguma coisa e volta a dormir.

Desço a escada, destranco a porta de vidro e fico lá fora no pátio, à luz do luar. O sensor me capta e a luz acende. A abelha dorme em um dos dentes-de-leão. Acaricio seu pelo, bem de leve, para não perturbá-la. Estou surpreso que tenha sobrevivido neste jardinzinho que transformou em um lar. Observo-a descansando entre as flores, tendo ao lado seu pires de água doce; ela aprendeu a viver sem as asas.

Agora sei que Mohammed não virá. Entendo que ele foi criado por mim, mas o vento aumenta, as folhas farfalham, e o gelado do ar entra sob a minha pele. Imagino sua pequena figura nas sombras do jardim. A lembrança dele persiste, como se, de algum modo, em algum canto escuro do meu coração, ele tivesse tido vida própria. Quando chego a essa constatação, é Sami quem preenche a minha mente. Lembro-me de enfiá-lo na cama, no quarto de ladrilhos azuis, e de me sentar ao seu lado para ler o livro infantil que encontrei no mercado. Seus olhos iluminam-se, cheios de expectativa. Traduzo enquanto leio, do inglês para o árabe.

– Quem construiria uma casa de palha? – ele tinha dito, rindo. – Eu teria usado metal, o metal mais duro do mundo, como os que eles usam nas naves espaciais.

Como ele amava olhar para as estrelas e inventar histórias! A luz do sensor apaga-se e fico sentado no escuro por um tempo, olhando para o céu. Agora, só tenho lembranças. O vento sopra e sinto o cheiro do mar. As folhas das árvores movem-se, e posso vê-lo mais uma vez, na minha mente,

Sami, brincando debaixo da árvore no jardim em Alepo, em nossa casa na colina, pondo minhocas na carroceria de um caminhão de brinquedo, para levá-las para passear.
— O que você está fazendo? — eu disse a ele. — Aonde você vai levá-las?
— Elas não têm pernas, então estou dando uma ajuda. Vou levá-las para a lua!
Naquela noite, havia uma lua cheia num céu azul.
Vou para o nosso quarto. Afra dorme com as mãos enfiadas debaixo do rosto. Na mesa de cabeceira, tem outro desenho. Pego-o e, por um momento, não consigo respirar. Ela desenhou a cerejeira no jardim de cimento, com seus galhos tortos e pétalas rosa claro. Desta vez, as cores estão corretas, as linhas, sombras menos distorcidas. O céu está luminoso e azul, com nesgas de nuvens e pássaros brancos. Mas debaixo da árvore, um desenho cinza, quase invisível: o esboço delicado de um menino, as marcas de lápis leves e rápidas, fazendo-o surgir como se tivesse sido capturado em movimento. Ele é parte deste mundo e, no entanto, não está exatamente nele. Há um vislumbre de vermelho em sua camiseta, onde Afra começou a colori-lo e parou. Embora ele seja um semifantasma, é distinto o bastante para que eu veja que seu rosto está voltado para o céu.
Deito-me ao lado dela, olho para a curva suave do seu corpo e me lembro do contorno tremeluzente dos prédios.
Estendo a mão e toco-a pela primeira vez, percorro a extensão do seu braço, depois desço até o quadril. Toco-a como se ela fosse feita da película mais delicada de vidro, como se pudesse quebrar facilmente sob a ponta dos meus dedos, mas ela suspira e chega mais perto de mim, embora esteja dormindo. Percebo o quanto eu tinha medo de tocá-la.

O sol está nascendo e o rosto dela à luz do amanhecer é lindo, aquelas rugas finas ao redor dos olhos, a curva do seu queixo, o cabelo escuro nas laterais do rosto, o declive do seu pescoço, a pele macia até os seios. Mas então o imagino em cima dela, forçando-a, a expressão dos olhos dela, o medo, o grito trancado ali dentro, a mão cobrindo sua boca. Lembro-me da chave que esqueci na mesinha de centro do apartamento do atravessador, lembro de mim dirigindo pelas ruas de Atenas sem voltar. Agora estou tremendo. Luto contra isto, afasto o pensamento para longe. Percebo que me esqueci de amá-la. Aqui está seu corpo, aqui estão as rugas no seu rosto, aqui está a sensação da sua pele, aqui está o machucado em sua face que leva para dentro dela, como uma estrada, até chegar ao seu coração. São estas as estradas que tomamos.

– Afra – digo.

Ela suspira e abre os olhos bem de leve.

– Sinto muito.

– Pelo quê?

– Sinto muito por ter esquecido a chave.

Ela não diz nada, mas me envolve em seus braços de modo que posso sentir o cheiro das rosas. E então posso senti-la chorando no meu peito.

Afasto-me para poder olhar para ela; tristeza, lembranças, amor e perda afloram dos seus olhos. Beijo suas lágrimas, sinto o gosto delas, engulo-as. Assimilo tudo o que ela possa ver.

– Você se esqueceu de nós – ela diz.

– Eu sei.

E então, beijo seu rosto e seu corpo, e sinto com os lábios cada centímetro dela, cada ruga, cada cicatriz, tudo o que ela viu, carregou e sentiu. Deito a cabeça na sua barriga, e ela coloca a mão na minha cabeça e afaga meu cabelo.

— Talvez a gente possa ter outro filho, um dia – digo. – Ele não será o Sami, mas contaremos a ele tudo sobre ele.

— Você não vai esquecê-lo? – ela pergunta.

Ela fica em silêncio por um tempo, e posso sentir sua pulsação na barriga.

— Você se lembra de como ele adorava brincar no jardim? – pergunto.

— Claro que sim.

— E como ele empurrava aquela minhoca no seu caminhão de brinquedo, como se realmente estivesse levando ela para algum lugar?

Ela ri e eu também. Posso sentir sua risada ondulando pelo seu corpo como moedas caindo.

— E quando eu comprei pra ele um mapa-múndi e ele fez uma família com pedras e mandou-a para fora da Síria. Ele tinha ficado assistindo Mustafá e eu planejando nossa viagem pelo globo.

— E ele não sabia como fazer as pedras atravessarem a água! Que medo ele sempre teve da água! – ela diz.

— Eu até tinha que lavar o cabelo dele na pia!

— E a maneira como ele sempre te esperava na janela, quando era hora de você voltar para casa? – E com esta última palavra, ela caiu no sono e seu mundo interior suavizou-se e soou como água.

De manhã cedo, a campainha da porta toca. Como ninguém atende, ela toca várias vezes. Depois de um tempo, escuto passos atravessando o patamar da escada, são os passos do marroquino. Ele para no alto da escada e desce, as tábuas de madeira rangendo a cada passo que ele dá. A porta abre-se e há uma conversa abafada. Parece ser um homem de voz grave. Vou até o alto da escada e escuto meu nome, meu nome completo em alto e bom som:

— Nuri Ibrahim. Vim ver Nuri Ibrahim.

De pijama, descalço, desço a escada e, ali parado, com a luz plena do sol da manhã atrás dele, está Mustafá. E as lembranças passam pelos meus olhos: a casa dele nas montanhas, seu avô passando mel no pão quente, os caminhos que nos levavam para a mata onde as abelhas descobriam as flores, o sacrário para sua mãe e aquele sorriso resplandecente, a maneira como costumávamos ficar expostos nos apiários com as abelhas a nossa volta, o rosto triste do meu pai e seu corpo encolhido, minha mãe com o leque vermelho: *Yuanfen – a força misteriosa que leva duas vidas a cruzar caminhos –*, e nossos apiários, o campo aberto cheio de luz, milhares de abelhas, empregados fumegando as colônias, as refeições debaixo das tendas – tudo isso passa perante meus olhos, como se eu fosse dar meu último suspiro.

— Nuri – ele diz simplesmente, e sua voz treme. E é então que começo a chorar, meu corpo sacudindo-se, e penso que nunca mais vou parar. Sinto Mustafá caminhando, vindo até mim, pondo a mão no meu ombro, um aperto forte, e então ele me abraça e traz com ele os cheiros de um lugar desconhecido. – Eu sabia que você viria – ele diz. – Sabia que você chegaria aqui.

Então, ele se afasta para olhar para mim, e através da minha visão borrada, vejo que seus olhos estão marejados, que seu rosto está mais pálido do que antes, e mais velho, que as rugas ao redor dos seus olhos e boca estão muito mais profundas, o cabelo mais grisalho. E ficamos os dois ali parados, castigados pela vida, dois homens, irmãos, finalmente reunidos num mundo que não é nossa casa. O marroquino fica de lado, observando a cena. Noto-o agora, a expressão triste em seus olhos, a maneira como gira os dedos um ao redor do outro, como se não soubesse o que mais fazer.

— Você aceita uma xícara de chá? — pergunta em seu próprio árabe. — De onde você vem? Deve ter sido uma longa viagem.

— Vim de Yorkshire — Mustafá diz — ao norte da Inglaterra. Peguei o ônibus noturno. Mas viajei para muito mais longe do que isso.

Levo Mustafá até a sala de visitas, e por um tempo ficamos sentados em silêncio, Mustafá na beira da poltrona, revirando as mãos, eu no sofá. Vejo que ele está olhando para o jardim, e depois para mim. Abre a boca para falar, mas depois permanece em silêncio, até que nós dois falamos ao mesmo tempo.

— Como tem andado, Nuri? — ele pergunta. — Você vem, não é? — ele parece ansioso.

— Claro.

— Porque não posso fazer isso sozinho. Não é a mesma coisa.

— Se eu cheguei até aqui, chegarei em Yorkshire — eu digo.

— Quando você saberá? — ele diz — E você disse no seu email que não está bem...

Nesse momento, há passos no corredor e Afra aparece, parando imóvel na entrada. Os olhos de Mustafá iluminam-se e ele se levanta, de início para pegar a mão dela na dele, e depois passa o braço ao seu redor e abraça-a por um longo tempo. Ouço-a soltar o ar, como se a presença de Mustafá tivesse tirado um peso do seu coração.

O dia está bonito, então saímos para o pátio.

— Consigo ver o verde da árvore — Afra diz, sorrindo com os olhos. — E ali — ela aponta a urze na cerca — consigo ver um rosa claro. Tem momentos em que as coisas ficam mais nítidas.

Mustafá está feliz por ela. Reage de todas as maneiras que me foram impossíveis. O marroquino traz o chá e Mustafá nos conta sobre suas colmeias.

– Afra – ele diz –, você vai gostar de lá. Dahab e Aya estão a sua espera, e tem muitas flores, campos de lavandas e urzes, e as abelhas também colhem néctar de jardins particulares, loteamentos e ao longo das estradas de ferro. Você vai conseguir ver as cores, eu mesmo vou te levar. Nós vamos caminhar quando o tempo estiver bom, e eu te levarei aos lugares aonde as abelhas vão. E descobrimos uma loja que vende *halva*[20] e *baklava*.

Ele fala, novamente, com o entusiasmo de uma criança, mas percebo um desespero velado. Conheço-o, e o que ele está realmente dizendo é isto: É assim que a história precisa terminar; nossos corações não suportam mais perdas.

Então, ele acende um cigarro, mordendo e aspirando sua ponta, enquanto nos conta sobre os grupos de workshops e seus alunos, e sobre a associação de apicultores.

– Quando vocês vierem, Nuri me ajudará com os grupos e vamos dividir as colônias e construir novas colmeias.

Ele olha para mim enquanto fala, criando imagens com as mãos e suas palavras. Percebo que quer me dar algo no qual eu tenha esperança. Mustafá sempre me deu algo em que depositar esperança.

Estou parado um pouco longe deles, perto das portas de vidro, observando-os, e penso no garotinho que nunca existiu, e como ele preencheu o vazio deixado por Sami. Às

---

[20] Doce do Oriente Médio, mas presente em vários outros lugares, com resultados variados. A receita básica seria com pasta de gergelim (tahine) e açúcar, podendo ser adicionados pistaches ou qualquer outra noz. [N.T.]

vezes, criamos tais ilusões poderosas, para não nos perdermos nas trevas.

– Um dia – escuto Mustafá dizer –, um dia voltaremos a Alepo, reconstruiremos os apiários e traremos as abelhas de volta à vida.

Mas o que me traz à vida é o rosto de Afra, ali parada nesse jardim minúsculo, como ficava no pátio de Mustafá, em Alepo, seus olhos tão cheios de tristeza e esperança, tão cheios de escuridão e luz.

Ela olha alguma coisa no alto. Entre as flores de cerejeira, três poupa-pães estão empoleirados num galho, verificando seu entorno, com sua majestosa coroa de penas, os bicos curvos e asas listadas. Aqui estão eles, migrantes do leste, nesta cidadezinha à beira-mar.

– Está vendo eles? – escuto-a dizer. – Vieram a nossa procura.

Todos nós estamos olhando para cima agora, e os três, ao mesmo tempo, abrem suas asas pretas e brancas e saem voando juntos para o céu contínuo.

AGRADECIMENTOS

Agradeço a todos que me contaram suas histórias, aos refugiados que abriram meus olhos. Agradeço às lindas crianças de Faros, que me mostraram o que significa uma verdadeira coragem. Jamais as esquecerei. Ao Centro de Esperança de Faros, em Atenas, pelo maravilhoso trabalho que vocês fazem, e por me acolherem e aceitarem minha ajuda. Agradeço a você, Elias, por compartilhar comigo, naquele dia em Brighton, a história da sua difícil viagem. Agradeço ao senhor, professor Ryad Alsous, por ser tão inspirador; ao senhor e a sua família, pela agradável refeição que tivemos, e por me apresentar às abelhas e ao The Buzz Project. Agradeço a meu tutor árabe, Ibrahim Othman; você foi além, escutando-me ler e oferecendo conselhos preciosos.

Agradeço a toda minha família, meus amigos e colegas que me apoiaram e me incentivaram a continuar escrevendo. A meu pai e Yiota, Kyri e Mário, pelo apoio inesgotável. A Marie, Rodney e Theo, Athina e Kyriacos, por tudo – não tenho palavras. A Antony e Maria Nicola, por suas sugestões. A minha grande amiga, Claire Bord, pelo seu discernimento, pelos seus conselhos e apoio constante.

A Mariana Larios, por estar presente o tempo todo. Agradeço a Louis Evangelou, por me escutar e por todas as suas ideias criativas, e a meu tio Chris, por sua paciência e ajuda. Agradeço à dra. Rose Atfield e a Célia Brayfield por serem orientadoras brilhantes até hoje. A Bernadine Evaristo, Matt Thorne e Daljit Nagra, por seu apoio. Agradeço a Richard English, pelas importantes conversas sobre escrita e vida, e tudo mais. Agradeço a minha família que me ajudou em Atenas: Anthoula, Thanassis, Katerina e Konstantinos Cavda, Maria e Alexis Pappa, por seu carinho e generosa hospitalidade. Agradeço a Matthew Hurt pelo conselho dado no voo para Atenas. Um grande agradecimento a Salma Kasmani, por ler e reler o manuscrito, por suas excelentes sugestões e pelo insight que me deu. Agradeço a você, Stewart, por estar lá durante as voltas e reviravoltas, os altos e baixos.

Agradeço a meus editores na Bonnier Zaffre, principalmente a Kate Parkin, por toda a sua paixão inabalável, seu entusiasmo, por tudo. A Margaret Stead, Felice McKeown, Francesca Russell e Perminder Mann. Agradeço a Arzu Tahsin por seu olhar arguto de editor e sugestões editoriais.

E, por fim, agradeço a minha agente, Marianne Gunn O'Connor, por acreditar em mim, por não me deixar desistir, pelo seu amor e apoio e por esta nossa jornada. Agradeço a Vicky Satlow por toda a sua ajuda e por trazer luz, mel e flores à escuridão. Agradeço a você, Alison Walsh, por sua orientação no manuscrito.

Todas as experiências que vivi ao longo do percurso, as pessoas que conheci, as coisas que vi e ouvi, mudaram para sempre a maneira como vejo o mundo.

Caro leitor,

No verão de 2016, e novamente em 2017, vi-me em Atenas, trabalhando como voluntária num centro de refugiados. Todos os dias, a Grécia era inundada por novas pessoas, famílias perdidas e com medo, a maioria da Síria e do Afeganistão. A experiência de estar disponível para aquelas pessoas, durante as circunstâncias mais terríveis de suas vidas, abriu meus olhos.

Comecei a perceber que as pessoas queriam contar suas histórias, que havia barreiras linguísticas, mas que elas queriam falar, queriam que os outros escutassem, vissem. As crianças faziam desenhos. Desenhavam balões e árvores e abaixo deles uma tenda e uma pessoa morta. Fiquei perturbada com essas imagens e com as histórias. Mas era a realidade deles; era o que tinham vivenciado.

Voltei a Londres e esperei que o horror do que eu havia visto e ouvido fosse se esvair, mas isto não aconteceu. Não conseguia esquecer nada daquilo. Então, decidi escrever um romance como uma maneira de contar as histórias daquelas crianças, daquelas famílias.

A pergunta que eu me fazia era: o que significa ver? E então Afra ganhou vida, uma mulher que viu o filho morrer, e que ficou cega pela explosão que o matou.

Então, conheci um homem que tinha sido um apicultor na Síria. Ele tinha conseguido chegar ao Reino Unido e estava construindo colmeias e ensinando apicultura a refugiados. As abelhas são um símbolo de vulnerabilidade, vida e esperança.

Meu protagonista, Nuri, já tinha sido um pai orgulhoso e um apicultor. Agora, ele tenta se conectar com sua esposa esfacelada, Afra, buscando-a nos túneis escuros do seu pesar, mas ela não quer deixar Alepo, está paralisada no seu luto. Nuri sabe que eles precisam partir para sobreviver. Só quando eles se permitem ver, sentir a presença e o amor mútuo é que podem começar a empreender a jornada para a sobrevivência e a renovação.

O homem que escutava as abelhas é uma obra de ficção, mas Nuri e Afra nasceram em meu coração e na minha mente como resultado de cada passo que dei ao lado das crianças e famílias que conseguiram chegar à Grécia. Escrevi uma história como uma maneira de mostrar o modo como agimos com as pessoas que nos são mais importantes no mundo, quando sofremos dores tão intensas.

O homem que escutava as abelhas aborda perdas profundas, mas também fala de amor e da descoberta da luz. Foi isto que vi, ouvi e senti nos acampamentos de Atenas.

Christy Lefteri

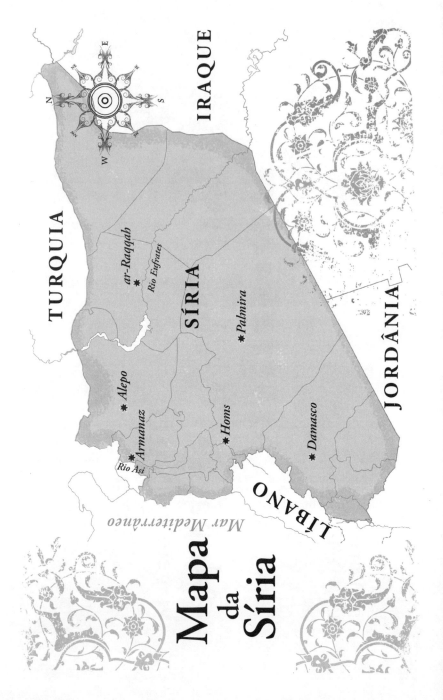

Caso você queira se envolver mais, por favor, veja as informações abaixo sobre alguns centros assistenciais no Reino Unido e na Europa que trabalham com refugiados e requerentes de asilo num nível local:

Open Cultural Center – ONG e projeto informal de educação e integração no norte da Grécia. Eles trabalham para criar comunidades, reduzir o isolamento e desenvolver habilidades em pessoas deslocadas no acampamento Nea Kavala e no seu entorno. Sua equipe voluntária de refugiados e não refugiados trabalha em conjunto dando aulas de idiomas, atividades esportivas e socioculturais para crianças, adolescentes e adultos.
Saiba mais sobre seu trabalho em www.openculturalcenter.org

Faros (O Farol) – organização cristã, sem fins lucrativos que proporciona atendimento humanitário e apoio individual a crianças e jovens adultos refugiados desacompanhados, no centro de Atenas. Eles ajudam crianças e jovens adultos desacompanhados a encontrar segurança, descobrirem seu

valor e construírem uma perspectiva futura. Fazem trabalho de rua para identificar menores vulneráveis, administram um abrigo para menores e fornecem treinamento para o desenvolvimento de habilidades (desenho, trabalho em madeira, impressão em 3D, eletrônica, costura) em seus dois centros educacionais para jovens, homens e mulheres.
Saiba mais sobre seu trabalho em www.faros.org.gr

Salusbury World – centro assistencial de base que apoia refugiados de todas as idades na reconstrução de suas vidas no Reino Unido. Em 2019, ele celebrou vinte anos de trabalho meticuloso, em grande parte com crianças que obtiveram grandes conquistas. Estabelecido a noroeste de Londres, eles proporcionam clubes, orientação e mais para crianças e jovens, além de orientação profissional, aconselhamento e apoio prático para recém-chegados de todas as idades. Trabalhando com escolas e organizações de artes criativas, o Salusbury World também procura enfrentar o preconceito e estabelecer um entendimento entre as comunidades.
Saiba mais sobre seu trabalho em www.salusburyworld.org.uk

The Buzz Project (Projeto Zumbido) no Centro de Visitantes Tunnel Standedge, Marsden, West Yorkshire – organização assistencial fundada em 2017 e dirigida pelo apicultor professor Ryad Alsous. Sendo ele mesmo um refugiado, o professor Alsous foi apicultor em sua Síria natal por mais de quarenta anos, e lecionou apicultura moderna e controle de qualidade alimentar na Universidade de Damasco. O projeto Buzz ensina refugiados e desempregados e pretende salvar abelhas nativas britânicas no Reino Unido. Juntamente com uma equipe de dedicados voluntários, ele contribui para o projeto com sua capacidade, ensinando jovens a cuidar de abelhas, manter um jardim com flores e horta, e a fazer mel.

Para saber mais sobre The Buzz Project, visite o site Canal and River Trust, www.canalrivertrust.org.uk e a página do Facebook do The Buzz Project.

Este livro foi composto com tipografia Adobe Garamond e
impresso em papel Off-White 80 g/m² na Formato Artes Gráficas.